Chère lectrice,

Combien sommes-nous à nous demander : « Si seulement j'avais pu réaliser mes rêves, décrocher ce job, rencontrer l'homme qu'il me fallait... que serait ma vie aujourd'hui ? serais-je beaucoup plus heureuse ? » Combien sommes-nous à avoir commis des erreurs de parcours, à nous être trompées sur le chemin des choix à faire, des décisions à prendre ? La vie est ainsi faite : on n'obtient pas toujours ce que l'on veut.

En tout cas, pas au premier essai. Car, fort heureusement, la vie est aussi généreuse, elle nous offre plein de secondes chances. Cependant, le jour où cette seconde chance se présente, elle nous place de nouveau devant la difficulté du choix à faire. « Dois-je tenir compte de mon expérience passée ? Dois-je au contraire tourner la page ? Dois-je battre en retraite... ou me lancer dans l'aventure ? » Certaines tourneront les talons par peur de faire, encore, le mauvais choix et d'échouer une deuxième fois. Mais d'autres iront de l'avant et se jetteront dans l'aventure avec le sentiment que la vie leur a fait un cadeau qu'il ne faut surtout pas laisser dans son emballage.

Et vous, chère lectrice, évitez-vous de déballer les cadeaux, les préférez-vous dans leur habillage de fête, ou révélés à la lumière avec les surprises qu'ils contiennent ?

Bonne lecture !

La responsable de collection

Soudain, cette année-là…

JEAN BRASHEAR

Soudain, cette année-là…

ÉMOTIONS

*éditions*Harlequin

Cet ouvrage a été publié en langue anglaise sous le titre :
FORGIVENESS

Traduction française de
ALEXANDRA TEISSIER

HARLEQUIN®

est une marque déposée du Groupe Harlequin

Photos de couverture
Enfant : © PHOTO ALTO / GETTY IMAGES
Paysage : © ADAM JONES / GETTY IMAGES

1.

Septembre

« Ça ne marchera jamais », songea Ria Channing. Elle s'adressait en pensée à Dog Boy, son seul ami, comme s'il pouvait encore l'entendre. « Tu n'aurais pas dû me faire promettre de rentrer. Mes parents ne m'ont jamais pardonné la mort de David, l'enfant roi, le fils préféré ! Rien ne pourra changer cela… »

Pourtant, inlassable, la voix grêle de Dog Boy continuait de résonner aux oreilles de Ria. C'était six semaines plus tôt, juste avant sa mort…

— Rentre chez toi, va faire la paix !

Il haletait sous ses boucles carotte, le front en sueur, ses yeux pâles luisant de fièvre. Quant à Ria, à la seule idée de retourner là-bas, de réintégrer la maison familiale, elle se sentait prise de vertiges.

— Mais je ne peux pas ! Ils me détestent !

— A défaut de père, ton fils a besoin d'une famille, d'un refuge. Il n'a que quatre ans !… Promets de retourner à Austin, Ria.

— Tu ne comprends pas… Depuis le début, j'accumule

les erreurs, les bêtises, et j'ai fini par commettre l'impardonnable… J'ai tué mon frère !

— Essaie, Ria. Accorde-leur une chance. Accorde-*toi* une chance…

Ria aurait tout donné pour éluder la requête et opter pour la fuite, une fois encore. Seulement… à Dog Boy, elle devait tout. A commencer par sa vie, et celle de son fils.

Maintenant en route pour Austin, les mains crispées sur le volant, Ria se remémora cette nuit fatidique et désormais lointaine où elle avait claqué la porte de la maison familiale sans avoir la moindre idée de sa destination. A la gare, elle avait rencontré Dog Boy, en partance pour Los Angeles. En dépit de sa jeunesse — dix-sept ans à peine, soit quatre de moins qu'elle à l'époque — la vie de la rue n'avait déjà plus de secrets pour lui…

Par la suite, Dog Boy était devenu le mentor de Ria, il lui avait appris à évoluer dans cet univers dont elle n'imaginait pas la complexité, du fait de son enfance plutôt privilégiée. Il s'était comporté en frère, en ami, en père, quand personne d'autre ne se souciait d'elle.

A aucun moment ils n'avaient partagé la moindre intimité physique — leur attachement mutuel était plus profond que cela, si profond que, sur son lit de mort, au moment de lui arracher ce serment, Dog Boy était resté sourd à ses suppliques.

La seule personne qui comptât davantage pour elle était Benjy, son fils, son enfant, le petit garçon qui venait de s'assoupir sur la banquette arrière de la voiture, parmi leurs maigres bagages…

Dog Boy avait bel et bien exigé d'elle l'impossible, songea-t-elle, tandis que l'angoisse revenait en force. A présent que la voiture s'engageait dans les rues ombragées d'Austin en cette heure matinale, il devenait diablement tentant de renoncer, de décevoir Dog Boy après avoir déçu tous les autres…

La gorge nouée, le cœur battant à se rompre, Ria n'arrivait plus à respirer normalement. Et soudain, de l'autre côté de la rue, au fond de l'allée familière, apparut la maison de son enfance…

A bout de nerfs, elle se gara le long du trottoir et coupa le moteur.

La bâtisse était restée conforme à ses souvenirs. Victorienne, un étage, exquise. Avec sa véranda traditionnelle et son extérieur à peine guindé, c'était une gracieuse *lady* nichée dans son berceau de verdure, parmi les chênes, les magnolias, les azalées.

— Voilà, Dog Boy, murmura Ria. Ma maison.

Ou pour mieux dire, celle qui ne serait plus jamais la sienne…

— Où sommes-nous, maman ? demanda Benjy de sa petite voix ensommeillée.

Dans le rétroviseur, Ria contempla le visage si précieux, encadré de cheveux tout piqués d'épis, noir de jais comme les siens, comme ceux de David, et de sa mère… Elle adressa une brève prière silencieuse aux occupants de la maison : « Haïssez-moi, mais aidez-moi à le sauver ! »…

Les yeux couleur chocolat fondu, hérités du père de Ria, se plissèrent.

— Maman ?

— Nous allons rendre visite aux gens qui habitent ici, répondit enfin Ria d'un ton évasif.

— On les connaît ?

— Oui.

Et si ses parents n'habitaient plus ici ? Cette hypothèse la glaça.

Impossible. Leurs racines étaient ici, authentiques et profondes. Sa mère n'avait pas pour habitude de lâcher ce qui lui tenait à cœur... A une exception près. Elle, Ria, que sa mère avait été soulagée de voir partir...

Mon Dieu... aller frapper à cette porte était au-dessus de ses forces. D'un geste brusque, elle fit tourner la clé de contact.

Rien ne se produisit.

Le moteur de la vieille berline, poussé jusqu'à ses extrêmes limites, avait-il rendu l'âme ? Découragée, Ria se rejeta contre le dossier de son siège, prête à abandonner la partie. Elle était si fatiguée, si lasse. C'était à peine si elle distinguait le capot...

Un petit déclic, à l'arrière, la tira de cette hébétude.

— Hé, maman ! J'ai réussi à me détacher tout seul !

Du fond de sa détresse, Ria se surprit à esquisser un sourire. Ah, les enfants. Au moment précis où l'on se croit à bout, rincé, fini... voilà qu'ils vous ramènent à la vie, bon gré mal gré...

Elle défit sa propre ceinture et descendit de voiture. Des taches noires dansèrent devant ses yeux. Elle dut se cramponner à la portière pour rester debout.

— Viens, petit tigre, dit-elle dans un souffle. On y va.

Benjy rampa sur la banquette et lui tendit les bras. Elle avait envie de le porter, mais la crainte de manquer de force l'en dissuada. A la place, elle le prit par la main.

— Prêt pour notre prochaine aventure ?

— Oui !

Ils traversèrent la rue et s'engagèrent dans l'allée. Mais au moment de gravir les marches du perron, Benjy se recroquevilla soudain.

— Maman…

C'est à peine si Ria perçut cette voix sous les battements effrénés de son cœur. Et ce marteau-piqueur, dans sa tête…

— Oui, poussin ?

Les grands yeux noirs candides semblaient très inquiets.

— Est-ce que ces gens vont m'aimer ?

— Benjy ! Bien sûr qu'ils t'aimeront, affirma Ria avec un aplomb qu'elle était loin d'éprouver.

— Alors… C'est moi qui frappe ?

Elle considéra la porte rouge installée des années plus tôt par son père, avec le heurtoir de cuivre réservé aux visiteurs qu'elle n'utilisait jamais du temps où elle habitait ici.

— Je m'en charge pour cette fois, dit-elle, saisissant le heurtoir avec un sourire destiné à exorciser sa peur.

Et lorsque le battant s'ouvrit, Ria demeura bouche bée.

— Tante Cammie ?

— Victoria ?…

S'ensuivit un silence interloqué. La petite dame aux cheveux gris battit des cils et articula enfin :

— Doux Jésus ! Une seconde. Je vais chercher…

Tante Cammie disparue, Ria s'appuya contre le chambranle pour reprendre ses esprits. Devait-elle entrer ? La tête lui tournait. Elle tenta de réfléchir, de prendre une décision…

Soudain, une tempête se déchaîna dans la maison.

— Oh ! C'est le portrait craché de David ! cria quel-qu'un.

Cette voix devait appartenir à sa grand-mère, une ancienne actrice, que personne n'appelait autrement que Lola. Dans un brouillard, Ria entendit encore tante Cammie :

— Mon enfant, quel amour… Mais entrez donc…

« Courage », se répéta-t-elle, serrant fort la main de Benjy.

Enfin, elle l'aperçut.

L'instrument de la vengeance divine.

Les yeux verts écarquillés, les joues lisses couleur de cendre. Médusée, horrifiée… Alors, une envie de pleurer submergea Ria. Conformément à ses pires craintes, rien n'avait changé : sa mère, sa propre mère, la haïssait toujours.

Mais au même moment, Cleo Channing découvrit Benjy. Sur son visage, la métamorphose fut aussi spectaculaire qu'instantanée. La répugnance céda la place à une émotion qui n'était ni le chagrin ni la joie, mais un hybride des deux, si intense qu'elle en était pénible à regarder.

« Il est sauvé, songea alors Ria. Merci, Dog Boy. » Quel que fût le ressentiment de Cleo à son égard, il était maintenant évident que celle-ci chérirait Benjy et le protégerait. Et son père en ferait autant…

Le soulagement ouvrit une brèche infime dans le voile d'encre qui lui barrait la vue.

— Maman, balbutia-t-elle en tendant les bras.

Mais la nuit l'engloutit.

2.

Des voix assourdies résonnaient dans le lointain. Ria s'agita dans un demi-sommeil, le corps pesant, moulu d'épuisement. Vaille que vaille, elle tenta de s'arracher au néant bienheureux. Car elle aurait volontiers dormi une semaine, un mois, toute la vie…

— Ma maman… Elle va bien ?

La voix enfantine et tremblante la secoua de sa léthargie. *Benjy.* Il l'appelait. Mais elle était si exténuée…

— Je veux ma maman !

A ce cri, l'instinct maternel la poussa hors de son lit. Dans sa panique, elle fut prise d'un étourdissement, heurta une chaise. Puis une table. Plissant les yeux pour distinguer des repères, elle tituba vers les voix…

— Hé, ma grande, que fais-tu debout ? lui lança sa grand-mère.

Mais Ria ne lui accorda pas un regard. Son être à présent tout entier était concentré sur son enfant et sur lui seulement.

— Benjy ! Qu'est-ce qui t'arrive, mon amour ?

Dans l'encadrement de la porte de cette cuisine qu'elle n'aurait jamais pensé franchir de nouveau un jour, Ria découvrit alors sa mère agenouillée sur le carrelage, en adoration devant le petit.

— Maman ! s'écria celui-ci.

Aussitôt, il se dégagea des bras de Cleo pour se précipiter dans le giron de sa mère.

— Tu vas bien, maman ? J'ai eu peur...

Elle le pressa contre elle, enfouit les doigts dans l'épaisseur de sa tignasse qui avait grand besoin d'un shampooing.

— Je vais très bien, poussin.

Cleo se releva avec lenteur.

— Victoria, demanda-t-elle en pesant ses mots, tu es sûre que tu ne devrais pas rester couchée ?

— Ria, je m'appelle Ria, répliqua la jeune femme du tac au tac.

Elle vit distinctement le choc se répercuter dans l'assistance, d'une personne à l'autre. Ria... C'était David qui l'appelait « Ria », il ne faisait aucun doute que, aux yeux de sa mère, elle avait perdu le droit de porter ce surnom. Elle-même partageait cet avis, du reste. Ce surnom, c'était sa pénitence.

— Eh bien, Ria, reprit Cleo, qui s'efforçait visiblement de faire bonne contenance, maintenant que tu es levée si tu nous disais ce que tu... Enfin, pourquoi tu es ici. Aurais-tu...

Sa voix mourut soudain.

— Des ennuis ? acheva sèchement Ria.

Décidément, sa mère la soupçonnerait toujours du pire. La colère le disputa à l'amertume. Mieux valait plier bagages que d'insister davantage.

— Aucune importance, répondit-elle à sa mère. D'ailleurs, finalement, on s'en va, Benjy et moi.

14

— Non, s'écria Cleo en lui saisissant le bras.

Ria se raidit.

— Ne me touche pas ! Lâche-moi tout de suite.

Cleo obtempéra aussitôt mais, sur ses traits, Ria découvrit un sentiment très surprenant chez cette femme pleine d'assurance… Un sentiment qui ressemblait étrangement à un authentique désarroi.

— S'il te plaît, Vic… Ria. Ne pars pas.

— Ne fais pas de mal à maman, protesta Benjy d'une petite voix.

Cleo le regarda.

— Chéri, jamais je ne…

Mais elle ne termina pas sa phrase — saisie sans doute de scrupules au moment de parachever son mensonge, songea Ria. Car, au fil des années, mère et fille n'avaient jamais cessé de se faire du mal, justement.

— J'ai envie que vous restiez, tous les deux, voilà tout, avoua alors Cleo.

Benjy leva sur sa propre mère un regard anxieux et confus, guettant sa réaction.

— Et puis, il serait sage que vous consultiez, ajouta Cleo. Par précaution…

A ces mots, Ria prit conscience du tableau affligeant qu'elle et son fils devaient offrir, en dépit de ses efforts pour conserver une hygiène décente. Elle sentit sa colère redoubler.

— Peur d'attraper des puces, mère ? Sous prétexte que nous avons dormi dans ma voiture ? Nous n'avons aucune maladie contagieuse. Un bon bain suffira. Je m'engage ensuite à récurer ta baignoire, précisa-t-elle d'une voix coupante.

— S'il te plaît, Vic… Ria. Pas devant…

Les lèvres pincées, Cleo esquissa un geste discret en direction de Benjy. Redevenant soudain la femme distante et bien élevée dont Ria avait gardé le souvenir, elle proposa :

— J'allais préparer des tartines pour Benjy. Tu en veux ?

Ria partit d'un petit rire sec.

— L'hôtesse accomplie est de retour...

Le menton de Benjy se mit à trembler. Il jetait des regards apeurés à l'une, puis à l'autre.

— Quelle que soit ton opinion à mon égard, répliqua Cleo, pense d'abord à ton fils. Laisse-le prendre son petit déjeuner en paix. Tante Cammie, si cela ne te dérange pas... Pour ma part, je dois aller ouvrir la boutique.

Là-dessus, elle gagna rapidement le hall, évitant sa fille.

— Où est papa ? demanda alors Ria, avant que sa mère ne s'éclipse.

Cleo s'arrêta net et échangea un regard avec Lola. Puis elle prit une profonde inspiration, comme si elle s'apprêtait à annoncer le pire.

— Il n'habite plus ici, déclara Cleo. Nous avons divorcé.

Le choc terrassa Ria. Elle éclata d'un rire amer. Dire que ses parents avaient partagé l'amour le plus profond qui fût. Leur séparation était inimaginable. Inconcevable...

Une nausée la prit. Il fallait qu'elle attaque, ou qu'elle crie sa détresse et s'effondre. Son père était son unique allié... Avant qu'elle ait commis l'irréparable.

— Félicitations, persifla-t-elle. Tu as finalement réussi à le faire fuir, lui aussi !

Cleo ne répondit pas. Elle caressa doucement les

cheveux de Benjy et ne se résolut à lever les yeux qu'une fois son calme revenu. Distante, froide, comme elle l'avait toujours été vis-à-vis de son aînée, la rebelle, l'enfant à problèmes.

A une époque, pourtant, ses yeux d'émeraude brillaient de tendresse, mais c'était il y a si longtemps que Ria s'en souvenait à peine. Elle avait toujours déçu cette femme face à laquelle elle se sentait démunie. Tandis que Betsey, elle — bien coiffée, nette et propre sur elle —, incarnait l'enfant modèle, la fille irréprochable, la réplique exacte de l'élégante Cleo Channing. Chaque soir, Ria priait le ciel pour qu'une métamorphose s'accomplisse. En vain. Plus elle s'évertuait à s'amender, plus ses échecs étaient flagrants, tant et si bien qu'elle avait fini par renoncer.

« Fais la paix », lui souffla sans prévenir la voix de Dog Boy. Mais à quoi bon ? se récria-t-elle. Cela ne marcherait jamais.

— Je monte me changer, annonça Cleo.

Elle était déjà au pied de l'escalier, le dos bien droit, dans la posture étudiée qui était sa marque de fabrique.

— Malcolm sera prévenu de ta présence ici, ajouta-t-elle.

Puis elle disparut.

Près d'un an avait passé, et Sandor Miklos Wolfe ne se lassait toujours pas du miracle américain. Quant au Texas… Quel bonheur que ces paysages texans infinis, où chacun trouvait la place de respirer, de penser, d'évoluer… Même les rêves les plus fous d'un enfant sur les terres natales de son père disparu ne rendaient pas justice à leur magie.

Les trente-quatre premières années de sa vie, Sandor les avait passées à Budapest avec sa grand-mère, dans un étroit deux pièces avec commodités dans le couloir, qu'ils partageaient avec deux autres familles au sein d'une ancienne maison de maître du centre-ville. Voilà pourquoi il couvait des yeux chaque matin, avec un plaisir intact, l'appartement sis au-dessus d'un garage dont lui seul et sa nouvelle logeuse possédaient la clé.

Aujourd'hui encore il secoua la tête, incrédule, en remerciant sa bonne étoile. Si seulement il avait pu offrir à Nani un tel luxe de son vivant ! Mais là-bas, à Budapest, l'inflation galopante et le chômage avaient succédé à l'oppression soviétique...

Sandor avait hérité la nationalité américaine de son père, qui avait dû quitter la Hongrie au lendemain de sa naissance. Etudiant méritant, muni d'un visa prolongé pour mener des recherches sur l'histoire tumultueuse de l'Europe de l'Est, Alexander Wolfe s'était engagé à faire venir femme et enfant aux Etats-Unis — mais un accident de moto fatal avait pulvérisé cet espoir. Huit ans plus tard, la mère de Sandor succombait à une pneumonie. L'unique photographie qu'elle détenait d'Alexander fut confiée à Sandor par sa grand-mère, laquelle se dévoua sans compter pour l'élever. Devenu adulte, celui-ci s'était occupé d'elle à son tour, remettant à plus tard le voyage en Amérique dont il rêvait. Puis Nani était partie, le laissant libre de mettre enfin son projet à exécution...

Aux Etats-Unis, les opportunités abondaient, songea Sandor en empruntant l'escalier rafistolé par ses soins, puis l'allée qu'il avait entrepris de dégager la veille en prévision d'une réfection complète du pavage. Pour réussir dans ce pays, il suffisait finalement d'avoir la volonté de travailler dur, ainsi que la discipline indispensable pour ne pas gaspiller ses économies — deux aptitudes naturelles chez lui.

Il releva le hayon du pick-up d'occasion qu'il s'était offert grâce au pécule constitué avec diligence semaine après semaine. Le plateau de chargement avait contenu sans problème la totalité de ses bagages, entreposés jusque-là dans l'arrière-salle de la boutique de Cleo.

A qui d'autre d'ailleurs devait-il cette nouvelle vie, cet avenir riche de promesses, sinon à Cleopatra Channing et à sa propension à recueillir les chiens errants ?

— Vous avez travaillé très tard…

Sandor tressaillit et se retourna vers sa logeuse.

A peine moins grande que son propre mètre quatre-vingt-trois, fluette et d'humeur souvent acariâtre, Billie Packard semblait une walkyrie hors d'âge, avec ses longues tresses grises pendant sur sa poitrine et ses robes marron informes piquées de broches bigarrées. Cette femme et lui-même en étaient encore à se tourner autour, tels deux fauves aux aguets.

— Le bruit vous a-t-il importunée ?

— Non. A mon âge, on dort peu.

Billie inspecta du regard les lattes de bois neuves émaillant l'escalier, puis l'allée entièrement désherbée.

— Vous avez emménagé hier soir, je ne m'attendais pas à ce que vous vous mettiez à l'ouvrage si vite.

Sandor haussa les épaules.

— Cette tâche figurait parmi mes priorités.

Et ce n'était qu'un début. Cette vénérable bâtisse du quartier de Clarksville, proche du centre, faisait peine à voir… Sandor avait repéré l'appartement vacant au-dessus du garage au hasard d'une de ses balades nocturnes dans le voisinage de la boutique de Cleo. Dès le lendemain matin, il s'était présenté chez Billie en lui proposant un marché : des travaux de réfection, en échange de l'hébergement. Il ne pouvait en effet squatter indéfiniment l'arrière-salle de la boutique, qui faisait office de réserve en temps normal. Cet espace, Cleo en avait sûrement besoin, mais jamais elle ne lui demanderait de partir...

Billie avait d'abord refusé tout net. Pour autant, Sandor, qui avait passé sa vie à se démener pour fabriquer quelque chose à partir de rien, ne s'était pas découragé. A sa deuxième tentative, il avait remplacé de son propre chef deux planches cassées sur le perron. A sa troisième, la gouttière ne fuyait plus. Il avait alors enfin compris que Billie n'avait pas les moyens d'investir dans les matériaux, et il s'était proposé pour les fournir lui-même à condition que celle-ci lui laisse le temps de rassembler la somme correspondante. Les crédits bancaires, trop facilement accordés dans ce pays, lui inspirant la plus grande méfiance, il s'astreignait à toujours payer cash, à moins d'opter pour un troc.

— Eh bien, dit Billie, que faites-vous debout dès l'aube, après avoir travaillé si tard ?

— Je dois me rendre sur un chantier dans la matinée, mais d'abord je compte installer des placards dans la boutique de Cleo avant l'ouverture, pour éviter que le bruit la dérange.

— Vous avez une façon de prononcer ce prénom... C'est une personne qui vous est chère, peut-être ? Un grand garçon séduisant comme vous... Les femmes doivent se battre pour vous faire des avances.

Ce que Cleo représentait pour lui ne regardait personne. Sandor se maîtrisa de son mieux.

— C'est une amie. Je réalise quelques travaux pour elle, rien de plus. A présent, si vous voulez bien m'excuser…

— A plus tard, murmura sa logeuse, l'air songeur.

Refoulant son agacement, Sandor grimpa dans le pick-up. En vérité, il aurait pu facilement tomber amoureux de Cleo bien qu'elle fût, à cinquante et un printemps, son aînée de seize ans. Car à la différence d'une large majorité de ses nouveaux compatriotes, il ne situait pas l'apogée de la beauté féminine dans la prime jeunesse. Mais c'était clairement son amitié qu'elle recherchait, et Sandor lui devait trop pour franchir cette limite.

Il partirait donc en la confiant aux bons soins du jeune Colin Spencer, qui tenait un café proche de la boutique et soupirait après l'insaisissable Cleo. Celle-ci s'appliquait en effet à éluder tout engagement sérieux, ainsi que Sandor l'avait très vite constaté. Et si elle n'était pas indifférente au charme de Colin, elle résistait encore, arguant de leur différence d'âge.

Et puis, même si elle n'en montrait rien, son divorce avait brisé cette femme dont la famille était de toute évidence le souci premier. De l'avis de Sandor, Malcolm, qu'il n'avait jamais rencontré, avait commis une faute grotesque et impardonnable en la laissant partir…

La vraie coupable, toutefois, celle qui avait détruit son foyer, c'était plutôt sa mauvaise graine de fille.

Sandor gara le pick-up à sa place habituelle, dans la ruelle ombragée bordant l'arrière de la boutique cadeaux haut de gamme tenue par Cleo sur West Sixth Street.

Il pénétra directement dans l'arrière-salle par la porte de service et promena un regard satisfait sur son œuvre. Plaques de plâtre sur les murs, joints bien étanches…

Dès que les placards seraient installés, il attaquerait la peinture avant de s'occuper du sol.

Et sa rémunération, comme d'habitude, serait très généreuse, sous prétexte qu'il mésestimait son travail… Accepter le moindre *penny* de Cleo le rendait malade. Il devait tout à cette femme : elle lui avait procuré un toit, un emploi, en attendant qu'il ait assez d'économies pour déménager… Il lui était redevable et elle insistait tout de même pour le payer !

Depuis Nani, jamais Sandor n'avait éprouvé autant d'admiration pour une personne. D'apparence frêle et délicate, Cleo semblait plutôt taillée pour les thés entre amies, mais sous cette fragilité de façade se cachait une volonté de fer. Après son divorce, en l'espace de cinq ans à peine, la femme au foyer mère de famille avait réussi sa conversion en commerçante respectée.

Et bien malin qui aurait décelé chez la nouvelle Cleo Channing de la nostalgie. Même face à Sandor, qui pouvait s'enorgueillir d'avoir gagné sa confiance — un authentique privilège — elle donnait le change et s'en tenait à l'image qu'elle s'était forgée : celle d'une commerçante flegmatique et avisée, chez qui l'on était sûr de trouver la juste idée cadeau.

Soudain, des voix résonnèrent dans la rue. Sandor crut reconnaître Colin, puis Cleo, tendue, apeurée. Il sortit juste à temps pour la voir repousser la main que Colin posait sur son bras.

— Non !

— Mais je voulais seulement…

— Allez-vous-en, s'il vous plaît.

— Des ennuis, Cleopatra ? s'enquit aussitôt Sandor.

— Je… Non.

— Vous êtes sûre ? insista-t-il en toisant Colin d'un œil sévère.

— Voyons, Cleo, protesta celui-ci avec une véhémence inhabituelle, jamais je ne vous ferais de mal !

Connaissant l'homme, Sandor le crut volontiers. Mais Cleo semblait bouleversée, et pas du tout dans son état normal.

— Vous devriez revenir plus tard, Colin, dit Sandor.

— Oui. Bien sûr. Tenez, Sandor.

L'infortuné lui tendit la boîte de gâteaux qu'il tenait à la main et ajouta, les épaules voûtées :

— Je ne comprends pas…

— Je sais, souffla Cleo. Vous n'y êtes pour rien, Colin.

Son assurance coutumière se lézardait. A en juger ses yeux cernés… Elle esquissa un geste d'impuissance en manière d'excuse.

Colin s'avança, prêt à la réconforter, mais, croisant le regard d'avertissement de Sandor, il leva les mains.

— Je me rends. Bonne journée, dit-il avant de s'éloigner.

— C'est un homme bien, marmonna alors Cleo, abattue. Il mérite mieux.

— Vous aussi, répliqua Sandor d'un ton ferme. Venez.

Il lui prit le coude pour l'attirer dans la boutique, dont il referma la porte derrière eux. Puis il l'installa sur le canapé du petit bureau attenant, posa la boîte de gâteaux sur la table de travail et s'accroupit devant elle.

— Que s'est-il passé, Cleo ?

— Rien du tout, rétorqua-t-elle, reprenant sa contenance habituelle comme par réflexe.

Puis, d'un coup, elle cessa tout net de faire semblant.

— Ma fille a débarqué chez moi ce matin, annonça-t-elle d'une traite.

— Betsey a des ennuis ?

— Pas Betsey. Victoria. Ou plutôt Ria, comme elle souhaite qu'on l'appelle.

Ah. L'enfant rebelle. Celle qui avait laissé un champ de ruines derrière elle… Sandor avait appris toute l'histoire un soir où il travaillait tard aux côtés de Cleo, bien après la fermeture du magasin. Il avait alors compris les ravages que Victoria avait causés.

— Qu'est-ce qu'elle voulait ?

— Je n'en suis pas certaine… Un abri, de l'argent aussi, sans doute… Elle a un petit garçon, ajouta-t-elle en relevant brièvement les yeux. Ils étaient tous les deux sales et affamés. Ils vivaient dans sa voiture depuis Dieu sait combien de temps…

Puis elle fixa le sol, et précisa d'une voix à peine audible :

— Il ressemble à David.

Voilà donc ce qui la bouleversait à ce point…

— Donc, dit Sandor, vous allez accueillir et nourrir cet enfant parce qu'il est votre chair. Vous prendrez soin de lui à la fois pour lui-même et pour le fils que vous ne pouvez plus serrer dans vos bras. C'est ça ?

Cleo hocha la tête d'un air hagard.

— Et Victoria ?

— Elle me déteste. Il y a tant de colère en elle…

— Mais en la chassant, vous perdrez le petit garçon.

Nouveau signe de tête.

— Cela fait beaucoup de soucis à porter, même pour une femme aussi forte que vous.

— Et maintenant, je vais devoir appeler Malcolm…

— Comment réagira-t-il, à votre avis ?

— Il prendra probablement son parti, selon son habitude.

Cleo leva vers Sandor un regard perdu.

— Je n'ai plus aucun désir de me battre avec elle. J'aimerais seulement… qu'on forme de nouveau une famille. Comme avant. Mais je n'y crois pas. Ça ne marchera pas.

Sandor n'eut pas le loisir de la réconforter — elle s'était déjà redressée.

— J'étais sûre d'avoir laissé tout ça derrière moi, mais en la voyant aujourd'hui, en constatant qu'elle n'avait pas changé, je me suis sentie retournée !… On ne peut pas lui faire confiance !

Son regard s'aiguisa soudain.

— Je ferai ce qu'il faudra pour offrir à mon petit-fils la vie à laquelle il a droit, affirma-t-elle alors avec une sorte de détermination sourde. Il est hors de question que je la laisse faire du mal à un autre enfant, vous entendez !

Cet état d'exaltation ne lui ressemblait guère. Sandor jugea prudent de la mettre en garde, de peur qu'elle ne se berce d'illusions : pour peu que Victoria reparte dès ce soir sur un coup de tête ou de colère, l'enfant disparaîtrait avec elle.

— Vous ne savez quasiment rien de sa relation avec son fils, observa-t-il. Peut-être cela se passe-t-il mieux que vous ne pensez…

— Je connais mieux qu'elle le rôle d'une mère !

— Mais vous n'êtes pas celle de ce petit garçon.

Les yeux de Cleo jetèrent des éclairs. Sa voix fouetta l'air, cinglante, définitive.

— Vous n'avez pas d'enfants, Sandor. Vous ne pouvez pas comprendre.

C'était la première fois qu'elle se montrait aussi agressive vis-à-vis de lui. Sandor y vit le signe d'un trouble profond.

— Ce garçon n'est pas David. Le sauver ne vous rendra pas votre fils…

Cleo ne répondit pas. Mais son expression parlait pour elle : sa décision était déjà prise. Elle avait à tout le moins recouvré son allant, songea Sandor, et il en profita pour changer de sujet.

— Alors, maintenant, si vous me disiez ce qui s'est passé avec Colin, tout à l'heure ?

— Rien du tout.

— Vous lui brisez le cœur, Cleopatra.

Celle-ci eut un hoquet de surprise.

— Je ne vois pas de quoi vous voulez parler !

Là-dessus, elle se leva et partit s'affairer avec la bouilloire. Sandor se permit de rire.

— Vous êtes fichtrement américaine, quelquefois ! hélas, le rôle de vieille fille outragée ne vous convient pas du tout !

— Sandor, ce n'est pas ce que vous… Enfin, Colin et moi, nous ne sommes pas…

— Allons ! Vous pensez que l'attirance entre Colin et vous ne se voit pas ? Je parie que vous avez brandi votre grand âge comme un bouclier…

La bouilloire s'abattit sur le comptoir carrelé.

— Je n'ai pas envie d'en parler. C'est… Je suis ridicule, balbutia-t-elle en lui tournant le dos pour regagner l'avant de la boutique.

— Cleo, attendez ! Pardon. Tout cela vous chagrine, et c'est la dernière chose que je souhaite.

Cleo s'immobilisa, mais ne se retourna pas.

— Parlez-moi, insista Sandor. Dites-moi pourquoi vous vous sentez si vieille, à côté de Colin ! Il est adulte, il sait ce qu'il veut. Et vous, vous êtes une très belle femme, restée trop longtemps seule. Pourquoi ne pas vous accorder un peu de bonheur et de plaisir ? Quel mal y aurait-il à cela ?

— Je ne peux pas discuter de cela avec vous, Sandor. Ce ne serait pas convenable.

Ce puritanisme ! Sandor escamota de justesse le sourire qui lui venait aux lèvres.

— Dans ce cas, avec qui en discuterez-vous ?

— Personne. D'ailleurs, il n'y a rien à discuter, Sandor. Il faut seulement être raisonnable, voilà tout.

— Très bien, dit Sandor, qui commençait à avoir l'habitude de se heurter à son entêtement. J'abandonne pour le moment. Mais je me permettrai de vous rappeler de temps à autre que vous êtes en vie, et que vous méritez infiniment plus que ce que vous vous octroyez.

Il s'arrêta sur le seuil de l'arrière-boutique et ajouta :

— Rappelez-vous, je suis votre ami.

— Merci, murmura Cleo, au bord des larmes. Vous êtes si gentil avec moi.

Sandor secoua tristement la tête. Il avait beaucoup de travail, aujourd'hui, et l'heure d'ouverture de la boutique approchait. Il lui faudrait donc attendre un moment plus propice pour reprendre cette conversation.

Mais entre-temps, il ferait son possible pour protéger Cleo de cette Victoria qui, arrivée en ville depuis quelques heures à peine, avait déjà réussi à semer le désordre autour d'elle.

3.

Le vent-dans les cheveux de maman, la danse de ses mèches sur ses joues, le doux va-et-vient qui la berçait quand elle se blottissait contre son cœur, sous son regard aimant… Victoria gardait en elle ces images du temps où elle était bébé. Jamais elle n'en parlait, car les adultes lui auraient dit qu'il était impossible, à huit ans, de conserver des souvenirs si anciens. Mais, elle, elle savait mieux qu'eux et elle se rappelait très bien cette époque bénie où elle avait eu maman pour elle toute seule… C'était avant que n'arrive Betsey, deux années plus tard.

Aujourd'hui était un jour spécial. Maman devait l'emmener prendre un *ladies' lunch*. Un déjeuner entre filles ! Toutes les deux, en tête à tête, sans Betsey ! Victoria en avait des fourmis dans le ventre, comme un petit rire tenu secret. Toutes les deux portaient une robe à fleurs verte et blanche, avec des volants en plus pour celle de Victoria qui avait un peu peur de s'asseoir, parce que, d'après sa mère, elle ne savait pas ne pas se tacher… Tout le contraire de Betsey, qui restait propre quoi qu'il arrive, alors qu'elle n'était qu'un bébé.

Normal, elle passait ses journées à l'intérieur avec ses stupides poupées. Comment aurait-elle pu se salir ?

— Prête, chérie ?

D'un bond, Victoria quitta le canapé, traversa le salon en courant… et dérapa sur le parquet, heurtant au passage une table sur laquelle une lampe vacilla.

Sa mère la serra contre elle en riant.

— Malcolm ? lança-t-elle. Nous partons !

Papa apparut en haut de l'escalier, suivi de près par Betsey, et siffla.

— Quelles vamps ! Je ne devrais pas vous laisser sortir seules, ce soir…

Alors la voix de sa mère glissa dans les graves.

— Démon, va, roucoula-t-elle, les joues empourprées.

Papa darda sur elle un de ces regards enflammés dont il avait le secret.

— Sois prudente… Toi aussi, Vic ! Tu vas briser plus d'un cœur, dans cette tenue. Tu es aussi belle que ta mère !

Oh ! Jamais elle ne serait aussi jolie. C'était impossible. Maman aurait dû être mannequin ou princesse… D'ailleurs, quelquefois, Papa l'appelait Blanche, en disant qu'elle évoquait pour lui Blanche-Neige, la plus féerique de toutes.

Mais, comme aujourd'hui Victoria se sentait tout drôle, elle envoya un baiser à son père en soufflant sur sa paume, comme venait de le faire maman.

— Je t'aime, papa !

— Moi aussi, ma puce. Amusez-vous bien. Avec Betsey, nous garderons le fort, dit-il en caressant les cheveux de la petite.

Du coin de l'œil, Victoria vit frémir les lèvres de sa sœur.

— Attendez !

A ce cri, maman, qui s'apprêtait à sortir, se retourna. Betsey dévala les marches et jeta les bras autour de sa taille, les joues baignées de larmes. Maman s'accroupit pour lui faire un câlin en lui murmurant quelque chose à l'oreille.

Victoria contemplait la scène en retenant son souffle. Allait-on céder au caprice de Betsey et l'autoriser à les accompagner, puisqu'elle ne glissait jamais sur le parquet au risque de renverser une lampe ?

Elle se mit à trembler. D'un instant à l'autre, la magie allait s'évaporer...

Mais non. Maman serra sur son cœur sa fille en pleurs, puis se leva et prit la main de Victoria.

— Au revoir, chérie. Prends soin de papa à ma place, d'accord ?

— Oui, maman, marmonna Betsey, tête basse.

Une poignée de secondes plus tard, elles roulaient vers leur *ladies' lunch*. Maman et Vic. Seules au monde...

Dans le rétroviseur, le sourire de maman éclatait de blancheur sous le rouge à lèvres carmin.

— Prête à faire la fête ? Accroche-toi !

En pensée, Victoria fit le vœu de ne pas courir, de ne rien renverser, de ne pas crier... Pour une fois, elle se conduirait aussi bien que sa jolie maman.

— Ria !

La première chose qu'aperçut Ria en émergeant de son rêve fut un arc-en-ciel filant dans l'espace. Vite, elle referma les yeux.

Fatiguée, si fatiguée...

— Viens, ma grande... Réveille-toi... Parle-moi !

— Maman ?

Ria battit des cils pour ajuster sa vision. Une chevelure blonde opulente. Un foulard rose fuchsia, attaché sous la perruque de sa grand-mère…

— Lola ! Qu'est-ce que c'est que ça ? s'enquit-elle en souriant.

— Un cristal régénérateur. C'est la première fois que je tente l'expérience.

Refoulant un rire nerveux, Ria regarda autour d'elle. Lola anticipa la question.

— Ta mère est encore à la boutique. Elle s'inquiète pour toi.

Mais bien sûr ! Cleo devait craindre que sa fille lui vole son argenterie ou vide le bar…

— Je n'aurais pas dû venir, marmonna Ria en essayant de se redresser.

Une main la repoussa gentiment en arrière

— Dans ce cas, pourquoi es-tu venue ? lui demanda sa grand-mère d'un air attendri.

Bonne question, songea Ria. Parce que Benjy et elle dormaient dans sa voiture depuis cinq semaines ? Et que, même ratée, même au bout du rouleau, elle était une mère assez scrupuleuse pour ne pas continuer ainsi tout l'hiver ?

Ou alors, c'était à cause de cette fichue promesse faite à Dog Boy alors même qu'elle savait l'aventure condamnée à l'échec…

— Aucune importance, dit-elle, feignant l'indifférence. J'ai vu la tête que faisait maman. Elle s'occupera très bien de Benjy mais elle ne veut pas de moi ici.

Lola ne releva pas.

— Où est le père de ton fils ? s'enquit-elle.

— Il n'en a pas.

Sa grand-mère n'allait tout de même pas lui faire la morale ! Cleo non plus n'avait pas de père dans sa vie…

Oui, mais tout de même, Lola savait qui était le géniteur. Ria, elle, ne serait jamais certaine de l'identité de celui de Benjy, croisé quelque part, une nuit de galère parmi d'autres…

Elle attendit les reproches, et ne fut pas déçue. Si Lola pouvait comprendre qu'on élève un enfant seule, elle lui en voudrait forcément d'avoir gardé Benjy secret pendant cinq ans.

— Pourquoi n'avoir rien dit ? Ria, ma grande, où étais-tu durant tout ce temps ?

— Je n'avais pas envie d'entendre des sermons, répondit Ria d'un ton évasif. Ni qu'on se mêle de mes affaires.

Sa grand-mère la considéra d'un air navré.

— Tu en aurais pourtant grand besoin, non ? Ria…

— S'il te plaît, Lola. Pas maintenant.

Ria se leva en titubant. Les doigts enfouis dans ses cheveux en désordre, elle balaya des yeux cette chambre où elle avait passé la plus grande partie de sa vie. Comme de juste, toute trace de sa présence ici avait été soigneusement éliminée, à l'exception du grand lit hérité de ses parents lorsque ceux-ci s'étaient offert le modèle grand luxe. Mais les murs avaient été repeints, il ne restait plus rien de la couche de noir dont elle les avait couverts par pure provocation envers sa mère. La chambre était aujourd'hui d'un jaune crème très doux, les moulures blanc cassé. Des saintpaulias ornaient l'appui des fenêtres sous de simples voilages de dentelle ajourée que Ria aurait troqués sans hésiter, à une certaine époque, contre des stores occultants.

Cleo, la méticuleuse Cleo, faisait toujours tout comme il fallait.

… Sauf au moment de se colleter avec une enfant rebelle.

— Je ne peux pas rester ici, déclara-t-elle en se dirigeant vers la porte d'un pas mal assuré.

— La fuite n'est pas une solution, ma grande. Tu es mieux placée que quiconque pour le savoir.

Le bras de Lola s'invita autour de sa taille. Dans le miroir accroché au mur, Ria aperçut leur reflet. Quel duo ! Une blonde incendiaire toute ridée et un spectre à la crinière noire hérissée…

— Il faudra que j'essaie ton look, s'amusa Lola.

— Pas ton genre, Lola. Mamie Van Doren ne s'en remettrait pas.

— Pfft… Cette pin-up sans cervelle… Je lui ferais de l'ombre !

Ria sourit tout en réprimant un frisson. C'était la première fois qu'elle voyait Lola accuser son âge. Amaigrie, celle-ci avait définitivement perdu la silhouette de rêve qui lui avait permis de décrocher quelques rôles de femme fatale à Hollywood.

Ria lui prit la main.

— Où habite Bets ? demanda-t-elle.

— Dans Westlake, avec son mari, Peter, et deux charmantes fillettes.

Betsey, mariée…

— Un champion de base-ball, je présume ? Assorti d'une maison ravissante et d'une tout-terrain familiale grand luxe ?

— Bien vu !

Elles échangèrent un sourire complice. Un instant, Ria entrevit une lueur d'espoir.

— Je suis contente que tu sois là, tu sais, Lola…

— A cause de moi, ta mère pique des crises.

Le sourire de Ria s'élargit.

— Cela ne date pas d'hier !

— Elle s'encroûtait. Elle travaille trop, en fait…

— Pourquoi ?

— Eh bien, elle doit s'assumer seule, maintenant. L'entretien de cette maison plombe ses finances, mais elle a refusé tout net l'aide que lui proposait Malcolm. De toute manière, elle n'a jamais aimé se la couler douce. Sa boutique de cadeaux est une vraie réussite.

— Cela ne m'étonne pas, concéda Ria de bonne grâce. En cas de troisième guerre mondiale, elle serait capable de lever une armée en vingt-quatre heures chrono. Dommage que je n'aie jamais apprécié d'être prise en charge.

Lola se rembrunit.

— Ne l'agresse pas, Ria. Elle a été une bonne mère pour vous tous, meilleure à tous égards que celle que j'ai été pour elle. Change ton fusil d'épaule, cette fois. Rien ne vous oblige à vous battre !

Ria s'avança jusqu'à la porte et l'ouvrit.

— C'est vrai, admit-elle.

Pourtant elles s'étaient *toujours* battues… Au moment de sortir, Ria se retourna et demanda :

— Où est papa, puisqu'il ne vit plus ici ?

Lola parut mal à l'aise.

— Il a un appartement, dans Northwest Hills.:.

— Qu'est-ce que tu me caches, au juste ?

— Tu l'apprendras tôt ou tard, je suppose, soupira sa grand-mère. Il a une petite amie, voilà.

Ria se raidit pour ne pas flancher.

— Et alors ? Papa est plutôt bel homme. Il était inévitable qu'il attire des femmes…

— Elle est à peine plus vieille que toi, lâcha Lola en détournant les yeux. Et puis c'est la première qui emménage chez lui.

Bien malgré elle, Ria éprouva un pincement au cœur pour Cleo.

— Comment a réagi maman ?

— C'est une femme forte. Mais…

— Mais ?

— J'ai toujours pensé qu'ils se remettraient ensemble. Cleo ne l'avouerait jamais, mais elle y croyait sûrement elle aussi…

Lola secoua la tête.

— On ne vit qu'un seul grand amour sur cette terre. Ces deux-là étaient faits l'un pour l'autre. Et ils le sont toujours, si tu veux mon avis.

Ria le savait pertinemment : c'était à elle, la mauvaise fille, qu'incombait la responsabilité de l'échec de ses parents. Cette faute-là venait s'ajouter à la longue liste de ses erreurs inacceptables.

Alors, une envie folle la prit de voir son fils, son unique réussite. La main crispée sur la poignée de la porte, elle regarda sa grand-mère droit dans les yeux et lança :

— Je ferai de mon mieux pour éviter les frictions avec elle, Lola. Mais la balle est dans son camp.

De toute façon, elle-même était trop exténuée pour mener le jeu.

Sandor dut faire un second voyage jusqu'au pick-up pour aller chercher d'autres outils avant d'attaquer les travaux dans le restaurant, un établissement modeste mais qui représentait son plus gros contrat à ce jour.

Il vit soudain une silhouette menue détaler, vive comme l'éclair, de l'autre côté du plateau de chargement. La lame de la scie égoïne jeta un bref éclat dans la lumière du soleil...

— Hé ! Qu'est-ce que...

Le voleur avait déjà disparu derrière l'immeuble qui faisait le coin du parking. Parce que ce quartier, proche du centre, était plutôt délabré, Sandor prit le temps de verrouiller sa boîte à outils avant de se lancer à sa poursuite.

Le poids du larcin entravant l'échappée belle du fuyard, il eut tôt fait de le repérer, en train d'escalader non sans difficultés une palissade. Avec ses longues jambes, il le rejoignit en quelques foulées, le saisit par la chemise et tira de l'autre main sur sa scie, animé d'une sainte colère. Sa survie dépendait de ces outils achetés un par un, sur ses économies.

— Lâche-moi ! cria le garçon entre deux bordées de jurons.

Il se débattit comme un beau diable, lançant pieds et poings à l'aveuglette avec une telle hargne que Sandor dut poser la scie afin de ne pas le blesser.

— Si tu me lâches pas, mon frère te tranchera la gorge, sale...

— Assez !

Sandor le saisit aux épaules et l'obligea à se retourner.

La peau était peut-être plus foncée, la tenue différente, mais l'expression de son petit voleur, il l'aurait reconnue entre mille, tant il était familier de la misère.

Il s'efforça aussitôt de recouvrer son calme et desserra sa prise. Le gamin se tendit, prêt à fuir. Quel âge avait-il ? Douze, treize ans ?

— N'y songe même pas, dit Sandor. Je te rattraperais sur-le-champ.

L'autre pinça les lèvres tout en le défiant du regard derrière l'écran des larmes contenues.

— Te gêne pas, appelle les flics ! J'ai pas peur de toi, fils de…

Sandor le secoua.

— Surveille ton vocabulaire ! Comment veux-tu qu'on te respecte si tu ne te respectes pas toi-même ?

Le gamin cligna des yeux.

— Comment tu causes ! D'où tu viens ?

— Je suis aussi américain que toi.

— Ben voyons, ricana l'autre. J'ai jamais entendu personne ici parler en vrai comme Schwartzenegger.

La bouche de Sandor s'étira.

— Je suis né en Hongrie, mais mon père était texan.

— Alors ta mère parle aussi bizarre que toi ?

Bizarre ? Sandor savait que son anglais était irréprochable, et pour cause. Il étudiait déjà cette langue en cachette à l'époque où c'était interdit. Après la chute du Mur de Berlin, il avait redoublé d'efforts pour être fin prêt une fois en Amérique.

— Ma mère est morte.

Son interlocuteur perdit d'un coup toute sa superbe.

— La mienne aussi, avoua-t-il du bout des lèvres.

Décidément, ce garçon lui ressemblait comme un frère...

— Je te lâche si tu me promets de m'accompagner, dit Sandor.

— C'est ça ! Pour aller droit chez les flics ! Tu me prends pour une truffe ?

Sous la fanfaronnade, perçait une peur palpable.

— Je ne te livrerai pas à la police si tu viens avec moi.

— Hé, mec, me dis pas que t'es un pervers, lui renvoya le gamin qui tremblait, maintenant, les poings serrés. Si jamais tu me touches...

Partagé entre indignation et fou rire, Sandor éleva la voix.

— Ne sois donc pas ridicule ! Je compte t'offrir un petit déjeuner.

— Hein ?

Le gamin déglutit. Tenté, à coup sûr. Ses yeux se plissèrent.

— Et pourquoi ça ?

— Parce que j'étais comme toi, à ton âge.

Un mort de faim, chapardant dans les magasins quand il ne trouvait pas de travail honnête pour rapporter à Nani de quoi manger.

Sa scie égoïne n'aurait pas valu grand-chose chez un prêteur sur gages... Mais, certains jours, la somme la plus modeste était la bienvenue.

— Mon nom est Sandor, ajouta-t-il. Et le tien ?

L'autre le toisa.

— Qu'est-ce que ça peut te faire ?

— Simple politesse, répliqua Sandor en ravalant son

impatience. Personne ne t'a donc appris les bonnes manières ?

— Ouais, sûr ! J'ai décroché la médaille à l'école des bourges. Comment ça s'appelle, ces foutaises, déjà ? Le savoir-vivre ?

— Je constate avec plaisir, dit Sandor imperturbable, que tu es capable de comprendre des mots de plus d'une syllabe et sans grossièretés…

— Toi, t'es un bouffon de première, hein ?

Le gamin souriait, pourtant.

— Alors, tu vas faire plaisir à ce bouffon et l'autoriser à t'offrir un repas ?

— P'têt' ben qu'oui. Quand j'aurai trouvé le piège.

Il était si méfiant, qu'il était prêt à courir le risque de perdre cette chance de manger.

— Fort bien, dit Sandor. Il y en a deux.

— Continue…

— D'abord, je veux connaître ton nom. Ensuite, lorsque tu auras mangé tout ce qui te fera plaisir, tu resteras ici…

Le gamin releva vivement la tête.

— … jusqu'à l'heure du déjeuner.

— Le déjeuner ? répéta-t-il, ahuri.

Sandor refréna une envie de sourire.

— Il attendra simplement que nous ayons rattrapé le retard que je suis en train de prendre dans mon travail.

— Nous ? Ça veut dire quoi, « nous » ?

— Tout homme digne de ce nom préfère gagner sa vie plutôt que de voler ou d'accepter la charité.

— Attends, là… Tu vas m'obliger à *bosser* ?

— Je ne te forcerai pas, non. Mais pour ma part, j'ai toujours trouvé meilleur goût à la nourriture gagnée par des moyens honnêtes. Si tu préfères vivre de dons, tu t'es trompé d'endroit.

— J'ai pas choisi, fit l'autre en haussant les épaules. C'était vraiment débile, mec, de laisser ta caisse ouverte…

Sandor hocha la tête.

— J'accepte ta critique. Je ne pensais pas que les voleurs étaient si matinaux.

— Je ne suis pas…

— Bon, je devrais être en plein travail à l'heure qu'il est. On ne se construit pas une réputation en prenant du retard. La parole donnée à l'employeur est sacrée.

— C'est dans ton pays, là, que t'as chopé ces idées loufs ?

Sandor soupira. Il était décidément difficile d'accorder sa confiance, pour un enfant privé de tout.

— Ecoute, j'ai du temps soit pour te nourrir, soit pour entamer une discussion philosophique, mais pas les deux.

Sur ce, il lâcha l'épaule du garçon, ramassa la scie et prit la direction du restaurant en retenant son souffle.

Derrière lui, une voix s'éleva, claire et sonore.

— Jim.

Un sourire fendit le visage de Sandor. Il s'empressa de le faire disparaître en entendant des pas se rapprocher.

— Dans ce pays, commença-t-il, j'ai appris à aimer les *tacos* au petit déjeuner. L'avantage, c'est qu'on peut les manger en allant travailler. Cela te conviendrait-il, Jim ?

— Faut reconnaître, t'es drôle mais des fois tu tombes juste, mec. Alors, c'est quoi ce boulot ? Je suis qu'un gosse, moi, je peux pas charrier des machins trop lourds, des planches ou des foutus…

— Pàs de gros mots.

— Quoi ?

— Sur mon chantier, on ne jure pas. Je présume que tu es assez fort pour manier un balai ?

— C'est pour les filles, ça. Donne-moi quelque chose de plus dur.

— Quand tu l'auras mérité, rétorqua Sandor.

Jérôme prit un air dégoûté et marmonna :

— T'es vraiment un sacré fils de... Hmm, un drôle de mec !

Enfin, Sandor s'autorisa un sourire d'une oreille à l'autre.

4.

— Ferme les yeux, dit Ria à Benjy tout en versant de l'eau chaude sur ses cheveux couverts de mousse.

Elle glissa les doigts entre les mèches pour rincer correctement le shampooing.

— Maman ?

— Ne les rouvre pas encore.

Ces dernières semaines, alors qu'ils vivaient dans la voiture, se laver la tête avait relevé d'un luxe inaccessible. Ils avaient dû se contenter le plus souvent d'une rapide toilette à l'éponge dans les vestiaires publics. Ria frissonna : pas étonnant que sa mère ait eu un regard horrifié et accusateur devant l'état de saleté du petit.

Benjy obéit, mais il avait très envie de parler.

— Tu savais que Lola avait un chien ? Et tante Cammie dit qu'elle me montrera un parc tout près d'ici, où emmener Tyrone. Je peux, maman ? S'il te plaît ?

— Tyrone est encore là ! Je n'arrive pas à le croire, dit Ria, éludant la question. Il doit avoir au moins cent ans.

Ce chien jadis famélique, au pelage noir, avait reçu de Lola le prénom de l'acteur Tyrone Power, avec qui la vieille dame prétendait avoir partagé une nuit torride… Ria sourit. Penser aux frasques de sa grand-mère la distrayait agréablement de ses soucis.

— Maman ? Je peux ?

— Je *pourrais*, rectifia machinalement Ria.

La jeune femme se mordit aussitôt la langue. Bonté divine ! Voilà qu'elle imitait Cleo.

— C'est bon, lève-toi.

Elle voulut hisser son fils hors de la baignoire, mais le petit protesta.

— Je suis grand, je peux sortir et me sécher tout seul !

Il avait raison. En dépit de ses réticences, Ria n'insista pas. Elle n'avait pas oublié combien elle détestait, petite, être couvée par sa mère.

— Pense à t'essuyer les oreilles…

— Je sais ! Tu peux t'en aller, maintenant.

Ria n'avait aucune envie de laisser son fils tout seul. Dans cette maison pleine de mauvais souvenirs, elle ne se sentait pas chez elle et craignait pour Benjy.

Allons, personne ici ne lui ferait de mal, elle était ridicule de s'inquiéter. Les femmes de la maisonnée, n'ayant plus d'enfant à choyer, ne demandaient qu'à rattraper avec Benjy le temps perdu.

— Je t'attends dans le couloir.

— Est-ce que je *pourrais* aller au parc avec tante Cammie et Lola ?

Ria sourit et secoua la tête.

— Tu n'abandonnes pas facilement la partie, n'est-ce pas ?

Comme Benjy lui retournait son sourire, Ria envia à son fils sa belle résistance.

— Alors c'est oui ?

— Oui ! confirma sa mère en riant.

Elle se pencha et lui embrassa le nez.

— N'oublie pas les oreilles, chuchota-t-elle avant de quitter la pièce.

N'osant s'éloigner, elle fit quelques pas dans le couloir, s'adossa au mur et se laissa glisser jusqu'à terre, les yeux rivés à une photo encadrée sur la paroi opposée.

Tous trois y figuraient, elle-même, Betsey, et un très petit David. Toute à l'effort de se remémorer qui avait été cette grande aînée un peu godiche, elle ne remarqua pas la porte d'entrée qui s'ouvrait, ni les pas qui approchaient.

Jusqu'à ce que la voix lui parvienne.

— Vic… Je veux dire, Ria…

Ria tourna vivement la tête vers le bas de l'escalier. Un instant, elle se sentit redevenir la petite fille persuadée que cet homme avait le pouvoir de terrasser tous les dragons du monde.

— Papa !

Seuls quelques fils d'argent près des tempes dénonçaient les années passées. Il avait toujours la taille haute et élancée d'un coureur, la carrure peut-être même plus solide…

Malcolm était le tout premier homme en qui elle avait placé son amour, et sa confiance… Pourtant il avait cédé devant le dragon qui vivait sous ce toit.

Il était manifestement sur ses gardes, mais son regard débordait de la même tendresse que du temps béni où Ria était la princesse de son papa.

— Viens là, ma chérie…

La vue de Ria se brouilla. Qui sait comment elle trouva la force de se lever, de descendre les marches… et se précipita dans les bras grands ouverts de son père, qui l'étreignit fort en lui caressant les cheveux.

— Là, là, Vic, souffla-t-il, l'appelant par le petit nom de son enfance. Tout va bien maintenant. Tu es chez toi…

Ria se blottit contre lui, prise d'un désir éperdu de croire à ces paroles. Longtemps, il la berça en douceur comme si elle était encore une enfant. Il lui avait tellement manqué !

Puis, soudain, Malcolm se raidit. Ria jeta un coup d'œil vers l'escalier : Benjy se tenait tout en haut, les cheveux encore humides hérissés d'épis, son T-shirt trempé.

— Qui c'est, maman ? Est-ce qu'il t'a fait pleurer ?

Ria se redressa en s'essuyant les yeux.

Avant qu'elle ait pu répondre, son père lui pressa l'épaule, puis grimpa les marches pour s'arrêter à la hauteur de Benjy.

— Je suis ton grand-père, Benjy. Et je suis très heureux que tu sois là.

Le petit l'étudia d'un air grave.

L'expression qui se peignit alors sur le visage de Malcolm faillit briser le cœur de Ria. Une nouvelle fois, elle prit conscience du choc que suscitait ici la ressemblance de Benjy avec David.

— Lola a un chien qui s'appelle Tyrone, déclara l'enfant.

Malcolm sourit.

— Ce bon vieux chien traîne toujours dans les parages ?

Benjy hocha la tête.

— Tante Cammie et Lola nous emmènent au parc, lui et moi. Si tu arrêtes de faire pleurer ma maman, tu peux venir avec nous.

— Je ne rendrais ta maman triste pour rien au monde. C'est ma petite princesse et je l'aime.

Ria ne souffla mot, refoulant ses larmes.

— Maman n'est pas une princesse, répliqua Benjy en inclinant la tête.

— C'est vrai, mais… elle avait ta taille, il n'y a pas si longtemps. Elle a même été plus petite que toi.

Benjy était clairement sceptique.

— Je suis sérieux ! Elle m'a même aidé à construire une cabane quand elle était à peine plus âgée que toi.

L'enfant écarquilla les yeux.

— Une cabane ? Où est-elle ?

— Ma foi… A l'époque, elle était au fond du jardin. Tu veux qu'on aille voir si elle est encore là ?

Benjy acquiesça aussitôt, puis, avec un temps de retard, lança un regard interrogateur vers sa mère.

Malcolm aussi se retourna. Dans ses yeux, se lisaient du chagrin et un peu d'inquiétude, bien sûr, mais aussi une béatitude absolue.

— Bien sûr, dit-elle.

Alors, Malcolm tendit les mains vers Benjy en souriant.

— Je n'ai pas mes chaussures…

— Si tu montais sur mes épaules ? Ta maman adorait ça.

— Mais… je ne sais pas faire.

Une ombre traversa le visage de Malcolm.

— C'est très facile, tu vas voir.

Il ôta son pardessus, grimpa la dernière marche et s'accroupit.

— Tourne-toi, cow-boy.

Benjy poussa un petit cri et l'empoigna aux cheveux

46

lorsqu'il se redressa, les mains fermement placées sur ses chevilles.

— On y va ! Attention en passant les portes, il faudra peut-être se baisser.

— D'accord. Waouh, maman, regarde comme je suis grand !

Il se pencha en avant. Malcolm, vite, agrippa la rampe pour le stabiliser.

— Comment je vais t'appeler ?

— Eh bien… Tu es mon premier petit-fils. Qu'est-ce que tu proposes ?

— Moi, je n'ai jamais eu de grand-père. Nana Cleo m'a dit de l'appeler comme ses petites-filles…

— Pour les filles, je suis Gramps, mais tu n'es pas obligé de les imiter. Choisis ce qu'il te plaira. Tu as le temps.

Arrivé dans le hall, Malcolm chercha le regard de Ria pour y trouver l'assurance qu'il ne se trompait pas, qu'ils avaient effectivement du temps devant eux, puisqu'elle allait rester. Ria enroula frileusement les bras autour de sa taille. Si son père vivait encore ici, elle aurait dit oui sans hésiter. Mais avec sa mère…

Malcolm préféra visiblement changer de sujet.

— Ta maman doit se souvenir de l'endroit exact, lança-t-il. Emmenons-la avec nous pour qu'elle nous aide…

Elle relâcha son souffle. Pour rien au monde elle n'aurait souhaité décevoir cet homme qui l'avait toujours soutenue même au plus fort de ses fâcheries avec sa mère — du moins jusqu'à ce qu'elle ait passé les bornes, et usé sa patience à lui aussi. Mais peut-être avaient-ils une chance ? A condition de ne pas évoquer cette nuit fatidique…

— Concentre-toi sur le présent, Vic… Je veux dire Ria, lui murmura son père. C'est tout ce qui compte.

Elle aurait voulu lui demander pardon, lui dire qu'elle ne voulait pas...

— Papa, je...

— Chut, princesse. Allons nous promener avec Benjy, pour le moment.

Reconnaissante, Ria se détendit contre lui. Il déposa un baiser dans ses cheveux.

— Viens, maman, montre-nous !

Elle se laissa conduire à travers la maison. Enfin, elle s'y sentait un peu plus chez elle, à présent que Malcolm y était entré. Hélas, brusquement, il lui revint à la mémoire qu'il avait désormais une maîtresse, une compagne officielle.

Pourquoi était-il parti ?

Indépendamment des bêtises qu'elle avait faites à tour de bras, ses parents s'étaient toujours voué un amour si profond que le seul fait d'en être témoin lui avait valu plus d'une nuit de solitude et de détresse face au vide de sa propre vie. Qu'était-il advenu de cet amour inaltérable ?

La réponse se cachait peut-être dans les silences imposés par le deuil qui les avait tous anéantis, plusieurs jours durant, avant qu'elle ne prenne la décision de quitter la maison et de les débarrasser tous de sa présence néfaste.

En plus de la mort de son petit frère, avait-elle aussi détruit le mariage de ses parents ? Horrifiée, Ria eut un mouvement de recul mais Malcolm, comme s'il l'avait comprise, la serrait contre lui. Il avait donc le cœur assez grand pour accueillir sa fille prodigue...

Assez grand, même, pour arborer un franc sourire en traversant la cuisine devant Lola et tante Cammie médusées...

— Bien le bonjour, mesdames !

Et pour se faufiler avec Ria dans le jardin comme si elle avait toujours eu sa place ici, et lui avec.

Les intempéries et la négligence avaient fait leur travail de sape, mais la cabane tenait encore debout. Ria se vit soudain transportée près de vingt ans en arrière, jusqu'à ce dimanche où elle l'avait construite avec son père...

— Papa, dis-lui d'arrêter !

Perchée sur une branche du grand chêne au fond du jardin, le marteau à la main, Victoria s'apprêtait à frapper sur un clou comme son père le lui avait montré. En dessous, Betsey ramassait des morceaux de bois.

— Vic, elle ne fait rien de mal ! protesta Malcolm.

— Mais la cabane, c'était mon idée ! On la construit seuls, toi et moi !

— Tu as raison, le projet est le nôtre, mais Betsey peut nous donner un coup de main. Plus tard, elle viendra y jouer elle aussi.

— Je n'ai plus rien à moi, gémit-elle, les yeux pleins de larmes.

Papa se tourna vers sa sœur.

— Tu veux m'aider, Bets ?

Miss Parfaite hocha la tête, agitant le petit nœud rose ornant son impeccable coupe au bol.

— D'accord, papa.

— Peux-tu s'il te plaît aller me chercher un verre d'eau ? Je meurs de soif.

— D'accord, papa.

La petite s'éloigna en sautillant vers la maison, papa posa son mètre ruban et s'approcha du chêne.

— C'est difficile pour toi, l'arrivée de bébé David, n'est-ce pas ?

Victoria lui jeta un regard oblique et haussa les épaules.

Penser à David lui serrait le cœur. Elle avait essayé de le porter, mais tout le monde alors retenait son souffle et elle se sentait toute gênée... Et puis un jour, debout près du berceau, elle avait eu l'impression étrange que le bébé cherchait à lui dire quelque chose ; soudain, il lui avait souri...

Sa mère avait prétendu qu'il avait mal au ventre, et l'avait pris dans ses bras d'un air rêveur, oubliant qu'elle avait aussi une fille.

— Nous attendons beaucoup de toi parce que tu es l'aînée, lui dit papa. Ta maman apprécie ton aide, et moi aussi.

Son aide ? Allons donc ! Emmène Bets dans le jardin, Victoria... Les filles, allez regarder un moment la télévision...

Elle se détourna, et son genou éraflé heurta la branche. Mais il n'était pas question qu'elle pleure.

— Je sais que tu es fatiguée de tout partager avec Betsey. Et maintenant, il y a David... Moi, j'avais trois frères et deux sœurs, et parfois je n'en pouvais plus de ne rien avoir pour moi tout seul. Je comprends ce que tu ressens, mais chérie, dans toutes les familles, on partage. Tous ensemble. Les bons comme les mauvais moments... Chacun a un rôle à jouer.

— David ne fait rien ! Il dort, il pleure, il se salit, voilà. Nous, on doit se tenir tranquilles et maman passe son temps à le bercer. Si j'étais un garçon, nous n'aurions pas besoin de lui !

Elle venait enfin de lâcher la chose qui l'effrayait et l'étouffait à la fois. Papa poussa un soupir et leva les bras.

— Descends ici une seconde.

Victoria obéit, toute raide dans son chagrin d'avoir dit

tout haut ce qu'elle aurait dû taire. Papa s'assit sur l'herbe, adossé au tronc, et elle se blottit contre sa poitrine, la tête calée sous son menton.

— Vic, je n'ai jamais souhaité que tu sois un garçon. Tu es ma fille, ma princesse...

— Betsey aussi est ta fille.

— C'est vrai, et je l'aime tendrement. Mais tu es unique, Vic. Toi seule sera notre premier enfant, à jamais. Nous avons tant de souvenirs en commun, tous les trois. Ta mère a pleuré de joie à ta naissance, tu le savais ? Elle te désirait tellement... Moi aussi, j'ai pleuré de joie.

— Toi ? Tu ne pleures jamais !

— *Presque* jamais. Ta naissance a été un moment exceptionnel. Tu étais si petite, si parfaite, si belle...

— Comme Bets aujourd'hui.

— Comme tu l'es *toi* aujourd'hui, rectifia papa en lui tapotant le nez.

La peur s'estompait. Victoria en profita pour se soulager le cœur.

— Maman dit que je suis une souillon. Mes habits sont sales, je m'écorche tout le temps les genoux. Alors que Betsey est toujours propre et parfaite.

— Ta sœur et toi n'êtes pas la même personne...

— Tu crois ? ricana Victoria.

— Mais aucune n'est mieux que l'autre. Je vous aime toutes les deux.

— Mais maman aime plus Betsey ! cria Victoria. Et maintenant, il y a David...

Elle n'était pas aveugle, ils couvaient tous les deux David comme s'il était le cadeau le plus précieux du monde ! Papa lui souleva le menton pour la fixer droit dans les yeux.

— Vic, ta mère t'aime. N'en doute jamais ! Elle est seulement très occupée et très fatiguée ces temps-ci. Je peux changer le bébé et l'endormir, mais elle seule le nourrit. Quand il fera ses nuits, elle pourra se reposer davantage. Je te promets que cette situation ne durera pas longtemps.

Victoria avait envie de le croire, mais…

— Ecoute, voilà ce que je te propose. Toi et moi avons conçu cette cabane et, pour cette raison, nous nous chargerons de la construire. Nous trouverons à l'intérieur un petit coin où nous graverons quelques mots sur Victoria Channing, architecte en chef. Ce sera notre secret. Betsey et David joueront aussi dans cette maison, mais il y en aura une partie qui n'appartiendra qu'à toi. Qu'en dis-tu ?

Le cœur de Victoria battait, battait…

— Qu'est-ce que nous allons écrire ?

— A toi de décider.

C'était si extraordinaire qu'elle avait peur de respirer.

— Juste toi et moi ?

— Juste toi et moi, chérie.

Victoria s'imagina invitant tous ses copains dans la cabane, expliquant qu'elle l'avait bâtie avec son père et qu'ils avaient un secret, tous les deux…

Elle hocha vivement la tête et noua les bras autour du cou de son père en souhaitant très fort que le temps s'arrête.

— Je t'aime, papa !

— Moi aussi, je t'aime. Je t'aimerai toujours.

Elle se mordit la lèvre et, dans sa volonté d'être à la hauteur de l'estime de son père, elle concéda :

— Dans ce cas, Betsey peut nous aider, je suppose.

Son effort fut récompensé d'un sourire lumineux de papa.

— Voilà ma princesse !

Perdue dans ses souvenirs, Ria fit lentement le tour du tronc et jeta un coup d'œil sous la structure. L'inscription était encore là, patinée par le temps.

Architectes : Victoria et Malcolm Channing, juin 1984.

La tendresse l'envahit tandis que son père hissait Benjy jusqu'à une branche basse du vieux chêne. Voyant son enfant tanguer, elle prit sur elle pour ne pas se précipiter — Malcolm l'avait déjà devancée.

Celui-ci fit à Benjy un beau cadeau en s'abstenant de le toucher, afin qu'il se laisse griser par l'altitude et la sensation du vent sur ses jambes… Le petit le contempla avec une adoration qui fit rire Malcolm, comme il riait avec elle, vingt ans plus tôt…

Le cœur de Ria se serra. Trop de personnes cherchaient à s'accaparer son fils, soudain. Elle eut envie de l'arracher de cette branche séance tenante. Pour lui apprendre à grimper aux arbres comme pour tout le reste, elle n'avait besoin de personne ! Elle et Benjy formaient un couple inséparable !

— Regarde, maman, je suis grand ! Je parie que personne n'est aussi haut que moi.

Il se tordit le cou pour scruter le jardin en pente.

— C'est cool, Gramps. Je peux grimper jusqu'à la cabane ?

— Non, c'est trop haut, dit vivement Ria. Tu n'es pas prêt.

La lèvre inférieure de Benjy se mit à trembler.

— Je *peux* le faire, maman !

Ria comprit qu'elle se trouvait confrontée à une facette de la personnalité de son fils qui se précisait de jour en jour — l'obstination.

— C'est la première fois que tu grimpes à un arbre. Il faut procéder étape par étape.

— Je suis plus un bébé !

— Benjy, ne discute pas. J'ai dit non, c'est non.

— Je te déteste, balbutia-t-il, les yeux humides. Tu veux jamais que je m'amuse !

L'accusation porta. Ria sentit ses joues s'empourprer, furieuse de devoir prouver ses compétences maternelles devant son propre père... Ce fut pourtant Malcolm qui lui sauva la mise.

— Ne parle pas à ta mère sur ce ton, dit-il sévèrement. Elle prend soin de toi, c'est tout. Si tu es aussi grand que tu le prétends, alors comporte-toi comme un grand !

Les yeux de Benjy s'arrondirent de stupeur. Puis Ria, stupéfaite, vit cet enfant à la volonté au moins aussi farouche que la sienne incliner la tête et murmurer :

— Pardon.

— Pas à moi. A ta mère...

— Pardon, maman. Gramps, ne sois pas en colère contre moi...

Malcolm posa la main sur la jambe de Benjy.

— Je ne suis pas en colère, parole. Mais ne dis jamais aux gens que tu aimes que tu les détestes, même si tu leur en veux beaucoup. L'avenir ne te laissera peut-être pas l'occasion de t'excuser.

Ria se détourna, touchée au cœur par ces paroles qui auraient très bien pu lui être destinées. Elle s'entendait encore crier cette horrible phrase, des années plus tôt… Mais une autre voix, dure, péremptoire, la ramena brutalement au présent.

— Que se passe-t-il ici ?

Elle se retourna d'un bloc. Betsey !

— *Vicky* ?

Sa cadette de deux années s'immobilisa et la considéra avec effarement.

— Qu'est-ce que tu fabriques ici ?

Chignon strict, une perle étincelant à chaque oreille, manches blanches et col boutonné sous un cardigan Shetland… Betsey incarnait à la perfection la jeune mère dynamique de West Austin.

— Tu as une mine épouvantable, observa celle-ci.

Ria résista à l'envie de baisser les yeux sur son jean élimé, sa chemise en flanelle râpée, ses bottes tout éraflées.

— Merci, répliqua-t-elle. Moi aussi, je suis ravie de te revoir.

Les pommettes hautes de Betsey rosirent.

— Désolée. Je ne voulais pas…, commença-t-elle en jetant un coup d'œil vers Malcolm.

— C'est qui, la dame ? chuchota Benjy à son grand-père.

— Benjamin, dit celui-ci en soulevant l'enfant dans ses bras, je te présente ta tante Betsey, la sœur de ta mère…

Benjy se trémoussa sous ses chatouilles.

— Betsey, ce jeune homme est le fils de Ria, Benjy. Benjamin David. Nous examinions cette cabane afin d'évaluer les travaux de restauration…

A l'énoncé du prénom complet, Betsey avait tressailli.

— Ria ! Comment as-tu osé…

Elle secoua la tête avec véhémence.

— Je ne comprends pas. Tu réapparais après six ans de silence, et tu t'invites ici ? Et toi… Tu *souris* ? s'exclama-t-elle, ahurie, en regardant son père. Après tout ce qu'elle nous a fait subir ?

Penser qu'à une époque, elles étaient si proches ! Combien de fois Betsey l'avait-elle couverte, quand elle rentrait à la maison très tard et complètement éméchée ? Un peu honteuse, Ria sentit néanmoins la colère l'envahir. Que pouvait comprendre cette étrangère pimpante à sa vie de galères, aux batailles qu'il lui avait fallu mener ? Elle ne savait rien de la solitude nue, rien de la faim, du froid, des gouffres qui vous appellent, vous aspirent…

Le visage crispé de Betsey, très pâle, ne masquait rien de sa révolte.

— Surveille tes paroles, chérie, dit son père d'une voix douce mais ferme, les yeux sur Benjy.

— Papa, comment peux-tu accepter ça ? Il… il est l'image vivante de…

— Pas maintenant, chérie.

Le sang-froid de Betsey s'effilochait à vue d'œil. Sous les yeux fascinés de Ria, ses traits se durcirent, une femme de glace apparut, telle Cleo ce matin-là. Sa cadette au cœur tendre avait disparu, seuls les yeux bruns braqués sur elle brûlaient d'indignation.

— J'ignore ce qui se passe, mais je ne le tolérerai pas, tu m'entends ? lança-t-elle à Ria. Tu n'as pas le droit de débarquer du jour au lendemain, comme si rien ne s'était passé ! Tu as détruit cette famille, Vicky, et je ne te laisserai pas recommencer… On s'en sortait très bien sans toi !

— Suffit, Bets, coupa Malcolm. Tes mots dépassent ta pensée.

— Au contraire, je pèse mes mots. David, c'était ta faute, le divorce de papa et maman, aussi ! Tu as pris la fuite, en laissant derrière toi un champ de ruines ! Je n'ai pas eu d'autre choix que de faire face... Et me battre... Ah ça non, tu ne nous manquais pas...

— Elizabeth Anne, ne parle pas à ta sœur de cette façon ! Si tu ne peux pas rester polie, quitte cette maison sur-le-champ !

— Non, c'est moi qui m'en vais, intervint Ria. Viens, Benjy.

— Sûrement pas, répliqua Malcolm d'une voix dure.

Dans ses bras, Benjy contemplait la scène avec des yeux ronds.

— Chut... Tout va s'arranger, Benjy, murmura son grand-père en lui caressant les cheveux.

— Qu'est-ce qui pourrait bien s'arranger au juste, papa, avec *elle* ici ? cria Betsey dont la voix montait dans les aigus. Elle ne nous vaut que des ennuis ! Elle t'a brisé le cœur cent fois... Elle a tué...

— Assez ! tonna Malcolm. Nous discuterons de tout cela une autre fois. Si la situation te gêne à ce point, ajouta-t-il d'une voix radoucie, tu devrais partir, maintenant.

Soufflée, Betsey se cabra.

— Je me suis démenée pour réparer tout ce qu'elle a détruit... Et tu me demandes à *moi* de partir ?

Ria fixait l'herbe d'un œil morne. Elle avait les jambes cotonneuses, sa tête bourdonnait. Tout ce qu'avait dit sa sœur était vrai, elle n'avait aucun argument à présenter pour sa défense et moins d'énergie encore pour s'y essayer tout de même...

Son père s'approcha d'elle et l'invita du bout des doigts à redresser le menton.

— Les familles pardonnent, chérie, dit-il à Betsey sans quitter Ria du regard. Nous devons tourner la page.

Ria chercha refuge dans les yeux de son père, et se trouva prise dans la lumière de cet amour qu'elle n'attendait plus.

« Pardon ». Le mot lui brûlait les lèvres… Mais Betsey avait raison, elle avait perdu depuis longtemps le droit au pardon.

Pourtant, Malcolm glissa un bras autour de ses épaules et l'attira contre lui. Paupières closes, Ria perçut les pas précipités de Betsey en direction de la maison…

Elle se blottit. L'acide distillé par sa sœur en furie lui piquait les yeux. La petite main de Benjy lui tapota la tête — et ce fut le coup de grâce.

— Je ne peux pas rester, papa, souffla-t-elle. Mais je ne sais pas non plus où aller…

— Chut… Il te faut du repos, quelques bons repas et un peu de temps pour réfléchir. Tout va s'arranger, je te le promets.

Il voulait rester optimiste, comme toujours. Mais cette fois, comment le croire ? Betsey avait simplement formulé à voix haute ce que sa mère pensait tout bas.

Certes, elle n'avait pas encore récupéré les forces nécessaires pour repartir, et Benjy avait grand besoin de prolonger son séjour dans ce foyer où il mangeait à sa faim. Mais à quoi bon se faire des illusions ? Elle ne pourrait pas séjourner longtemps dans cette maison. D'ici à une poignée de jours tout au plus, il lui faudrait absolument trouver une autre solution.

5.

Ce même soir, Sandor appliquait la peinture au rouleau sur le dernier mur de l'arrière-salle, tout en se rongeant les sangs.

Jim s'était éclipsé pendant qu'il achevait de charger le pick-up. Où passerait-il la nuit ? Mystère. Sandor en savait si peu sur lui… De toute évidence le gamin crevait de faim, aucun adulte ne veillait sur lui et, sur le chantier, il lui apportait une aide précieuse en dépit de ses jérémiades continuelles : l'absence de musique, la météo capricieuse en octobre, le balai pas assez neuf, tout lui était prétexte à se plaindre. Mais cela ne l'empêchait pas de faire son travail.

Sandor avait d'ailleurs la ferme intention de le rémunérer en plus de lui offrir à dîner. Il comptait aussi s'assurer qu'il avait un logement décent… Seulement voilà, Jim s'était évanoui dans la nature et Sandor, ignorant où le chercher, en était réduit à l'imaginer dormant sur un trottoir ou un banc. Que faire ? Prévenir les autorités ? Sandor connaissait trop bien la corruption au sein des administrations pour se résoudre à entreprendre une telle démarche.

Il avait aussi un autre sujet d'inquiétude — Cleo.

Un événement nouveau s'était produit aujourd'hui, mais lequel ? Un peu plus tôt, revenant à la boutique, il avait croisé Colin qui en sortait au pas de charge. Il avait entendu Cleo mentionner son ex-mari dans une conversation téléphonique, mais elle s'était éclipsée par la porte de service en évitant pour une fois de le saluer.

Devait-il intervenir et décourager Colin ? Pour être remarquable à bien des égards, Cleo n'en était pas moins vulnérable et Sandor se sentait le devoir de la protéger. Ces derniers temps, elle avait son content de soucis. Surtout aujourd'hui.

Son ex-mari avait-il su déceler cette fragilité, chez elle ? Dans le cas contraire, il ne la méritait pas. Sandor n'avait jamais rencontré cet homme, qui ne lui inspirait que du mépris. En revanche, il avait écouté Betsey évoquer la compagne de son père. Beaucoup trop jeune pour lui, de l'avis de Sandor. Une histoire navrante, qui en disait long sur le personnage…

Jamais lui-même ne jouerait un aussi mauvais tour à la femme de sa vie, le moment venu. Il s'engagerait au contraire à la chérir, la protéger et l'aimer jusqu'à la fin de sa vie… Pour le moment, le temps lui manquait pour s'investir dans une relation. Il lui restait beaucoup à accomplir avant d'être en mesure de fonder un foyer, ainsi qu'il en rêvait. Voilà pourquoi il s'était abstenu de tisser des liens durables en Hongrie, sachant depuis sa prime adolescence qu'il quitterait un jour son pays natal. Déraciner une famille entière n'aurait pas été loyal.

Le grand amour pouvait attendre. Dans l'intervalle, ses pensées allaient à son amie Cleo. Peut-être lui passerait-il un coup de fil — une intrusion dans son intimité qu'il se permettait rarement. Mais après tout, sa maison était pleine…

Et surtout, il s'inquiétait au sujet de Jim.

— Bonne nuit, Lola.

— Si tôt, ma grande ?

— La journée a été longue.

Comme ce dernier mois, cette année, même… A quoi Ria s'attendait-elle, en décidant d'honorer la promesse faite à Dog Boy ? Sûrement pas à l'univers disloqué qu'elle avait découvert à son arrivée. Ses parents divorcés — Malcolm bienveillant mais dans l'incapacité matérielle de lui offrir un toit, Cleo n'ayant de place dans sa grande maison, semblait-il, que pour Benjy… La haine de sa sœur… L'accueil mitigé de sa grand-mère, la gentillesse prévisible de tante Cammie… Trop d'émotions l'assaillaient, alors qu'elle n'avait aucun projet clair à l'esprit.

— Fais de beaux rêves, lui souffla tante Cammie.

La jeune femme esquissa un sourire désabusé. A quand remontait sa dernière nuit de sommeil réparateur ? Au passage, elle jeta un coup d'œil dans la chambre où dormait Benjy.

Tyrone leva la tête depuis son poste de guet, aux pieds de l'enfant. Ria effleura les cheveux de son fils, déposa un baiser sur sa joue et caressa la fourrure de Tyrone.

— Aide-moi à veiller sur lui, mon vieux, murmura-t-elle avant de ressortir sans bruit.

Demain, peut-être, tout irait mieux. La nuit portait conseil, n'est-ce pas ?

*
* *

— Ria ! cria David, posté derrière la porte grillagée.

Victoria soupira. Chaque après-midi, son frère guettait son retour de l'école. Cela ne lui déplaisait pas, d'ordinaire, mais aujourd'hui elle avait juste envie d'être seule.

Jill, sa meilleure amie, agita la main tandis qu'elles traversaient le jardin.

— Salut, David ! Il est vraiment mignon, dis donc.

Victoria haussa les épaules.

— Ouais. Il est sympa.

« ... Pour quelqu'un qui est constamment dans mes pieds », ajouta-t-elle en pensée.

Un jour, on avait trouvé David sur le trottoir, en train d'attendre le retour de papa. Maman était devenue très pâle et l'avait pris dans ses bras en lui reprochant de se prendre comme sa sœur pour un aventurier. Victoria, dûment chapitrée pour avoir oublié de verrouiller la porte, avait été consignée dans sa chambre pour le restant de l'après-midi.

A bientôt deux ans, David était toujours un bébé. Or les petits, c'était des problèmes à n'en plus finir...

Les deux collégiennes arrivèrent sur le seuil au moment où Cleo soulevait le loquet.

— Bonjour, madame Channing, dit Jill.

— Bonjour, les filles. Où est Betsey ?

Victoria leva les yeux au ciel.

— Elle est avec ce pauvre abruti, là... Scott.

Betsey n'avait que neuf ans, elle fréquentait encore l'école élémentaire et mademoiselle se payait déjà un petit ami ! Du coup, elle prenait des airs supérieurs avec Victoria, trop grande par rapport aux garçons de son âge et si maigrichonne, en plus, qu'elle doutait d'avoir un jour de la poitrine.

Sa mère haussa les sourcils.

— Où sont-ils ?

— Quelque part derrière nous, répondit-elle avec indifférence.

— Toi et ta sœur êtes censées rentrer ensemble, tu le sais !

David tirait sur la jambe de son jean pour qu'elle le prenne dans ses bras.

— Ria, Ria ! Viens regarder *Sesame Street* avec moi…

— Pas maintenant, David. Maman, Betsey va bien. Elle a toujours un million de copains autour d'elle. Elle sera là dans une minute.

Jamais, sa vie dût-elle en dépendre, Victoria n'avouerait que Betsey avait honte d'elle et refusait de se montrer à ses côtés. Victoria avait beau être l'aînée, Betsey était plus jolie, plus intelligente et faisait toujours tout comme il fallait. Les enseignants l'adoraient — quand Victoria ne récoltait que l'exaspération et le dédain. Surtout auprès de Mme Goodman, cette vieille peau de prof de maths qui l'avait menacée aujourd'hui même d'appeler sa mère après les cours pour discuter de son attitude en classe.

— Ria, geignit David suspendu à son bras.

— Victoria, je veux que tu retournes chercher ta…

— Arrête, David ! s'écria Victoria en repoussant sa main.

Il bascula sur ses fesses, la bouche arrondie de stupeur.

— Victoria Grace Channing, ne t'avise plus jamais de frapper ton frère ! Dans ta chambre, tout de suite ! Comment oses-tu t'en prendre à un enfant si jeune ?

— Mais je ne l'ai pas…

— Ne réplique pas, veux-tu ? File dans ta chambre. Jill, je crois que tu ferais mieux de retourner chez toi.

Jill ayant disparu sans demander son reste, Victoria voulut protester contre sa mère qui refusait de l'écouter, mais elle se tut en voyant les yeux de David se remplir de grosses larmes.

« J'ai eu une rude journée, avait-elle envie de leur dire. Ma prof me déteste. Todd Caldwell m'a dit que j'étais affreuse. Sûr, je n'aurai jamais de poitrine, et Betsey sera toujours parfaite comme maman, et plus personne ne me demande ce que je veux ! Sois gentille avec David… Où est ta sœur… Victoria, tiens-toi correctement… ».

Les mains serrées autour des livres rapportés du collège, elle gagna sa chambre tête basse, en rêvant d'être n'importe qui sauf Victoria Channing qui avait une mère superbe, une sœur très jolie, un petit frère adorable et un papa qui avait oublié qu'elle était un jour sa princesse…

Dans un demi-sommeil, Ria poussa un cri. Ses mains battant l'air, elle roula sur le dos et faillit tomber du lit. Le cœur fou, elle se redressa sur le matelas et secoua la tête. Où était-elle ? A qui…

La mémoire lui revint d'un coup.

Aussitôt, le désespoir déferla par vagues glacées. Elle comprit qu'elle n'aurait pas le courage d'affronter un seul jour de plus. Dans un sursaut, elle parvint à se mettre debout, mais elle perdit l'équilibre et agrippa la tête de lit.

— Aide-moi, Dog Boy, par pitié…

Ria retint son souffle, guettant une réponse improbable de son ange gardien. Puis, la mort dans l'âme, elle se força à traverser la chambre jusqu'à la porte. Il lui fallait sortir de cette pièce à tout prix, s'éloigner de ces pensées négatives…

L'escalier, maintenant.

Une marche après l'autre.

Comme elle approchait de la cuisine, elle s'arrêta net en apercevant sa mère, qui pressait un doigt sur ses lèvres. Des lèvres gonflées par des baisers, pour Ria cela ne fit aucun doute…

Elle songea à son père trahi. La fureur qui l'aveugla balaya en un instant la promesse de modération faite à Lola.

— Il s'y prend bien ?

Sa mère releva vivement la tête.

— Pardon ?

— Tu étais avec un homme, ça se lit sur ta figure. Je le connais ?

Cleo rajusta machinalement son chemisier.

— Cela ne te regarde pas, murmura-t-elle.

Ria partit d'un petit rire sans joie. Elle avait le cœur à l'envers. D'abord papa, qui avait une maîtresse, et maintenant Cleo…

— Je ne me trompe pas, n'est-ce pas ? Qui est-ce ? Mon Dieu, mon Dieu, lança-t-elle à sa mère, nous avons peut-être plus de points communs que je ne le croyais, toi et moi. Ça, pour une nouvelle !

Puis elle alla s'adosser au comptoir avec une décontraction qu'elle était à cent lieues d'éprouver et poursuivit :

— Tu me racontes ?

Cleo, cramoisie, ne la lâchait pas du regard.

— Je n'ai pas à justifier mes actes ! Toi, tu as pris la

fuite il y a six ans sans avoir la courtoisie de nous faire savoir si tu étais encore vivante.

— Suis-je censée croire que tu t'es inquiétée ?

— Evidemment que j'étais inquiète ! Et ton petit garçon, cria Cleo, pourquoi nous l'avoir caché ? Et d'abord, pourquoi es-tu revenue ?

— J'ai cru…

La voix de Ria se brisa. Ce n'était pas elle, mais Dog Boy qui avait *cru* — cru que les choses auraient changé avec le temps. D'une poussée, elle s'éloigna du comptoir.

— Aucune importance. C'était une erreur. Tu te fiches pas mal de moi, comme avant. Tout ce qui t'intéresse, c'est Benjy… En fin de compte, il était peut-être plus tranquille loin de toi. Moi, en tout cas, je l'étais ! assena-t-elle en se dirigeant vers la porte d'entrée.

Elle prit alors conscience de sa tenue. Impossible d'aller faire un tour en ville habillée comme ça. Un preste demi-tour la propulsa vers l'escalier.

— Victoria, je…

Ria ne laissa pas le temps à Cleo de finir sa phrase. Le chagrin lui donnait des ailes. Elle regagna la chambre qui n'était plus la sienne, enfila les premiers habits qui lui tombèrent sous la main et dévala les marches quatre à quatre dans l'autre sens.

— Où vas-tu ? cria Cleo.

— Dehors !

— Mais où ?

— Je ne sais pas, maman, répliqua Ria en serrant les dents. Ai-je un couvre-feu à respecter ?

— Et Benjy ?

Ria égrena un rire si aigu qu'il lui écorcha les oreilles.

66

— Tu prendras soin de lui, évidemment ! s'exclama-t-elle en ouvrant grand la porte. Et peut-être, je dis bien peut-être, si tu as un tout petit peu de chance, je ne reviendrai pas. Alors, tout sera parfait dans le petit monde de Cleo Channing !

— Victoria, voyons, jamais je ne…

Mais Ria prit la fuite avant que sa mère n'ait l'occasion de lui mentir une fois de plus. Elle ne ralentit l'allure qu'en arrivant au bas de la colline. Sur Twelfth Street, les voitures filaient bon train. Etourdie par le brouhaha de la circulation, elle se précipita sur la chaussée sans attendre le feu vert, provoquant du geste et de la voix les conducteurs qui avaient l'audace de l'invectiver.

Pourquoi ces conflits perpétuels avec sa mère ? Aussi loin que remontaient ses souvenirs, leurs rapports avaient toujours été au bord de verser dans le drame. Mère et fille… Ce lien ne signifiait-il donc rien ? Une mère n'était-elle pas censée aimer ses enfants, envers et contre tous ? Elle, par exemple, aimait Benjy. Elle l'aimait tellement, son petit, qu'elle le défendrait jusqu'à son ultime souffle. Rien ne changerait jamais cela.

Alors, à quel moment ses relations avec Cleo s'étaient-elles détériorées ? Cleo la haïssait-elle déjà avant qu'elle ait tué son enfant ? Ria ne parvenait plus à se rappeler le temps d'avant. Celui où elle était encore le petit trésor de sa maman…

Des pneus crissèrent à quelques centimètres d'elle. Le conducteur klaxonna longuement tandis qu'elle atteignait enfin le trottoir, aveuglée par les larmes.

— Hé ! Vous avez trop bu ou quoi ?

Pour toute réponse, Ria esquissa un geste éloquent

par-dessus son épaule et poursuivit sa route, les épaules voûtées, dans la fraîcheur nocturne.

Un pâté de maisons plus loin, elle avisa un bar dont l'enseigne indiquait : Joe's Place. Banal, aux trois-quarts délabré, l'établissement lui convenait à merveille. Elle poussa la porte, aspirant avec bonheur les relents de bière et de tabac, prête à taquiner la bouteille jusqu'à ce que toute la maisonnée du malheur, là-haut, soit endormie. Alors seulement, elle rentrerait chez elle.

Chez elle ? Elle tiqua et plongea la main dans sa poche, résolue à se changer les idées.

— Scotch, annonça-t-elle au barman après avoir compté les quelques pièces qui lui restaient. Avec des glaçons.

La boisson à peine arrivée fut lampée d'un trait. Puis, le geste nonchalant, Ria leva son verre vide pour étudier sur sa surface le reflet d'un panneau vantant les mérites d'une bière. En fond sonore, Alan Jackson chantait sa nostalgie : il était question d'un couple qui, un temps, avait connu le bonheur. Et tandis que le whisky l'anesthésiait, elle sentit la mélancolie lui serrer le cœur. Sa vie était un tel gâchis ! Dieu merci, il y avait Benjy. Tendre et têtu. La chose la plus belle qui lui soit arrivée…

— Qu'est-ce que je vais faire ? murmura-t-elle.

— Tu vas danser avec moi, chérie. Le vieux Cal tombe à pic.

Dégingandé, la moustache sombre, des yeux bleus qui lui souriaient, cet inconnu-là en valait un autre. Ria rassembla ses forces.

— Je ne danse pas avec le premier venu. Paie-moi un autre verre, ensuite nous verrons.

Le dénommé Cal releva son Stetson d'une chiquenaude et s'assit sur le tabouret le plus proche.

— Barman, la même chose !

Ria s'oublia rapidement dans les chuchotis et les rires, l'alcool émoussant les chagrins et les difficultés du jour. De verre en verre, la jeune femme se laissa aller à la tentation avec un irrésistible soulagement. Des cigarettes, pour elle qui fumait si peu. Un nombre de tournées indéfini. Une danse ici et là, pour le plaisir de sentir le désir de Cal et, très vite, le monde recouvra du sens.

Elle avait le corps en feu, à présent. Les mains de son cavalier s'y promenaient à leur guise. Tant que le barman continuerait de la servir, la nuit serait tranquille et sa tête aussi. Et quand la salle enfumée commença de tourner autour d'elle, elle se laissa emmener dehors par Cal. Une fois sur le parking désert, plongé dans le noir, il l'entraîna vers son pick-up, sous le couvert des arbres.

— Viens, Ria, murmura-t-il d'une voix rauque. Je te garantis que tu vas aimer ça.

— Peut-être...

En un clin d'œil, il lui déboutonna le jean, repoussa la toile, sans s'embarrasser du moindre baiser. Lorsqu'elle entendit glisser la fermeture Eclair, Ria le repoussa des deux mains.

— Tu ferais mieux de mettre un caoutchouc sur cet engin !

Cal poussa un juron salé mais fouilla tout de même sa poche. L'affaire faite, Ria enroula la jambe autour des reins de son partenaire. « Débranche-toi, bon sang ! » s'intima-t-elle. Mais, malgré l'alcool, son esprit refusait de se taire. Si bien qu'elle se débattit quand Cal voulut prendre sa bouche.

— J'embrasse pas !

— T'es qu'une putain, alors ? J'aurais dû savoir que tu valais rien...

Blanche de colère, Ria le gifla à toute volée.

— Tiens-toi tranquille, gronda-t-il en lui saisissant les bras pour la plaquer contre le capot. J'en ai pas fini avec toi.

Sandor enfouit les doigts dans ses cheveux ébouriffés en marmonnant quelques mots choisis en hongrois. Impossible de se détendre. Faire quelques pas lui éclaircirait peut-être les idées ? De toute manière, il n'était pas près de trouver le sommeil.

Il sortit sans même prendre la peine d'enfiler un manteau. Quelques centaines de mètres plus loin, un peu calmé, il s'aperçut qu'il se trouvait dans le voisinage de la maison de Cleo. Il lui suffirait de grimper cette colline pour aller lui parler, voir si elle avait besoin de parler des événements d'aujourd'hui...

Mais il était tard, et il respectait sa vie privée. Aussi tourna-t-il à droite et non à gauche, en direction du centre. Il traversa la route au niveau d'un bar plutôt louche sur West Twelfth qui avait de toute évidence résisté à l'embourgeoisement du quartier. Et s'il entrait s'offrir une bière ? Il s'apprêtait à pousser la porte, lorsqu'un hurlement déchira la nuit.

Sandor contourna l'établissement au pas de course, en se guidant aux éclats de voix. Puis le bruit d'une gifle lui parvint, très net dans le silence de la nuit.

— Tiens-toi tranquille, ma grande ! Tu l'as bien cherché...

— Laissez-moi ! cria une femme.

Sandor les repéra devant un pick-up. La femme à demi nue se débattait comme un beau diable, toutes griffes dehors.

— Stop ! hurla-t-il.

Ni l'un ni l'autre ne lui prêtèrent attention. L'agresseur lâcha soudain prise en se protégeant le visage. La femme tituba sur le bitume, et aboya :

— Foutez-moi la paix !

— Espèce d'allumeuse !

— Lâchez-la, ordonna Sandor.

L'homme se retourna, furieux.

— Vous, fichez le camp !

— Pas avant d'avoir parlé à la demoiselle, répliqua Sandor en jetant à celle-ci un bref coup d'œil.

Elle se rajustait à la hâte, cherchant son souffle entre deux sanglots.

— Etes-vous blessée ?

Alors seulement, elle releva la tête. Sandor vit des yeux hagards, des cheveux noirs, courts et défaits, un visage émacié, altéré par la peur.

— C'est pas vos oignons, grogna l'homme. Ria, reviens.

Ria ? Pas le temps de réfléchir. Sandor se planta devant l'agresseur.

— Filez, ordonna-t-il à la fille, et attendez-moi de l'autre côté.

— Espèce de garce, reste ici !

— C'est avec moi que vous traitez, maintenant. A moins que vous n'ayez peur d'affronter un adversaire de votre taille ?

— Je n'ai peur de personne.

Le poing partit.

Sandor esquiva le coup sans difficulté. Le suivant frappa de même le vide.

La rage de l'homme s'intensifiait à mesure.

— Lâche ! Bats-toi, si t'es un homme !

Sur le qui-vive, Sandor ignora la provocation. L'opportunité qu'il guettait se présenta dès le troisième coup. Esquive, crochet du pied aux chevilles... L'autre chuta lourdement sur le dos, pris dans son propre élan, et ne bougea plus, bouche grande ouverte tel un poisson cherchant de l'air.

Sandor se redressa et darda sur le vaincu un regard de mépris.

— Maltraiter une femme n'est pas digne d'un homme.

Là-dessus, il se détourna pour repartir. Un beuglement rageur s'éleva derrière lui. Pivotant aussitôt, il fit face à l'assaillant. Les poings volèrent, le sang gicla. Sandor ne se battait jamais par plaisir, mais il n'avait pas non plus coutume de se dérober.

— Arrêtez, vous deux ! cria une voix dans la rue. J'ai appelé les flics !

Le combat cessa comme par enchantement. Le grand type poussa un juron.

— J'en ai pas fini avec toi, dit-il à Sandor. Mais tu vaux pas la peine que j'aille en taule, et elle encore moins !

Là-dessus, il réintégra son pick-up et démarra sur les chapeaux de roues.

Sandor porta les doigts à sa lèvre ensanglantée et chercha en vain des yeux la jeune personne à qui il avait enjoint de l'attendre. Seulement, elle avait dû filer depuis un bon moment.

Alors, il secoua la tête, tout en se demandant si, par

hasard, il ne venait pas de rencontrer la seule Ria dont il ait jamais entendu parler — la fille prodigue de Cleo.

Ria courut, courut à perdre haleine, les poumons à bloc. A mi-pente de la colline où l'avaient portée ses pas, elle s'arrêta et vomit tout son mal-être dans les buissons. Les insultes de Cal résonnaient à n'en plus finir dans ses oreilles.

Elle reprit son chemin en zigzaguant puis, enfin, elle parvint devant la maison qui avait été la sienne, ouvrit la porte et se glissa dans la pénombre du hall, mais elle perdit l'équilibre et se cogna au mur.

Une silhouette en robe de chambre apparut devant elle.

— Désolée, désolée ! ricana Ria d'une voix haut perchée.

Elle recula, honteuse que sa tante la voie dans cet état.

— Je… je vais me débrouiller, tante Cammie.

— Certainement pas.

Sa tante si calme, si discrète, avait le visage creusé par l'inquiétude mais la voix étonnamment ferme.

— Tu t'imagines que tu es la seule à avoir connu le désespoir ? Je vais te conduire jusqu'à ton lit. Tes tourments seront terminés pour ce soir, demain viendra bien assez tôt. Les réponses sont parfois longues à venir.

Ria désigna du menton le premier étage où se trouvait la chambre de sa mère.

— Pour elle, c'est un jeu d'enfant !

Tante Cammie sourit d'un air triste.

— Détrompe-toi. Ta mère sait juste cacher ses soucis mieux que tout le monde. Viens avec moi.

— Je… je sens mauvais.

— Chut, ma puce. Je vais te préparer un bon bain au rez-de-chaussée, où personne ne pourra t'entendre.

— Si tu savais comme je suis fatiguée.

— Appuie-toi sur moi, mon enfant. Ici l'amour te tend les bras, il ne tient qu'à toi de le saisir.

— Oh, tante Cammie, j'aimerais tellement que tu aies raison...

Cessant de protester, Ria se laissa dorloter par sa tante. Cette maison n'était plus un foyer, non, mais elle lui offrait néanmoins un abri, tout au moins pour cette nuit encore.

Ria s'étira, refoulant la couche de désespoir et le froid glacial qui lui transperçait les os à l'idée que sa vie venait de virer au cauchemar.

Ses doigts gourds tâtonnèrent pour trouver la poignée de la portière. Elle poussa de tous ses muscles liquéfiés par la peur... Enfin, la portière céda. Ria se retourna pour faire sortir David. Mais il n'était pas là.

— David ! hurla-t-elle. Où es-tu ?

— Tu l'as tué ! C'est toi qui aurais dû mourir !

Les visages se pressaient autour d'elle, accusateurs. Sa mère, les cheveux en bataille, son regard vide, sa beauté ravagée par la souffrance. Son père, ployant sous le poids du malheur, mais il fallait être fort pour eux tous...

— Papa ! gémit-elle. Maman... Je ne voulais pas...

Mais personne ne pouvait l'entendre. Elle était seule, avec cette pensée qui la broyait : personne, jamais, ne l'aimerait plus comme avant.

Ria se redressa sur le lit en étouffant un cri.

— Benjy !

De faibles rayons de lumière perçaient sous les rideaux. Elle s'extirpa des draps, tremblant de tous ses membres après cet horrible cauchemar, et flageola sur ses jambes jusqu'à la porte. Puis elle entendit le rire de Benjy, auquel fit écho celui de Cleo, plus grave et rauque.

Les doigts crispés sur le montant, Ria intima l'ordre à ses muscles en gelée de la porter jusqu'au rez-de-chaussée. Elle devait se réapproprier l'esprit de son fils, l'unique bien qui lui restait…

— Retourne te coucher, ma puce.

Tante Cammie se matérialisa devant elle, ses cheveux gris retenus par d'invisibles épingles, sa robe de chambre boutonnée jusqu'à la gorge. Elle posa une main sur l'épaule de Ria et la pressa gentiment.

— Nous prendrons soin de Benjy. Repose-toi, tu en as besoin.

La petite main qui lui caressait le dos procura à Ria un réconfort inespéré.

— C'est mon fils, protesta-t-elle faiblement. Je dois…

Mais Tante Cammie la raccompagnait déjà vers le lit.

— Tu ne dois rien faire du tout pour le moment, à part dormir et panser tes plaies.

Avec des gestes précis et efficaces, elle tapota l'oreiller, lissa draps et couvertures et invita Ria à se recoucher, avant de la border comme une enfant. Des larmes vinrent aux yeux de Ria. Il y avait si longtemps que personne ne s'était plus occupée d'elle.

— Tante Cammie, je…

Les yeux pâles et sages, creusés dans le visage parcheminé aux traits doux, la fixèrent. Une légère fragrance émanait comme toujours de la peau de tante Cammie. Ce n'était pas une très jolie femme, rien de comparable avec sa diva de sœur, mais elle rayonnait de l'intérieur.

— Avec le temps, Ria, tout s'arrangera. Repose-toi. Plus tard, je te préparerai un toast à la cannelle très sucré, comme tu les aimais jadis quand tu venais me rendre visite.

Ria s'efforça de sourire.

— Ne la laisse pas me l'enlever...

La vieille dame secoua la tête avec lenteur.

— Ta mère t'aime, tu sais, dit-elle. Elle n'est pas ton ennemie.

Sa tante était décidément trop gentille. Elle ne comprenait pas que certains actes étaient au-delà du pardon. Ria lui agrippa le poignet.

— Promets-moi que tu veilleras sur Benjy, si je dors.

Tante Cammie fronça imperceptiblement les sourcils.

— Il est entouré de gens qui l'adorent...

— Promets ! insista Ria en se redressant au prix d'un effort surhumain.

Des mains la repoussèrent en douceur sur l'oreiller.

— C'est entendu, Ria. Je te le promets. A présent, repos ! Tu es en sécurité ici, ton enfant aussi. Vous êtes revenus à la maison.

La maison... Pour tous les autres occupants, sans doute. Pour Benjy aussi. Mais pas pour elle...

Ria s'assoupit en rêvant du jour où elle trouverait enfin sa vraie place.

6.

Sandor quitta son appartement à l'aube, assez soucieux.

Il avait prévu d'arriver le plus tôt possible au restaurant. Son contrat avec le gérant stipulait qu'il devait avoir terminé aux alentours de 10 heures, avant que l'équipe du déjeuner ne prenne son service ; il pourrait ensuite travailler, le cas échéant, pendant deux heures au cœur de l'après-midi, à condition de ne pas gêner les allées et venues du personnel des cuisines.

Aujourd'hui, il comptait bien rattraper le temps perdu la veille à nourrir Jim, même s'il était largement en avance sur son programme.

Seulement il n'arrivait pas à chasser de son esprit l'inconnue du parking. Même son inquiétude pour le gamin passait en second.

Sandor toucha le dos de sa main droite et cilla. Et s'il s'était agi pour de bon de la fille de Cleo ? A la lueur des réverbères, il avait tout juste aperçu son visage apeuré. Pourtant quelque chose, chez cette jeune femme…

Plus grande que Cleo, moins élégante qu'elle, Ria — si c'était bien elle — frappait néanmoins les esprits à sa manière, par son regard. Elle avait les beaux yeux de sa mère mais sans cette confiance en soi qu'affichait Cleo en toutes circonstances.

Ria, elle, n'exprimait que du désespoir. Rien n'était plus dévastateur que le désespoir. Sandor était bien placé pour le savoir, il avait croisé d'autres personnes victimes du même découragement, dans le pays de son enfance.

Pourtant, se souvint Sandor, au dernier moment Ria avait trouvé la force de repousser Cal. Il devait donc lui rester quelques ressources, une étincelle de foi. Et, de ce qu'il en savait, la plus modeste flamme, si on l'entretenait, pouvait un jour se transformer en feu de joie.

Sandor se reprocha aussitôt la direction que prenaient ses pensées. C'était vers Cleo qu'allait sa loyauté ; vis-à-vis de Ria, il ne sentait aucune dette, aucun devoir.

Des accords de musique et le rire de Benjy finirent par tirer Ria de son sommeil. La jeune femme descendit voir ce qui se passait, et ne put s'empêcher de sourire au spectacle qui s'offrit à ses yeux…

La promenade avec Tyrone était terminée. A présent Benjy, en chaussettes, juché sur la précieuse table en merisier, brandissait une cuiller de bois à la manière d'un micro, sur les conseils de Lola. Pendant ce temps, assise au piano, tante Cammie improvisait en toute décontraction.

— C'est parti ! lança sa grand-mère avec entrain. Un Aretha Franklin pour commencer… Donne-nous le *la*, Cammie.

Celle-ci s'exécuta.

— Suis ma voix, petit, dit Lola à Benjy. Puisque tu ne

connais pas les paroles, fais simplement « wouh-wouh » chaque fois que tu en auras envie.

Benjy pouffa de rire.

Ria aurait volontiers fait le trajet à pied depuis l'autre bout du pays pour vivre cet instant… Pour voir le visage de son fils illuminé d'insouciance.

— Maman, cria-t-il en l'apercevant sur le seuil, viens chanter !

Elle secoua la tête.

— Je préfère écouter, poussin.

— Sûrement pas ! répliqua Lola. J'allais justement te traquer jusque dans ton lit pour que tu rejoignes notre chorale. Viens par ici, dit-elle en exhibant une seconde cuiller de bois.

Benjy se joignit à son appel, tandis que tante Cammie entamait un morceau si rythmé, qu'il chatouilla une partie de Ria qui mourait d'envie de se lâcher. Cesser de s'inquiéter, songea-t-elle, et simplement se divertir… Comme avant.

De fait, elle adorait chanter. Au collège, le cours de musique figurait parmi ses moments de prédilection. Et puis aucune des personnes présentes dans cette pièce ne se moquerait d'elle, comprit soudain Ria. On ne lui demanderait rien d'autre que de se joindre à la fête.

Sans un mot, elle prit la cuiller et alla se placer à côté de Lola, face à l'antique miroir accroché au mur opposé. Le grand sourire qui fendit le visage de son enfant lui fit chaud au cœur.

La musique couvrit bientôt le timbre de fausset de Lola et les fous rires de Benjy. Des bulles de plaisir plein la tête, Ria ferma les yeux, lança sa voix… et se laissa emporter par la mélodie avec une reconnaissance éperdue.

Comme Aretha Franklin cédait la place aux Supremes, Ria se demanda quand elle s'était sentie aussi libre, aussi légère. Tous riaient et marquaient le rythme des mains et des pieds. Elle contempla le reflet de leur quatuor dans le miroir… et se figea en apercevant sa mère sur le pas de la porte.

Sa désapprobation était inévitable. Ria se cuirassa en prévision de la scène qui allait suivre. A côté d'elle, Lola se retourna, surprise de son brusque silence.

Benjy, lui, n'était pas victime des mêmes inhibitions.

— Nana, chante avec nous ! Nous sommes les Supremes !

Tandis que tante Cammie continuait de jouer, imperturbable, Lola s'avança vers Cleo.

— Tiens, prends mon micro. J'ai un organe assez puissant pour m'en passer.

Cleo referma les doigts autour de la cuiller de bois et jeta vers Ria un regard étrangement indécis. Craindrait-elle d'essuyer des moqueries, elle aussi ? Leur échange fielleux de la veille n'augurait en effet rien de bon…

Ce souvenir sapa l'insouciance du moment. Mais Lola s'était remise à chanter, et Benjy l'accompagna de quelques « wouh-wouh » avant de s'interrompre pour lancer :

— S'il te plaît, Nana !

Cleo regardait toujours sa fille sans mot dire. Soudain, Ria comprit que pour une fois, c'était elle qui détenait le pouvoir. D'un mot, elle pouvait s'insurger contre sa mère, ou bien tendre un rameau d'olivier, quand bien même ce signe de paix aurait peu de chances d'être accepté.

Inspirant longuement pour conserver son calme, Ria s'écarta pour lui faire une place. Alors, sa mère s'avança, l'air totalement abasourdi. Et la musique les unit tous dans les vrilles fragiles d'une espérance nouvelle.

Sa tante s'affairait aux fourneaux. Sa mère préparait une salade. Lola sirotait un verre de vin. Si bien que Ria se trouva avec le luxe de n'avoir rien d'autre à faire qu'apprendre à Benjy à dresser la table. La magie des instants qu'ils venaient de vivre se prolongeait.

Brusquement, une inspiration lui vint.

— Viens, poussin, sortons.

Sa mère leur coula un regard intrigué, mais s'abstint de tout commentaire.

— A tout de suite !

— Maman, qu'est-ce qu'on va faire ?

— Nous allons confectionner un centre de table pour Nana.

— Qu'est-ce que c'est, un centre de table ?

Rien ne pouvait mieux mettre en lumière le contraste dans l'éducation donnée par chacune à son enfant. Cleo avait toujours soigné le décor du repas, le plus souvent dans la simplicité, mais quelquefois de façon très sophistiquée. Ria, elle, s'était démenée pour nourrir correctement son fils sans prêter la moindre attention à l'emballage.

Elle expliqua le principe à Benjy tout en rassemblant quelques accessoires, de petits glands bruns cueillis sur les chênes, quelques pousses de bambous dans les tons verts et pourpre, une poignée de noix de pécan ainsi que les toutes premières feuilles dorées de l'automne…

De retour à l'intérieur, ils trouvèrent d'autres ingrédients — une belle pomme rubis, une poire ambrée dodue à souhait. Un service de tasses, soucoupes et serviettes assorties. Verres à pied, bougies... Ria et Benjy s'en servirent pour réaliser plusieurs scènes miniatures, grâce à un drapé de serviettes, un nid de glands dans un verre, trois pousses de bambou dans un autre, plusieurs feuilles éparpillées sur la nappe comme par mégarde...

En découvrant le décor de sa table, Cleo ravala sa stupeur. Ria se crispa, regrettant déjà son initiative. Le résultat était sans doute quelconque...

— C'est extraordinaire, Ria ! s'exclama enfin Cleo, contre toute attente. Et comme c'est charmant !

Ria haussa les épaules.

— J'ai suivi mon inspiration.

— C'est beau. Tu as un vrai talent. Aucun de ces accessoires n'est original en soi, c'est la composition, très originale, qui fait sensation.

Ravie, mais redoutant d'espérer trop, et pétrifiée à l'idée de bousculer cette trêve fragile, Ria s'adressa à Benjy.

— Allons nous laver les mains, poussin. Le dîner est presque prêt, je crois. Tante Cammie ?...

— Oui, ma grande. Dans quelques minutes.

Sa mère détourna la tête, mais Ria avait eu le temps d'apercevoir son expression : voilà, Cleo s'était repliée dans sa coquille de souffrance. Alors, avant de commettre un nouvel impair, Ria quitta la salle à manger avec son fils.

Au cours du dîner, elle se fit des reproches et s'efforça de trouver un moyen de mériter de nouveau les précieuses louanges de sa mère — sans succès. Lola se chargea de l'essentiel de la conversation jusqu'au dessert. La tension de Ria allait croissant. Elle se sentait même prête à détaler lorsque sa mère prit soudain la parole.

— Ria, pourrais-je te demander un service ?

— Lequel ? s'enquit celle-ci, sur ses gardes.

Tous les yeux étaient braqués sur elles. Seul Benjy chantonnait tout bas en poussant une petite voiture autour de son assiette.

— J'aimerais modifier la disposition de ma devanture, à la boutique. Est-ce que ce travail t'intéresserait ?

Ria en resta coite.

— Je manque de personnel, en ce moment, enchaîna très vite Cleo, et cette responsabilité m'incombe, en général, mais si tu t'en chargeais, cela me libérerait du temps pour les tâches administratives qui s'accumulent pendant que je me consacre à la vente...

— Pourquoi ?

— Eh bien, l'une de mes assistantes est partie, Betsey ne travaille avec moi qu'à mi-temps...

— Non, je veux dire, pourquoi *moi* ?

Cleo désigna d'un geste le centre de table.

— Ton flair me plaît.

— Mais au nom de quoi me ferais-tu confiance ?

Il *devait* y avoir un piège quelque part. Lola lui lança un regard de reproche, qu'elle lui rendit sans sourciller, histoire de gagner du temps. Car la perspective de ce travail dansait dans sa tête, si tentante, si plaisante...

— Nous pourrions nous entendre sur une période d'essai. Rémunéré, bien entendu. Mais si le job te plaît et que la devanture attire la clientèle, nous envisagerions un contrat sur la durée.

— Betsey n'appréciera pas.

— La boutique ne lui appartient pas. Elle devra s'y faire.

Affolée par l'intensité de son désir, Ria joua les indifférentes.

— Il se pourrait que je ne reste pas très longtemps…

— Même une seule journée m'aiderait beaucoup.

Et si Cleo n'appréciait pas le fruit de son travail ? Si elle était déçue, une fois de plus ?…

— Et Benjy ? objecta encore Ria.

Cleo courba les épaules. Lola vola à son secours :

— Cammie et moi, nous ferons volontiers un peu de baby-sitting. Tyrone a besoin d'être surveillé, et je crois que tu es exactement l'homme qu'il nous faut pour ce travail, Benjamin. Qu'en dis-tu ?

Benjy sourit.

— Bien sûr, Grammy.

Cleo et Ria échangèrent un regard surpris. *Grammy* ? L'ancienne actrice refusait jusque-là d'être appelée autrement que par son nom de scène… Mais Lola redressa le menton comme pour décourager les commentaires.

— Alors, c'est entendu ! Demain, ta maman ira aider Nana à la boutique et nous prendrons du bon temps.

Cleo veilla à conserver une expression neutre pour proposer :

— J'aimerais commencer avant l'ouverture. 8 heures, 8 h 30, cela te conviendrait ?

Oserait-elle vraiment se lancer dans l'entreprise ? Le cœur battant à se rompre, Ria hocha la tête.

— Je serai prête.

Elle se leva, espérant que ses jambes la porteraient.

— Si vous voulez bien nous excuser… Benjy, c'est l'heure de ton bain.

Vite, elle s'esquiva avant que Cleo, ou elle-même, ne recouvre la raison.

*
**

Il était temps de passer à la dernière étape, songea Sandor le lendemain matin, et de déménager ses outils à bois dans le garage de Billie. Sa logeuse était d'accord, il disposerait là-bas d'un plus grand espace...

Seulement c'était ici même, au cœur du domaine de Cleo, que ses œuvres les plus accomplies avaient vu le jour. Etait-ce la lumière, le lieu, ou bien le profond sentiment de sécurité qu'il éprouvait ici ? Il esquissa une grimace amusée. Lui, le protecteur autodésigné de Cleo, se sentait plus à l'abri dans cet atelier de fortune...

Voilà pourquoi sans doute, il avait renoncé au beau milieu de la nuit à trouver le sommeil, pour se rendre directement à la boutique. Billie avait beau prétendre qu'elle dormait comme une souche, le seul travail qu'il aurait pu entreprendre chez elle aurait généré trop de bruit. Vite rhabillé, il était venu jusqu'ici tenter d'oublier ses soucis.

Il contempla l'ouvrage qui l'occupait par intermittences depuis plusieurs semaines, désormais. Dès la première brèche ouverte dans la grume de cette pièce de bois, il avait su que de sa rugosité même naîtrait une réalisation majeure. Sinueuse et dorée, une forme féminine avait peu à peu émergé. Elle parlait aujourd'hui à son âme, bien qu'elle ne ressemblât à aucun être de chair et de sang parmi ses connaissances. Mieux, elle suscitait chez lui une réaction plus que troublante...

D'une certaine manière, elle ranimait en lui des désirs négligés, relégués dans l'oubli tant qu'il était occupé à se forger l'existence dont il avait rêvé trente-cinq années durant. Elle lui faisait prendre conscience qu'il attendait encore.

Il avait pourtant un travail, une poignée d'amis... Quant

aux femmes, il aurait pu en connaître davantage, si tel avait été son choix. Il semblait les attirer comme un défi. Mais il ne voulait plus d'aventures sans amour : il avait appris que le sexe, destiné à ne combler que le corps, vous laissait un vide terrible dans le cœur.

— Bonjour !

Sandor tressaillit et lâcha son ciseau à bois. Il n'avait pas entendu tinter le carillon de la porte de service.

— Bonjour, Cleo.

Il fut surpris de voir son amie de charmante humeur.

— Vous semblez heureuse…

— Je le suis. Ma fille va… Oh ! Sandor !

Son regard s'était braqué derrière lui. La bouche arrondie de stupeur, elle contemplait la sculpture.

— C'est incroyable. Bouleversant… Quelle puissance !

Ses doigts frémissaient. Et son sourire ! Son sourire aurait éclipsé le soleil.

— Elle n'est même pas achevée, et mes mains brûlent de la toucher ! Regardez ! J'ai la chair de poule. Ma parole, Sandor, pourquoi faites-vous semblant d'être un simple artisan ? Si vous n'offrez pas une chance à un galeriste de découvrir ce chef-d'œuvre, je vais piquer une crise !

Sandor se mit à rire, réjoui et gêné tout à la fois.

— Cette perspective m'effraie.

— Allons ! s'écria Cleo en riant à son tour. Je suis sérieuse. Combien de fois vous ai-je complimenté sur votre travail ? Vous devriez vous y consacrer à plein temps, et je vous accapare injustement !

— Ne croyez jamais cela ! répliqua Sandor. Vous m'avez sauvé. Vous m'avez donné une chance de réaliser mon rêve et de construire ma vie dans ce pays.

Il prit les mains de son amie.

— Je ne pourrai jamais vous payer de retour, ajouta-t-il.
Et vous pouvez me demander tout ce que vous voulez.

Les yeux de Cleo se mirent à briller.

— Vous ne me devez rien, Sandor. Vous êtes mon ami
— s'aider, c'est une chose que l'on fait, entre amis. Je
ne plaisantais pas, tout à l'heure : si vous ne composez
pas un dossier pour prospecter les galeries d'art, je vous
promets de m'en charger moi-même. J'ai hâte que Ria
voie cette sculpture...

— Ria ? répéta Sandor, surpris de la fierté qui perçait
dans la voix de Cleo.

— Oui, elle sera ici très bientôt, dit Cleo en fixant le
cadran de sa montre, les sourcils froncés. Elle a promis
d'arriver avant l'ouverture.

Eh bien, songea Sandor, Ria avait intérêt à se dépêcher.
Il garda néanmoins le silence, se demandant ce qui se
passait. Cleo s'expliqua :

— Je lui ai proposé de réorganiser la devanture. Elle
a un coup d'œil étonnant. Vous auriez dû voir cela hier
soir, Sandor... Je crois, dit Cleo en lui touchant le bras,
qu'il nous reste un espoir.

La femme qui se tenait devant lui n'était pas la Cleo
déterminée à arracher son petit-fils aux griffes d'une
mauvaise mère. Ni la mère brisée par la perte d'un fils.
Nerveuse, surexcitée, elle n'était pas prête à entendre
des spéculations sur les faits et gestes de sa fille l'autre
soir... Alors, même en retard, Ria méritait peut-être cette
opportunité de se réconcilier avec sa mère.

Sandor comptait partir tôt mais, tant pis, il s'attarderait
ici le temps qu'il faudrait pour évaluer par lui-même la
situation à l'arrivée de Ria. Tout en formant le vœu de

ne trouver à celle-ci aucune ressemblance avec la fille à demi nue qu'il avait surprise dans le parking…

Ria avait choisi de se rendre à pied à la boutique, située à quelques centaines de mètres à peine de la maison.

Elle était en retard, et chaque pas, en la rapprochant du but, l'incitait à changer d'avis. Après s'être changée trois fois, elle était revenue à sa première envie : jean noir et large chemise blanche nouée à la taille. Son unique robe lui donnait un air godiche, à des années-lumière de la toujours élégante Cleo, alors… En cette matinée un peu fraîche, elle avait enfilé par-dessus le blouson de cuir de Dog Boy, pour la chaleur mais aussi le réconfort que lui procurait le vêtement.

Pourquoi avait-elle accepté ? Cette misérable tentative de paix ne pouvait que mal tourner… Seulement, voilà, elle avait un cruel besoin d'argent, et même s'il devait exister des manières d'en gagner plus faciles qu'essayer de plaire à sa mère, c'était celui-là qui s'était présenté.

Pour tromper son angoisse, Ria se concentra sur les nouveautés de ce quartier qui lui était autrefois si familier. En son absence, Austin s'était développée de façon spectaculaire. L'antiquité délabrée où vivait naguère cette vieille folle de Mme Hunt, avec sa vingtaine de chats, affichait maintenant un étage entièrement rénové avec, sur le devant, une paroi vitrée reflétant la ligne des immeubles alentour. Qu'était-il advenu des bêtes qui ronronnaient autour des chevilles de Mme Hunt pendant qu'elle poussait sa voix flûtée vers les aigus ?

Une Volvo et une Land Rover encore plus imposante étaient garées dans l'allée. Ria frissonna. La beauté lisse avait remplacé le charme désuet de la simplicité d'âme. Elle accéléra le pas, réprimant une envie terrible de rebrousser chemin. Puis elle se remémora le ravissement de Lola lorsqu'elle avait accepté l'offre de Cleo, et aussi l'hésitation de sa mère au moment de prendre le micro. Sa belle assurance avait vacillé un instant…

Cleo n'avait pas une voix très puissante ni très juste ; chanter était à peu près la seule chose qu'elle ne réussissait pas à la perfection. Aussi avait-elle fredonné avec discrétion, pour faire plaisir à Benjy. Passé un moment de gêne inévitable, mère et fille s'étaient bien amusées. Ensemble ! Cette parenthèse enchantée resterait certainement gravée dans leur mémoire. Cependant, cela n'aurait pas dû inciter Ria à baisser la garde de manière aussi inconsidérée…

En approchant de la boutique, celle-ci aperçut soudain la voiture de Cleo garée dans l'allée qui longeait l'arrière du bâtiment. Aspirant une bouffée d'air pour détendre ses poumons, elle s'avança vers son destin avec une assurance qui l'étonna elle-même.

La porte de service était entrebâillée. Le rire de sa mère résonna soudain, suivi d'une voix d'homme, très basse. Ria s'immobilisa. Quand avait-elle trouvé sa mère d'humeur aussi joyeuse ?

Les poings serrés à s'en faire mal, elle se faufila dans ce qui lui parut être, de prime abord, un entrepôt. Sur la droite, des effluves caractéristiques de peinture fraîche. A gauche, un mur couvert de placards neufs…

Elle se figea de nouveau, bouche bée. Au centre d'un carré de lumière libéré par une lucarne, se dressait une sculpture. L'œuvre, imposante, n'était pas terminée, mais déjà des courbes gracieuses s'y dessinaient, d'une sensualité indicible… Comment le bois pouvait-il aussi bien exprimer le désir féminin ? La silhouette d'une femme émergeait de la matière brute, si vivante que Ria sentait presque le grain respirer.

Elle s'approcha, la main tendue.

— Je préfère que vous n'y touchiez pas.

Ria se retourna vivement.

— Les huiles corporelles décolorent le bois, expliqua l'homme.

Blond, athlétique, il avait la démarche souple, presque féline.

— Excusez-moi, balbutia-t-elle. Mais c'est si…

Il haussa un sourcil sans mot dire, tout en la considérant d'un air étrange.

— … Sensuel, acheva Ria. Très pur.

Ces compliments ne suscitèrent aucune réaction. Juste un regard hostile qui la cloua sur place.

— Certains jugeraient ces termes contradictoires, fit-il observer.

— Ils auraient tort.

Un silence tendu suivit cet échange.

— De toute évidence, vous êtes l'artiste. Je suis…

— La petite de Cleopatra, acheva-t-il à sa place.

Cleopatra ? Même son père n'était pas autorisé à appeler sa mère ainsi. Qui était donc cet homme ?

— Ria.

A la voix de sa mère, Ria se retourna, s'attendant à se voir reprocher son retard. Mais c'est avec une fierté tranquille que Cleo désigna du menton la sculpture.

— Je vois que tu as déjà fait connaissance avec Sandor. Son travail est extraordinaire, n'est-ce pas ? Sandor Wolfe, je vous présente…

— Votre fille. Qui d'autre pourrait-elle être ? Les yeux, les cheveux, elle est votre fidèle portrait.

La ressemblance, de toute évidence, ne plaisait pas au dénommé Sandor. D'où lui venait son accent ? Ria ne sut l'identifier. La voix, en revanche, lui parut étrangement familière. Il était pourtant impossible qu'elle l'ait déjà entendue, puisqu'elle ne connaissait pas cet homme.

Comme il se rapprochait de Cleo d'un air presque protecteur, Ria songea qu'il était certainement celui qui, l'autre soir, avait laissé sa mère si rêveuse. Alors, il était son amant, ce guerrier trop jeune pour elle aux pommettes taillées à la serpe, dont le corps puissant rôdait derrière la fine Cleo ?

Le menton bien droit, Ria soutint son regard de fauve méfiant. Il avait osé prendre la place de son père ! Avec lui, soudain, le divorce de ses parents devenait réalité — une réalité plus injustifiée, plus douloureuse que toutes les épreuves traversées depuis la mort de David.

Et là, cette sculpture de bois, était-elle inspirée par la silhouette de sa mère ?

Ria ne pouvait plus rester là. Cleo le devina-t-elle ? En tout cas, elle demanda à Sandor de les laisser seules.

— Sandor, voulez-vous nous excuser ?

Elle affichait son calme coutumier ; cependant... Ria perçut de nouveau l'infime hésitation qui l'avait convaincue la veille d'accepter sa proposition. Un tremblement imperceptible de la voix, peut-être.

Sandor ne bougea pas. Ses yeux aiguisés l'étudiaient avec un mépris évident, comme pour la défier ou bien provoquer une insulte qui lui offrirait alors l'occasion de dire ce qu'il avait manifestement sur le cœur. Stupéfiant ! Cet homme croyait-il donc Cleo vulnérable à ce point ?

« Ta mère sait juste cacher ses soucis mieux que tout le monde », disait tante Cammie. La parfaite Cleo avait-elle réellement un point faible ? D'autres paroles, de Lola cette fois, revinrent à la mémoire de Ria. « Rien ne vous oblige à vous battre »...

Le guerrier mourait d'envie d'en découdre ? Elle resterait donc, pour le priver du plaisir de la jeter dehors.

— Où est la devanture à réaménager ? demanda-t-elle à sa mère d'une voix ferme.

Les épaules de Cleo se détendirent.

— Par ici, dit-elle en précédant Ria.

Sandor lui emboîta le pas. La reine de glace et son garde du corps ! songea Ria, exaspérée. Elle se sentait une intruse et regrettait amèrement d'être venue. Elle s'ébroua néanmoins et franchit le seuil à son tour, avec l'impression d'être un jeune soldat montant au feu pour la première fois.

Incapable de trouver un prétexte crédible pour s'attarder davantage, Sandor s'en fut quelques minutes plus tard, plus troublé qu'il ne l'aurait cru.

D'abord, il était surpris de voir Cleo si décontenancée par la présence de sa fille. Bien qu'elle fît des efforts méritoires pour conserver son aplomb habituel, ses mains tremblaient et ses yeux étaient partout tandis qu'elle essayait d'interpréter la moindre réaction de Ria.

Elles semblaient deux boxeuses sur le ring, tendues, hésitantes, chacune calculant l'autre pour anticiper le coup à venir. Leur relation n'avait rien de commun avec celle unissant Cleo à Betsey. Sans être toujours d'accord, elles trouvaient en général un terrain d'entente et pouvaient travailler dans un silence serein ou bavarder des heures, au choix. Ria et Cleo, en revanche, étaient paralysées en présence l'une de l'autre, comme si un mot risquait de faire voler en éclats la sérénité de surface. Contre toute attente, Ria paraissait même plus bouleversée que sa mère. Où était passée la rebelle qui avait détruit sa famille ? Elle semblait surtout très fragile...

Mais les apparences pouvaient se révéler trompeuses. A cet instant, Sandor décida que le moment n'était pas encore venu de déménager ses affaires.

La fille de Cleopatra méritait qu'on la surveille de près.

7.

— Regarde, maman. Regarde comme je vais vite !
s'écria Benjy en dévalant les marches du perron. Compte
en combien de secondes j'arrive à la boîte aux lettres. Tu
me vois ?

Il s'arrêta, les mains sur les hanches.

— Tu devrais descendre ici…

— Je ne manquerais ça pour rien au monde.

Ria, en vérité, n'avait guère envie de quitter le fauteuil
à bascule de la véranda. Dans sa hâte de terminer la
vitrine au plus vite afin de quitter l'atmosphère tendue
de la boutique, elle n'avait pas pris de pause déjeuner,
malgré les prières de Cleo.

Trop excité pour l'attendre, Benjy s'élança dans l'allée.
Alors, comme en surimpression, Ria le revit à l'âge de un
an, en train de faire ses premiers pas. Les jambes pote-
lées, à fossettes, s'étaient allongées. Le futur adolescent
se dessina sous ses yeux…

L'angoisse lui transperça le cœur. Ce n'était pas Benjy
qu'elle imaginait à quatorze ans, mais David.

Ria se propulsa dans l'allée, rattrapa son fils en courant
et se baissa pour le serrer dans ses bras. Le nez enfoui

94

dans son cou, elle grogna d'une façon qui le chatouillait à tous les coups.

— Maman, tu dois…

Il pouffa de rire et protesta :

— Pas maintenant !

Mais il se blottit quand même contre elle…

Alors la puissance de l'amour qu'elle éprouvait pour lui laissa Ria hors d'haleine. La seule pensée qu'elle était passée tout près de ne pas vivre ce miracle était terrifiante. Seule et enceinte, elle croyait à l'époque n'avoir qu'un choix et un seul…

… C'était compter sans Dog Boy.

— Tu es sûre de toi, Ria ?

Prostrée sur sa chaise en plastique orange dans la salle d'attente aux couleurs criardes, Ria ne leva même pas les yeux.

— Tu ne veux pas de ce bébé ?

— Non, bien sûr que non. J'arrive tout juste à m'en sortir seule, je n'ai pas encore trouver d'appart… Mais quand même…

Pliée en deux, les mains autour de la taille, Ria se berça doucement en se demandant à quoi pouvait ressembler le petit qu'elle abritait dans son ventre.

Dog Boy s'agenouilla et posa la main sur la sienne. Au moins, il avait les ongles plus propres ces derniers temps.

— Parle-moi, Ria… Tu es vraiment certaine de pouvoir faire ça ?

Les volutes verdâtres du linoléum étaient assorties au papier peint. Un faux lierre empoussiéré flottait sur la vieille table telle une île au milieu d'un océan de magazines plus ou moins déchirés. Ria n'arrivait même pas à distinguer les titres à travers la brume qui lui voilait la vue. Elle entendait encore la voix brisée de son père. « Ta mère est simplement… triste. Elle a perdu son petit. » La barrière tenant ses souvenirs à distance chancelait au point que l'envie la traversa d'appeler papa, de lui demander conseil. Mais elle était trop vieille pour cela… et trop indésirable.

— Je ne sais pas, chuchota-t-elle.

Comment allait-elle vivre avec ce remords en plus de tous les autres ? Comment supporterait-elle d'avoir encore du sang sur les mains ?

Dog Boy bondit sur ses pieds et l'entraîna avec lui.

— Viens.

— Qu'est-ce que tu fais ?

Cette main qui tremblait sur son bras lui transmit une chaleur très douce.

— Tu n'es pas si forte, Ria. C'est ton petit secret honteux. Tu te comportes comme si tu étais ultrasolide, mais c'est de la frime ! Fichons le camp avant que tu ne commettes une grave erreur.

Dans la tête de Ria, l'espoir le disputait à la logique.

— Je *dois* le faire, tu ne le vois donc pas ? Je n'ai pas les moyens d'élever un enfant, à peine de quoi m'alimenter…

— Je prendrai soin de vous.

— Toi ?

Ria le fixa, ébahie. Ce type maigre comme un clou, les yeux injectés de sang sous l'effet des métamphétamines, était l'ange gardien le plus improbable qui se puisse imaginer.

96

Il lui saisit les épaules avec une énergie inattendue.

— Oui, moi ! J'ai un toit. Un boulot. Tu peux habiter avec moi et économiser de l'argent pour après la naissance.

— Mais Dog Boy, toi et la came… Je ne peux pas…

— C'est fini, Ria. A partir d'aujourd'hui, je ne suis plus un junkie. Donne-moi ma chance, ajouta-t-il avec le plus grand sérieux. Que je fasse quelque chose de bien, une fois dans ma vie.

Ria se tut. Pouvait-elle être folle à ce point ?

— Ecoute-moi, reprit Dog Boy d'une voix sourde. Quelque chose en toi va mourir si tu mènes ce projet à terme. Alors que tu as une chance unique de mettre une vie au monde pour compenser celle que tu as perdue !

— Tu n'as pas le droit de…

Il la secoua violemment.

— Tu as une dette envers moi ! N'oublie pas les cicatrices que tu portes au poignet !

Elle lui en avait trop dit. Son histoire avait débordé comme l'écarlate sur le bandage qu'il lui avait confectionné avec sa propre chemise avant de la conduire à l'hôpital pied au plancher. Cette nuit-là, c'était lui qui l'avait forcée à survivre.

— J'ai si peur, Dog Boy. Je ne sais même pas comment être une mère…

— On se débrouillera, la rassura-t-il en l'attirant contre lui. On n'est pas plus bêtes que les autres… Les familles, on ne connaît pas bien, toi et moi, mais on apprendra.

Ria éclata en sanglots.

— Ce n'est pas une histoire de sexe, hein ? bredouilla-t-elle. Parce que je ne peux pas coucher avec toi, tu es le seul ami que j'aie…

Un petit rire roula dans sa gorge.

— Je te l'ai dit un jour, petite. Tu n'es pas mon genre.

Comme il la berçait tendrement, Ria rendit les armes.

— C'est de la folie, murmura-t-elle.

— Non, répliqua Dog Boy en l'entraînant vers la sortie, ce n'est que justice !

Les lèvres pressées contre les cheveux de Benjy, Ria remercia une nouvelle fois le destin qui lui avait envoyé cet ange improbable aux cheveux carotte. Dog Boy avait tenu parole, même si, hélas, son passé avait fini par le rattraper.

— Tu es la seule chose de bien que j'aie jamais faite, chuchota-t-elle à son fils.

A l'idée qu'elle aurait pu ne jamais le connaître…

Mais cette sensation atroce n'était rien, sûrement, au regard de la souffrance endurée par ses parents. Ria se mit à prier tout bas. « Je plaide coupable, j'accepte la haine, mais par pitié, préservez cet être qui m'est si précieux… Même si je ne le mérite pas… »

Avec ce sixième sens qui effrayait parfois sa mère, Benjy ne chercha pas à se dégager. Ria s'écarta la première pour le laisser respirer et caressa le visage adoré en ravalant son angoisse.

— Tu es le meilleur petit garçon du monde !

Benjy sourit sans une once d'hésitation, acceptant le compliment comme un dû.

— Tu dis toujours ça.

— Parce que je le pense sincèrement !

Tremblante, Ria tâcha de se raisonner. Il lui revenait à

elle, adulte, de réconforter son enfant, et non l'inverse. Or malgré les incertitudes, les questions, les erreurs, en cet instant il n'y avait rien à craindre. Benjy était en sécurité. Elle se força à sourire, et se sentit aussitôt plus calme.

— Alors, tu es prêt, poussin ?

Redevenu dans la seconde un garçon de quatre ans normal et bourré d'énergie, Benjy prit la pose du coureur.

— Ouaip ! Je vais aller très vite, tu verras !

— Alors… A vos marques… Prêts ? Partez !

Elle compta les secondes avec application, les yeux rivés sur l'enfant qu'elle aimait plus que sa propre vie. Mais au moment de contourner la boîte aux lettres, Benjy stoppa net.

— Gramps ! Maman, Gramps arrive ! s'écria-t-il en agitant la main.

Malcolm descendit de voiture un grand sourire aux lèvres et prit aussitôt Benjy dans ses bras. Tandis que le petit se lançait dans le récit détaillé des événements de sa journée, Ria remonta brusquement le temps et revit David se jeter de la même façon dans les bras de papa…

« Commet as-tu survécu à cela ? » demanda-t-elle en silence à son père. Elle comprit alors deux choses, simultanément — que son père avait perdu bien plus qu'un fils et qu'elle-même, à sa place, n'aurait pas le courage de survivre. Perdre Benjy lui ôterait son unique raison de continuer…

Elle ne devait pas penser à cela, sous peine de devenir folle. Mais elle eut beau s'efforcer d'écouter parler Benjy, la peur, les remords vrombissaient pêle-mêle dans ses oreilles tel un essaim de guêpes. Si quelqu'un méritait de perdre un enfant, c'était bien elle… « Benjy n'a rien fait de mal ! cria-t-elle en pensée. Il a le meilleur cœur du monde ! »

Mais David aussi, avait le meilleur cœur du monde…

— Ria ?

La voix de son père déchira la toile gluante qui lui enserrait l'âme.

— Qu'est-ce qui ne va pas, chérie ?

— Oh, papa…

Elle faillit se jeter à son tour contre lui pour qu'il apaise ses frayeurs, comme avant…

— Je me sens très bien, mentit-elle. Juste un peu fatiguée, peut-être, après avoir travaillé à la boutique.

Malcolm écarquilla les yeux.

— La boutique… de Cleo ?

— Nana a donné à maman un travail pour rendre le magasin plus beau, expliqua doctement Benjy, perché sur ses épaules.

En quelques mots, Ria mit son père au courant.

— Ainsi, ta mère et toi avez réussi à travailler ensemble…

— Plus ou moins.

— J'en suis heureux, déclara Malcolm en hochant la tête. Elle fait des efforts, chérie. Elle souhaite sincèrement que les choses changent, cette fois…

Ria songea à l'étranger vengeur défendant son territoire, et se demanda si son père défendrait pareillement sa mère s'il avait vent de son existence.

Mais aussitôt, elle écarta cette pensée. Que cela lui plaise ou non, Papa aussi avait une petite amie, et il vivait avec elle.

— C'était sympa de sa part de m'offrir cette chance. Seulement, c'est… difficile.

— Gramps, tu es venu jouer avec moi ? demanda Benjy.

— Bien sûr. Mais je venais aussi voir ta maman.

— Alors si elle nous regarde jouer, ça compte, non ? On grimpe encore dans la cabane ?

Malcolm jeta à sa fille un regard interrogateur. Ria sourit.

— Allez-y. Pendant ce temps, j'aiderai tante Cammie à préparer le dîner.

Son père l'enlaça et déposa un baiser dans ses cheveux.

— Je suis fier de toi, Ria.

La jeune femme ferma les yeux, savourant le plaisir intense que lui prodiguaient ces mots.

— On peut y aller, maintenant, Gramps ?

Les petits pieds impatients fouettaient l'air. Malcolm gloussa et déposa Benjy au sol.

— La cabane a besoin de quelques travaux, nous nous en occuperons dimanche. Pour le moment, j'ai une autre idée.

— Laquelle ?

— Tu aimes jouer au foot ?

Les yeux de Benjy s'ouvrirent tout grand.

— Je sais pas, j'ai jamais essayé.

Ria se crispa sous le regard surpris que lui jeta son père. Dog Boy étant tombé malade peu après les tout premiers pas de Benjy, elle avait été tellement occupée à survivre, puis à trouver du travail afin d'assurer pour trois, que faire du sport avec lui ne lui était même pas venu à l'idée.

— Dans ce cas, dit Malcolm, il est temps de t'y mettre. J'ai un ballon dans le coffre. Allons le chercher.

Benjy glissa sa petite main dans la poigne robuste de son grand-père, et bavarda avec lui tout au long du trajet.

Ria les observa quelques instants. Comme ils étaient absorbés l'un par l'autre… Naguère, elle en aurait conçu de la jalousie, mais là, elle n'éprouvait que de la joie pour un petit garçon destiné à recevoir des tonnes d'amour, s'il existait une justice.

Ria avait mis le couvert et préparé une salade, tout en observant par la fenêtre les deux mâles qu'elle chérissait le plus au monde.

Benjy était dans son élément. Quant à Malcolm, il rajeunissait à vue d'œil tandis qu'il jouait et riait, expliquant avec patience les règles du football à un petit garçon qui buvait à la fois ses mots et son affection comme la terre aride absorbe l'eau de pluie.

Lorsque la voiture de Cleo s'engagea dans l'allée, Benjy se précipita pour raconter à sa grand-mère les jeux inventés par Gramps. Mais Ria fut surtout frappée par l'expression de souffrance et de tendresse mêlées qui se peignit sur le visage de Malcolm alors qu'il contemplait Cleo.

De son côté, Cleo lui coulait à la dérobée des regards emplis d'un désir indéniable…

— Nana, j'ai marqué un but, tu sais ! Gramps n'a pas pu me rattraper, hein, Gramps ?

— Tu es beaucoup trop rapide pour moi. Mais la chance va tourner, maintenant, je le sens, dit Malcolm en jouant des sourcils d'un air malicieux. Voyons un peu ce que tu as dans le ventre, petit. Je parie que tu n'y arriveras pas deux fois !

Il se pencha pour aider Cleo à descendre de voiture.

Leurs mains se frôlèrent et soudain, ils semblèrent l'un comme l'autre paralysés.

— Blanche, murmura papa.

Blanche.

Combien de fois Ria avait-elle entendu Malcolm prononcer ce surnom d'un ton léger, ou bien rauque et séducteur ? Le jour de leur toute première rencontre, il avait déclaré à Cleo que son teint de porcelaine, ses cheveux aile de corbeau et ses yeux verts évoquaient pour lui la princesse Blanche-Neige... Le surnom était resté. Intime et unique. Dans la bouche de Malcolm, il valait son pesant de tendresse.

— Viens, Nana ! appela Benjy. Maman peut jouer dans mon équipe, et toi dans celle de Gramps...

Alors seulement, tous deux notèrent la présence de Ria sur le perron. Ria dont le regard fila vers la main de Malcolm placée sous le coude de sa mère... Un infime espoir germa dans son cœur. L'amour entre eux pouvait-il être seulement en sommeil ?

Cleo se tourna vers son petit-fils.

— Benjy, je suis désolée...Mais j'ai des provisions dans le coffre et tante Cammie les attend...

— Nous allons t'aider, intervint Malcolm. Un travail pour nous, bonhomme.

Ria se joignit à eux. Son père se chargeant des sacs les plus lourds, ils rebroussèrent chemin vers la maison en file indienne. Comme Cleo leur tenait la porte, Malcolm s'inclina.

— Honneur à la plus belle, Blanche...

Il fut un temps où Cleo se serait hissée sur la pointe des pieds pour l'embrasser. Ria, tout en se sentant l'âme d'un voyeur, ne bougea pas, osant à peine respirer...

Mais Cleo secoua la tête.

— Passe devant, dit-elle en reculant d'un pas, les yeux rivés au sol.

Malcolm s'arrêta sur le seuil, comme s'il s'apprêtait à dire quelque chose. Ria tenta un ultime coup de poker.

— Papa ?...

Ils sursautèrent tous les deux.

— Voudrais-tu rester dîner avec nous ? D'après tante Cammie, il y a de quoi manger en abondance, improvisa-t-elle avec aplomb.

Papa regarda sa mère, lui laissant le soin de trancher. Tendue, Ria insista :

— Maman ? Cela ne te dérangerait pas, n'est-ce pas ?

— Je suis navré, Ria, dit soudain son père. Je regrette sincèrement, mais...

Soudain, tous prirent conscience des mots qu'il taisait. Il avait un foyer, qu'il lui fallait rejoindre. Une femme l'attendait.

Le moral de Ria plongea d'un coup.

— Nous ferions mieux de ne pas monopoliser davantage ton temps, déclara sèchement Cleo. Ria, si tu attrapais l'un de ces sacs ? Je prendrai l'autre, ainsi Malcolm pourra repartir.

La main de Malcolm se posa sur celle de Ria au moment où elle saisissait l'anse.

— Je regrette sincèrement de ne pas pouvoir rester.

Ces mots lui étaient adressés, toutefois le regard de son père n'avait pas quitté sa mère.

— Une autre fois, peut-être, murmura celle-ci avant de se diriger vers la cuisine.

Malcolm regarda Cleo disparaître dans la maison. Ria en eut le cœur brisé pour lui. Pour eux…

Le lendemain après-midi, Ria se traînait dans la maison vide, perdue dans ses pensées. Une idée pour une nouvelle mise en étalage lui était venue…

Lola, Benjy, tante Cammie et Tyrone étaient partis faire leur promenade quotidienne au parc, qui durait chaque fois plus longtemps. Les deux vieilles dames avaient une patience sans limites vis-à-vis des incursions imprévues de Benjy en chemin, et le petit savourait l'attention qui lui était accordée.

Cette idée de devanture scintillait dans l'esprit de Ria. Une féerie de neige et de glace pour la vitrine d'angle donnant sur la rue… Devait-elle ou non en parler à sa mère ? Sa main hésita au-dessus du téléphone…

Elle décida de se rendre directement à la boutique. Ainsi, elle pourrait exposer son projet de vive voix.

Mais en franchissant le seuil, elle s'aperçut qu'elle ne possédait pas de clé. Impossible de fermer la maison — la maison *de sa mère*, dans laquelle Ria n'était qu'une invitée de passage…

De toute façon, son projet d'étalage ne plairait peut-être pas à Cleo, qui du reste, ne lui avait rien demandé. Le premier qu'elle avait créé était peut-être déjà démonté, qui sait ?

Ria se sentit tout à coup très bête. Son idée fondant comme neige au soleil, la déception jeta un voile de grisaille sur cette belle journée ensoleillée. Elle hésitait encore, indécise, mais peu à peu, l'image reprit corps dans sa tête…

Ce serait éblouissant. Rien n'obligerait Cleo à la rémunérer si le résultat ne lui convenait pas. Et le souvenir du plaisir de sa mère devant la première vitrine réchauffa un sentiment profondément enfoui en elle.

Sa décision était prise. Elle ferait un saut à la boutique, pour voir ce qu'il était advenu du fruit de son travail. Si la vitrine était toujours en place, elle entrerait et toucherait un mot à sa mère de ce nouveau projet. Mais d'abord, elle alla vérifier si sa mère gardait toujours une clé de secours près de la porte de la cuisine…

Quelques minutes plus tard, elle était en route, heureuse que sa mère n'ait rien changé à ses habitudes. Son excitation s'accrut à mesure qu'elle approchait de la boutique. Les matériaux ne devraient pas coûter cher, pour un effet garanti. Pour peu que Cleo soit disposée à investir davantage…

Les idées se bousculaient dans sa tête lorsqu'elle tourna le coin de la rue.

La devanture était toujours en place.

Son cœur fit un petit bond. Elle vérifia la vitrine d'angle pour s'assurer qu'elle avait gardé un souvenir exact des dimensions. Puis, redressant les épaules, elle grimpa les trois marches du perron et poussa la porte du magasin, faisant tinter une ronde de clochettes.

Cleo n'était nulle part en vue. Une voix s'éleva derrière elle.

— Bonjour. Puis-je vous aider ?

Ria fit volte-face pour affronter sa sœur.

— Ah. C'est toi.

Le sourire de Betsey s'envola tandis que Ria reculait d'un pas.

— Est-ce que… euh… maman est ici ?

— Non. Elle est allée à la banque.

Ria laissa errer son regard sur les présentoirs tout en se demandant si elle devait rester ou repartir.

— Elle en a pour longtemps ?

— En principe, non. Mais parfois, elle en profite pour faire quelques courses.

Ria lorgna la porte de service. Et si elle se réfugiait dans l'arrière-boutique, en attendant ?

— Tu avais besoin de quelque chose ?

— Non, je… Je voulais juste lui parler de quelque chose. Je vais rester par là en attendant son retour…

— Cela peut durer un certain temps, fit observer Betsey.

Elle était au garde-à-vous, en bon petit soldat. Chaque atome de son corps se refusait à accueillir Ria.

— Peu importe, répliqua cette dernière. Benjy est au parc avec tante Cammie, Lola et Tyrone.

Sa sœur ouvrit la bouche, puis la referma sans avoir rien dit, se bornant à hocher la tête.

Ria l'étudia à la dérobée. Coiffure impeccable, vêtements discrets, ravissants, probablement hors de prix. Avait-on jamais surpris Betsey dans une tenue approximative ? Elle se demanda si ses filles lui ressemblaient… ou si l'une des deux, moins gâtée par la nature, aimait grimper aux arbres et se salir.

— Papa m'a dit que tu avais deux filles, mais je connais ni leurs prénoms ni leur âge.

Betsey afficha un air sceptique, mais son affabilité d'hôtesse accomplie l'emporta.

— Elizabeth a quatre ans et Marguerite trois.

— Est-ce qu'elles te ressemblent ? Tu as des photos ?

Le visage sans défaut se troubla imperceptiblement.

— Tu t'y intéresses vraiment ?

— Tu es ma sœur, Betsey. Evidemment, que je m'intéresse à tes enfants ! A aucun moment je n'ai voulu te blesser.

— Tu nous as tous blessés, Victoria, répliqua sa cadette avec une tranquille férocité. Et maintenant, tu recommences... Quand disparaîtras-tu, cette fois ? A moins que tu comptes sur les parents pour t'entretenir ? Maman ne peut se permettre de te proposer longtemps la charité, tu sais.

La charité. S'agissait-il vraiment de cela ? Betsey cherchait peut-être seulement à lui rendre coup pour coup...

Elle avait toutes les raisons du monde pour cela, se dit Ria consternée.

— Bets, je...

Les clochettes tintèrent une nouvelle fois. Comme une cliente pénétrait dans la boutique, Betsey revêtit son habit de vendeuse émérite.

— Bonjour, madame Johnston. Comment allez-vous aujourd'hui ?

— Betsey, ma chère petite, je suis si heureuse de vous trouver ! Je dois choisir très rapidement un cadeau pour l'insupportable épouse d'un associé de William...

— Je suis à vous tout de suite.

Betsey se tourna vers Ria et chuchota :

— Veux-tu toujours attendre maman ?

— Non. Dis-lui que je lui parlerai à son retour à la maison.

Là-dessus, elle quitta la boutique d'un pas nonchalant et attendit d'avoir tourné le coin pour se mettre à courir.

* *

— Nous avons vendu plus de marchandises que d'habitude grâce à ta devanture, lui annonça Cleo ce soir-là au dîner. La façon dont tu as suggéré un Noël à l'ancienne vu par un enfant posté sous le sapin suscite une vive émotion chez les passantes… Plus d'une s'est attardée un bon moment en contemplant la vitrine avec nostalgie.

Ria baissa la tête.

— J'ai eu aujourd'hui une petite idée pour la vitrine d'angle, mais… Le magasin a déjà du succès, tu n'en as sans doute pas besoin.

— Si tu as envie de te lancer, j'accepte avec joie. Qu'avais-tu en tête ?

Ria exposa les lignes de force de son projet avec précaution, et poussa un discret soupir de soulagement en voyant briller les yeux de Cleo.

Durant quelques minutes délicieuses, mère et fille discutèrent en alliées, et non plus en ennemies. Ria en eut comme un vertige…

— Pourrais-tu t'y mettre dès demain ? dit Cleo. Nous disposons de l'essentiel des matériaux dont tu auras besoin.

Ria hésita, tout en blâmant sa propre lâcheté.

— Est-ce que… Enfin, qui travaille demain ?

Elle lut de la sympathie dans le regard de sa mère. Ce devait être effectivement un des jours de Betsey.

— Le moment est peut-être mal choisi… Mais comme il me tarde de voir le résultat !

Ria se replongea dans la contemplation attentive de son assiette.

— Je pourrais… Si tu étais d'accord, je pourrais démarrer ce soir, après avoir couché Benjy.

Elle jouait du bout des doigts avec le rebord de son

verre. Des années plus tôt, elle avait subtilisé de l'argent dans le porte-monnaie maternel. Cleo la laisserait-elle aujourd'hui évoluer seule dans la boutique ?

— Ria, je ne sais pas si…

Celle-ci recula sa chaise et se leva, son assiette vide à la main.

— Je comprends. Oublions ça. Prêt pour le bain, Benjy ?

— Ria…

— Je suis obligé, maman ? protesta mollement Benjy.

— Dépêche-toi ! répliqua Ria d'un ton sévère.

Trop sévère. Elle se mordit la lèvre et rassembla les miettes de sang-froid qui lui restaient.

— On va remplir la baignoire à ras bord, d'accord ? proposa-t-elle en souriant à son fils. Comme ça, tu pourras jouer à la baleine.

— Waouh !

— Prépare ton pyjama. Rendez-vous dans la salle de bains dans… une minute.

Son fils quitta aussitôt la table.

— Il faudra que je montre à Gramps combien de secondes j'arrive à retenir ma respiration. Si on l'appelait, maman ?

— Ria, répéta Cleo.

Ria ignora délibérément la main que lui tendait sa mère.

— Je ne pense pas qu'il puisse venir ce soir, mais nous lui en parlerons lors de sa prochaine visite. Marché conclu ?

— Oui !

— Alors, file au premier étage !

L'enfant s'immobilisa sur la deuxième marche.

— Tu viens me regarder, Nana ?

— Avec grand plaisir, dit Cleo. Laisse-moi quelques instants pour discuter avec ta mère, ensuite je viendrai.

— D'accord, dit Benjy en reprenant sa course vers sa chambre.

— Ria...

Ria intercepta un regard d'avertissement de Lola, et s'aperçut que Tante Cammie la contemplait pour sa part avec des yeux suppliants. Elle s'arrêta sur le seuil de la cuisine, les bras chargés d'assiettes.

— Oui ?

Sa mère n'hésita qu'une fraction de seconde.

— Si cela ne te dérange vraiment pas de démarrer ce soir, j'appellerai la boutique, pour voir si Sandor travaille encore. Ainsi, il t'ouvrira la porte.

Elle inspira un grand coup et poursuivit :

— Sinon, je te confierai ma clé avec le code de sécurité. Tu n'auras qu'à la laisser sur le comptoir de la cuisine en revenant, si je suis déjà couchée.

Prise de court, Ria alla prudemment poser son chargement sur le comptoir, de peur de le lâcher.

— Merci, dit-elle doucement. Je... vais faire couler le bain de Benjy.

Elle se hâta de quitter la pièce avant de perdre la bataille contre les larmes qui l'étouffaient.

Sandor était bien à la boutique, Cleo s'en était assurée. Elle avait tout de même donné à Ria sa clé ainsi que le code, afin, disait-elle, que Sandor ne se sente pas obligé de veiller tard.

Elle insista aussi pour que Ria s'y rende en voiture et non à pied, allant jusqu'à lui proposer sa propre berline en lieu et place de la vieille carcasse réparée entre-temps par Malcolm. Si elle savait combien le voisinage était tranquille, comparé à certains quartiers de Los Angeles... Ria accepta néanmoins, ne souhaitant pas gâcher la paix toute neuve qui semblait s'être instaurée entre elles.

Bien entendu, Sandor serait là pour s'assurer qu'elle ne volait rien... Cependant la clé et le code étaient des branches d'olivier tendues au-dessus d'un gouffre que Ria n'aurait jamais cru pouvoir franchir un jour. Et qu'importe si le guerrier suivait ses faits et gestes avec la vigilance d'une sentinelle appointée...

Comme elle approchait de l'entrée de service, celui-ci surgit de l'ombre, la lueur des réverbères soulignant la beauté sévère de ses traits, et lui bloqua le passage.

— Si vous voulez bien m'excuser, dit-elle, j'ai du travail.

Il ne bougea pas d'un pouce.

— Vous ne lui briserez pas le cœur une seconde fois.

Seigneur ! Jusqu'à quand devrait-elle payer pour ses fautes passées ?

— S'il vous plaît, Sandor, laissez-moi passer.

— Elle est plus fragile que vous ne semblez le croire, insista-t-il en lui saisissant le bras.

Reconnaissant là un écho des paroles de tante Cammie, Ria fronça les sourcils.

— Le fait qu'elle vous excite ne vous autorise pas à me sermonner ! persifla-t-elle, essayant en vain de se dégager.

— Ne parlez jamais d'elle de cette façon. Vous ne comprenez rien.

112

D'une violente secousse, Ria libéra enfin son bras et repoussa Sandor à deux mains, tandis que s'abattait sur elle toute la fatigue nerveuse accumulée dans la journée.

— Je sais à quoi ressemble une femme quand elle vient d'embrasser un homme... Je l'ai vue, l'autre soir, et j'ai vu comment vous vous comportiez avec elle ! La conclusion saute aux yeux.

— Ne jugez pas sans preuves. Votre mère ne manque pas d'admirateurs, mais je suis seulement son ami.

Il la considérait d'un air sévère.

— Mes amis, je les protège, conclut-il.

— Et selon vous, je vais lui faire du mal.

— Vous n'avez aucune considération pour votre propre personne. Pourquoi la sienne vous intéresserait-elle ?

— Vous ne savez rien de moi !

La manière dont il la regardait... Quelque chose, dans sa voix, son accent...

Les pièces du puzzle s'assemblèrent d'un coup.

— Vous ! Au Joe's Place... Vous allez tout lui dire !

Sandor secoua la tête.

— Je ne vois aucune raison de la bouleverser davantage. Selon moi, il n'est pas inévitable que vous lui fassiez de la peine. Une seconde chance vous est offerte. Vous avez le pouvoir de rendre l'avenir différent du passé.

— Vous pensez néanmoins que j'échouerai...

— Pas nécessairement. Vous, en revanche, ajouta-t-il d'une voix radoucie, vous en êtes persuadée.

C'était si vrai que Ria vacilla sur ses bases.

— Je me fiche complètement de votre opinion ! Tenez-vous à l'écart de mon chemin, et j'en ferai autant.

— Est-ce qu'il vous a fait mal ?

Il suffit d'une seconde à Ria pour comprendre que

Sandor faisait allusion au cow-boy du Joe's Place. Elle éluda son regard insistant, tout en se demandant à quelle partie de la scène au juste il avait assisté.

— Non. Je me porte comme un charme !

Alors, Ria prit conscience qu'elle était en train d'envoyer sur les roses, et sans ménagement, l'homme qui l'avait secourue... Mais aurait-il agi de même, s'il avait su à qui il avait affaire ?

Elle ne put s'empêcher de se poser la question. La tristesse l'assaillit. Avec quelle facilité elle venait de fracasser la fragile promesse de cette nuit...

Cet homme ne l'apprécierait jamais. Pour sa mère cependant, elle se devait de faire un petit effort.

— Pardon. Je vous suis très reconnaissante d'être intervenu. Je... J'avais trop bu et...

— Rien ne saurait justifier que l'on force une femme.

Etonnée, Ria releva la tête.

— Je l'avais bien cherché...

Puis une pensée lui vint.

— Et vous, vous n'êtes pas blessé ?

Il parut d'abord interloqué. Puis l'éclair d'un sourire fendit la peau dorée du visage, qui perdit un peu de ses angles vifs. Une fois de plus, Ria fut saisie par le charme que dégageait Sandor lorsqu'il n'était pas habité par la colère.

— Il n'a présenté pour moi aucune menace sérieuse. Mais vous, il vous a frappée... Avez-vous consulté un médecin ?

— C'était inutile.

Ria avait surtout besoin d'oublier cette soirée. Elle se raidit, anticipant les remontrances...

Mais Sandor lui tourna le dos.

— Je dois travailler. Si vous avez besoin de quoi que ce soit, faites-le-moi savoir.

Il la congédiait, sans autre cérémonie ! Après s'être montré si aimable, et même attentionné, un instant plus tôt… Aurait-elle rêvé ?

Qu'il la laisse donc en paix ! Cet homme faisait peut-être partie de la vie de Cleo, mais rien ne l'autorisait à influer sur la sienne plus qu'elle ne le souhaitait. Sauf qu'il détenait des révélations de nature à saboter la trêve en cours. Quelques mots suffiraient pour les renvoyer toutes les deux à la case départ. Peut-être aurait-elle intérêt à prendre les devants, et à tout avouer…

A la seconde où elle lui traversa l'esprit, Ria rejeta cette idée. Elle n'avait que trop souvent déçu Cleo et, à défaut d'avoir hérité son aisance et sa classe innées, elle se contenterait volontiers de ne plus susciter son mépris. Mieux, elle tenait désormais une chance d'être considérée avec un regard neuf, grâce à ce travail à la boutique. Il serait dommage sinon absurde, de ne pas tenter de construire l'avenir sur ce socle.

Les yeux rivés à la carrure athlétique de Sandor, Ria s'interrogea sur les motivations profondes de cet homme. Si elle parvenait à les cerner, alors elle saurait le convaincre de garder le silence… Un acte n'est jamais gratuit, il obéit à une cause plus ou moins lisible — telle était une des rares leçons utiles que lui avait apprises la vie à Los Angeles.

Mais que savait-elle de Sandor, pour le percer à jour ? Presque rien. Ria sentit l'angoisse revenir. Le sol se dérobait de nouveau sous ses pieds… Elle envisagea de repartir séance tenante. Ainsi agirait la Ria que tout le monde connaissait.

Tout le monde, sauf Benjy, qui la trouvait merveilleuse. Et Dog Boy, qui avait cru en elle. Car au sein de l'étrange petite famille qu'ils avaient formé un temps, tous les trois, Ria avait donné le meilleur d'elle-même et prouvé, au moins une fois dans sa vie, qu'elle était capable de se fixer.

Son ami lui manquait terriblement… Mais Benjy, lui, était encore là, et l'idée qu'il la découvre sous ce jour défavorable la mortifiait.

Alors, conjurant son envie de fuir et ignorant délibérément le témoin fâcheux de ces turpitudes dont elle avait le plus grand mal à se délivrer, Ria se mit au travail avec des gestes mesurés de convalescente.

8.

De plus en plus étrange…

Contre toute attente, il avait éprouvé le besoin de la réconforter. Il voulait être sûr qu'elle était sortie indemne de sa mésaventure et l'encourager à parler, afin d'expulser la peur encore visible sous son masque hautain.

Curieusement, Ria lui rappelait Jim. Elle affichait la même arrogance pour camoufler son angoisse, et mystifier ses interlocuteurs les moins disposés à y regarder de trop près.

Et comme elle se sentait seule ! Plus seule encore que sa mère, qui savait au moins se protéger en gardant ses émotions pour elle. Ria Channing, en revanche, qu'il était sûr de détester d'emblée et qu'il aurait volontiers châtiée à la première occasion pour ce qu'elle avait coûté à Cleo… Cette femme-là était ravagée de l'intérieur. Elle n'avançait encore que par ce qui lui restait de volonté. Avec une lucidité aussi vive que déconcertante, Sandor comprit soudain combien le fil sur lequel évoluait Ria était mince. Il lui serait si facile de basculer dans le vide…

Depuis de longs mois, il nourrissait le désir de venger Cleo coûte que coûte afin de lui permettre de restaurer son identité. Il s'était promis de mettre au jour la pièce manquante du puzzle qui altérait son sourire et lui opprimait le cœur. Plus d'une fois, il s'était imaginé exigeant de l'époux déloyal et de la fille indigne une réparation exemplaire qui les condamnerait tous deux à endurer le même calvaire...

Mais seul un aveugle pourrait ne pas deviner, en observant Ria, le commerce intime qu'elle entretenait avec la souffrance. C'était écrit dans l'émeraude de ses yeux éteints, dans les pommettes hâves du visage gracieux hérité de sa mère, dans les cheveux bruns en bataille, hérissés d'épis rouges, dans la charpente trop sèche, trop maigre. Il faudrait être un monstre pour l'accabler davantage, et Sandor n'avait jamais pris de plaisir à meurtrir son prochain.

Le moyen, toutefois, d'oublier le mal qu'elle avait causé, toutes ces vies saccagées par sa faute ? Betsey, une personne de valeur, restée seule pour veiller sur les autres, Malcolm, qui au-delà de ses propres manquements, avait perdu un fils... Et Cleo, bien sûr, au premier chef, si généreuse avec lui... C'était pour Sandor une amie, une sœur aînée, parfois même une mère, puisqu'il avait perdu la sienne trop tôt.

Désorienté, incapable de discerner la conduite la plus équitable à adopter face à la personnalité complexe de Ria, Sandor fourragea dans sa tignasse et regagna son atelier d'un pas traînant.

Il s'y trouvait encore lorsque Ria termina sa vitrine.

Impossible de repartir sans le croiser, calcula la jeune femme à regret tout en s'attelant à faire disparaître les fragments de papier de soie, de fil de fer et de ruban adhésif jonchant le sol. Tout à l'heure, tandis qu'elle travaillait, elle n'avait eu que trop conscience de la présence de Sandor, si forte qu'elle lui embrouillait les idées. L'homme était ombrageux, intimidant, mais aussi, à sa manière… agréable.

A présent, elle était contrainte d'aller le trouver pour l'informer de son départ. A moins qu'elle ne se borne à claquer la porte de service, en le laissant tirer les conclusions tout seul ? Non. Il n'était pas question de se laisser déstabiliser pour si peu. Les dents serrées, Ria verrouilla la porte principale et se dirigea vers l'atelier.

Un frisson involontaire la parcourut en voyant Sandor totalement absorbé par son ouvrage. Sous la lumière dorée, ses doigts caressaient le grain du bois, traquant ses moindres aspérités avec une délicatesse exquise, tandis que l'autre main levait le ciseau.

Fascinée malgré elle par les muscles saillant sur ses bras, Ria s'émerveilla de la métamorphose du simple artisan en artiste, créature d'un autre temps, d'un autre monde… Elle en oublia son projet de s'éclipser en douce, et observa sans mot dire la danse faussement nonchalante de Sandor autour de sa proie.

A sa vue, il s'immobilisa.

— Est-ce que vous exposez vos sculptures quelque part ? demanda Ria.

— Non.

— Mais pourquoi ?

— J'ai mes raisons.

— Sérieusement, vous n'avez pas le droit de gaspiller votre temps dans la plomberie ou la peinture quand vous avez au bout des doigts la capacité de créer une telle beauté !

— Il n'y a pas de sot métier, rétorqua-t-il, piqué au vif.

Les voilà repartis sur de très mauvaises bases, songea Ria, atterrée.

— Excusez-moi. Je voulais seulement dire… Bon, j'abandonne, soupira la jeune femme. Je m'en vais.

— Cette sculpture… Ce n'est pas assez concret. En ce moment, je concentre tous mes efforts sur la création d'une entreprise.

Ria le considéra avec stupeur.

— La beauté n'a rien à voir avec le concret… Ce n'est pas pour cela qu'elle plaît !

— Ainsi, mon œuvre vous plaît ?

— Bien sûr !

Ria entrevit brièvement chez son interlocuteur comme la flamme d'un désir. Il avait donc un point faible !

— L'univers du luxe ne m'inspire pas confiance, gronda-t-il.

— Que voulez-vous dire ?

— Vous qui avez été choyée toute votre vie, vous ne pouvez comprendre ce que c'est que de voir vos proches manquer de tout.

En entendant cela, Ria ne put contenir le rire acide qui lui brûla la gorge.

Sandor la considéra d'un air réprobateur.

— La faim et la misère ne sont pas des sujets de plaisanterie !

Au bord de l'hystérie, la jeune femme sentit des larmes dévaler ses joues. La situation était si absurde… Elle qui s'était rendue coupable d'une myriade de fautes, se trouvait accusée de la seule, sans doute, qu'elle n'ait pas commise !

Sandor l'éconduisit d'un geste las, et quitta l'atelier.

— Attendez ! s'exclama Ria en lui saisissant le bras.

Il se libéra sans difficulté, les yeux étincelant de colère, et l'écarta de son chemin. Mais Ria perdit l'équilibre, bascula en arrière et se cogna durement contre le chambranle.

Horrifié, Sandor se précipita.

— Pardon. Loin de moi l'intention... Laissez-moi examiner votre tête.

Il peigna doucement ses cheveux du bout des doigts.

— Où avez-vous mal ?

Humiliée, ahurie, et très troublée par ce contact, Ria voulut se dérober. D'une seule main, Sandor la tint prisonnière.

— Lâchez-moi ! protesta-t-elle d'une voix altérée.

Il exhalait des senteurs de sciure et d'autres plus musquées, très masculines... Il dégageait surtout une telle assurance qu'une partie d'elle-même mourait d'envie de chercher refuge contre son torse puissant. Ria se pencha sans réfléchir, laissant son front reposer une brève seconde contre l'étoffe de coton.

Le sentant se crisper, elle s'écarta vivement.

— Il vous faut de la glace...

— Pas la peine.

Elle battit en retraite vers la sortie mais aveuglée par les larmes, elle se figea sur le seuil.

— Vous avez le droit de me mépriser pour mille raisons, dit-elle, mais il y en a une sur laquelle vous vous trompez du tout au tout.

— Ah ?

— Je sais très précisément ce que c'est que la faim. Et aussi la souffrance qu'on endure lorsqu'on n'a pas les moyens de subvenir aux besoins de ceux qu'on aime. Je ne suis ici que pour mon fils. Aucune autre force sur terre n'aurait pu m'inciter à revenir.

— Votre mère l'aime beaucoup.

— Oui, murmura Ria. Il lui rappelle mon frère.

— En effet. David.

— Vous *savez* ?

Ria ferma les yeux.

— Evidemment, soupira-t-elle. Que vous a-t-elle raconté d'autre ?

Avant qu'il ait pu répondre, elle leva la main.

— Ne dites rien. Je sais comment elle raisonne.

— Vraiment ? Je me le demande.

— Pardon ?

— Cette boutique est le centre de la vie qu'elle a rebâtie dans la douleur après que vous-même et votre père l'avez abandonnée. Tout son amour, qui n'avait plus d'objet, a été investi dans ce lieu. Ce n'est pas un mince cadeau qu'elle vous a fait en vous confiant les clés.

— Je me demande si elle me pardonnera un jour.

Ce fut un choc pour Ria de s'entendre prononcer ces mots-là. La réplique ne se fit pas attendre.

— Elle ne le sait pas elle-même.

Cruel, mais si exact, que Ria contre-attaqua d'instinct pour étouffer sa douleur.

— Eh bien, qu'avez-vous appris d'autre sur l'oreiller ?

Sandor exhala un soupir excédé.

— Je ne vous le répéterai pas deux fois. Je n'ai jamais été l'amant de Cleo. Ne la calomniez plus devant moi !

Ses protestations semblaient sincères. Et cependant...

122

— Alors, qui ? aboya Ria.

— Cela ne regarde ni vous ni moi. Je suis las d'aborder ce sujet.

— Et moi, j'en ai par-dessus la tête de vos sermons !

— Ainsi, vous allez fuir, n'est-ce pas ? Comme d'habitude. Ne vous arrive-t-il jamais de rester et de vous battre pour ce que vous désirez ?

Le cœur dans la gorge, Ria garda le silence.

— Avez-vous seulement idée de ce que vous désirez, Ria ?

« Touché », songea Ria en accusant le coup. Elle ferma les yeux. Il n'était pas question de craquer devant cet homme, ce prétentieux qui…

— Et vous ? s'écria-t-elle. Votre cœur est dans le travail du bois, ça crève les yeux, et vous le rejetez sous prétexte que ce n'est pas assez concret !

— J'ai des projets… Des étapes à franchir l'une après l'autre…

Les yeux de Sandor luisaient comme de l'ambre, déterminés et nostalgiques à la fois. Qui était-elle donc, pour critiquer ses choix ?

— Quelles étapes ? voulut-elle savoir.

Il fronça les sourcils, comme s'il hésitait à se confier.

— J'ai débarqué à Austin en provenance de la Hongrie voilà un an, sans un sou en poche. Votre mère m'a offert un toit, un travail, et même de la nourriture, souvent. Des « excédents », disait-elle, expliqua Sandor avec dans la voix un cocktail de gratitude confuse et d'affection. Aujourd'hui, je possède des outils ainsi qu'un pick-up. J'habite depuis quelques jours un appartement et j'effectue des réparations chez ma logeuse, en guise de loyer. Ces mains…

Ria admira une fois de plus les longs doigts nerveux qu'il levait haut devant lui.

— Ces mains ont accompli un travail correct pour Cleo d'abord, puis chez d'autres commerçants. Je viens de décrocher un contrat plus important, dans un restaurant qui s'appelle Chez Finn's, pour lequel je devrai bientôt engager des assistants.

Ria discerna chez lui la même fierté du devoir accompli qu'elle-même éprouvait en regardant Benjy. Pour le reste… Elle avait découvert qu'elle était capable de se donner de la peine, mais il s'agissait toujours de petits boulots sans intérêt, purement alimentaires… Sandor, lui, avait un rêve, qu'elle n'avait pas le droit de dévaloriser…

— Engagez-moi, dit-elle tout à trac.

— Quoi ?

— Vous venez de dire que vous aurez besoin d'assistants. Moi, j'ai besoin d'un travail.

— Vous en avez un. Ces vitrines…

— Je ne peux pas rester indéfiniment dans les jupes de ma mère.

Sandor la considéra en silence un si long moment qu'elle s'insurgea.

— Je sais travailler dur ! Depuis que j'ai quitté la maison, j'ai été femme de chambre, serveuse, j'ai préparé des hamburgers à la chaîne et… Vous ne me croyez pas ?

— Tout cela n'a aucun rapport avec les métiers du bâtiment. Je n'aurai pas le temps de vous former.

Le mépris de Sandor n'aurait pu être plus évident. A quoi bon insister ? Ria faillit se rétracter. Mais bon sang !

Elle en avait assez de perdre... Perdre l'honneur, perdre le respect de soi... Et les amis, et la famille...

— Je travaillerai à titre gracieux le premier jour.

Elle vit le pragmatisme prendre brusquement le dessus chez son interlocuteur. De l'aide gratuite, voilà pour lui du concret.

— Cela ne vous confère pas davantage de compétences, observa Sandor.

Le cerveau de Ria tournait maintenant à plein régime. Elle n'avait qu'une vague idée des motivations qui l'incitaient à persévérer, mais la prise de risque la grisait. Au diable la prudence ! Elle ne pouvait pas tomber plus bas.

— Voyons, je sais... nettoyer. Il faut bien balayer les chantiers, non ? Vider les poubelles ?

Sandor réfléchissait. Voyant cela, Ria s'enhardit.

— J'ai mon permis de conduire. Je pourrais faire des courses, embarquer le surplus de bois à la déchetterie... Je sais aussi tenir un pinceau. C'est à la portée du premier imbécile venu.

Sandor fronça les sourcils.

— Peindre correctement est un vrai talent. On ne se contente pas d'asperger le mur à la va-vite...

— Je vois. Ce que vous voulez, au fond, c'est vous étourdir tout seul avec les émanations de peinture... Planer en solitaire, en somme ?

Sandor sourit enfin.

— Vous êtes motivée, dites-moi !

Ria relâcha son souffle d'un coup.

— A mort, confirma-t-elle.

— Je ne comprends pas. Nous ne nous apprécions pas, il n'y a aucune confiance entre nous, vous êtes persuadée que je mens au sujet de mes relations avec votre mère...

— Il m'est arrivé de travailler avec toutes sortes de personnes que je ne supportais pas.

Ria se mordit la lèvre. Là, elle y allait décidément trop fort.

— D'accord, concéda-t-elle. Admettons que je vous croie sur parole.

— Alors, dites-le.

— Pardon ?

— Je dis la vérité. Toujours. C'est une qualité que j'estime aussi chez les autres. Si vous me croyez, alors regardez-moi bien en face et dites-le !

— Rien ne m'obligera ensuite à faire semblant de vous apprécier, n'est-ce pas ?

Nouveau sourire, éclatant de blancheur.

— Je ne souhaite pas m'associer avec des menteurs, déclara Sandor.

Ria s'exécuta de bonne grâce. Peut-être était-ce là un passage obligé sur le chemin d'une nouvelle Ria, que Benjy pourrait respecter.

— Je crois que ma mère et vous n'êtes pas amants, articula-t-elle en regardant Sandor droit dans les yeux.

— « Et ne l'avez jamais été », compléta-t-il.

— C'est un serment officiel ou quoi ? Je dois aussi lever la main droite et jurer de…

— Je cherche seulement à remettre les compteurs à zéro, coupa Sandor.

— Soit. Il n'y a jamais eu de relation intime entre vous. Et… je pourrais peut-être vous apprécier, un jour, ajouta Ria après réflexion.

— Moi de même. Cependant, je n'ai pas pour habitude de prendre des décisions hâtives.

126

— A quelle heure dois-je commencer demain, et où ?

Sandor hésita une interminable seconde.

— Et votre fils ?

Ria flancha à la pensée de quitter Benjy toute une journée. Toutefois, il ne risquait pas de s'ennuyer.

— Ma grand-mère et ma grand-tante vont faire des bonds de cabri. Elles ne demandent pas mieux que de le garder.

Lola et Cammie n'étaient plus très jeunes ni l'une ni l'autre, mais l'énergie communicative de Benjy les revivifiait tandis que lui, de son côté, s'épanouissait sous leur tendresse vigilante. Ria songea brièvement au plaisir qu'elle aussi avait pris depuis son retour. Avec un toit au-dessus de leurs têtes et de la nourriture à profusion, tous deux avaient pu enfin se détendre après de nombreux mois d'épreuves physiques et morales... Benjy avait ainsi appris trop tôt à rester sage dans une maison où rôdait la mort, en dépit des efforts louables de Dog Boy pour qu'ils mènent une vie aussi normale que possible...

— Vous n'êtes pas prête pour un travail à plein temps, objecta Sandor. Vous êtes pâle, amaigrie. Vous devriez d'abord prendre du repos.

— Impossible.

Trop longtemps, sa vie avait été une pente régulière vers la destruction. Il lui fallait au plus tôt commencer à construire. Elle leva les yeux et croisa le regard de Sandor.

— Je suis plus forte que je n'en ai l'air, ajouta-t-elle.

Il fronça les sourcils, hésita longuement et soupira :

— Votre mère m'a donné une chance alors qu'elle

n'avait aucune raison de me faire confiance. Je ne peux pas faire moins pour sa fille.

L'amour-propre de Ria en prit un coup. Elle aurait préféré réussir par elle-même, et non à cause d'une dette imaginaire vis-à-vis de sa mère.

Mais l'essentiel, c'était qu'il dise oui.

Ravalant une réplique assassine, Ria redressa le menton.

— Vous ne le regretterez pas.

Sa main tendue disparut sous la paume de Sandor. A l'instant du contact, un curieux frisson secoua Ria. Prise dans l'étrangeté de la sensation, elle faillit ne pas entendre ce qu'il lui disait.

— Je ne vous garantis que cette première journée. Pour la suite, nous aviserons en fonction du résultat.

Comme elle aurait aimé crever la bulle de son arrogance !

Elle avait cependant mérité chaque atome du doute qu'il exprimait. Seule sa performance l'effacerait. De quelque réserve cachée, elle trouva la force de ne pas mordre à l'hameçon et veilla à conserver un ton neutre, imaginant une voix ressemblant à celle de sa sœur ou de sa mère.

— Donnez-moi l'adresse et l'heure.

« Et je te montrerai de quoi je suis capable ! » ajouta-t-elle en pensée.

— 5 heures. Je passerai vous prendre chez votre mère.

5 heures du matin ? Ria serra les dents. S'il attendait qu'elle perde son sang-froid, Sandor en serait pour ses frais. Elle garda les yeux plantés dans les siens, aussi impavide que si elle s'était glissée dans la peau de Cleo.

— Je serai prête.

Comme ses nerfs menaçaient de la lâcher sous l'effet de la colère, elle tourna les talons sans tarder et prit tout son temps pour refermer sans bruit derrière elle la porte de service.

Il lui restait approximativement quatre heures pour dormir. Qu'à cela ne tienne, Sandor verrait à qui il avait affaire !

9.

Force fut à Sandor de s'incliner, lorsqu'il se gara devant chez Cleo peu avant 5 heures le lendemain matin.

Ria avait peut-être les yeux troubles, et le pas un peu lent, mais elle l'attendait sur le trottoir, vêtue d'un vieux jean serré sur ses hanches minces, d'un T-shirt trop large constellé de taches de peinture et d'une paire de baskets tout à fait convenables pour la journée qui l'attendait. Son air déterminé surprit Sandor, et l'amena à réviser les hypothèses qu'il avait formulées à son égard.

— Bonjour, dit-il comme elle grimpait sur le siège passager.

Elle lui jeta un regard en biais et marmonna quelque chose d'un ton rauque qui n'aurait pas dû lui retourner les tripes...

Et pourtant.

Quand elle n'usait pas de sa langue acérée pour envoyer promener quiconque l'approchait de trop près, Ria avait un timbre grave, aux accents suaves, que tout homme aurait plaisir à entendre au cœur de la nuit...

— Tenez, dit-elle, exhibant une bouteille Thermos. J'ai fait du café. Inutile de m'adresser la parole avant que j'en aie pris une tasse.

130

Ah. La femme irascible n'avait donc pas disparu — même si elle avait réussi à le surprendre. Il avait projeté de lui offrir un petit déjeuner quelque part en chemin pour se faire pardonner d'avoir avancé d'une heure le rendez-vous, en manière de test. A condition bien sûr qu'elle se montrât, ce dont, au fond, il doutait fort...

Hostile peut-être, mais fidèle à sa parole.

— Avez-vous mangé ?

— Je déteste les petits déjeuners, répliqua Ria d'un air rogue.

— On ne peut pas travailler l'estomac vide. Le petit déjeuner est le repas le plus important de la journée...

Ria plissa les yeux dans sa direction.

— Vous allez me faire parler, hein ? Très bien, soupira-t-elle. Tant pis pour vous...

— Votre mauvais caractère ne m'effraie pas.

— Dommage.

Il crut la voir esquisser un demi-sourire, mais dans la lueur blafarde du tableau de bord, impossible d'en être certain.

— Nous nous arrêterons en route pour avaler un morceau.

— Jamais de la vie. Nous avons du travail.

Impertinente, avec ça. Quelle personne déconcertante ! Ses traits d'humour avaient le don de prendre Sandor au dépourvu.

— C'est moi qui offre, précisa-t-il.

Elle se raidit.

— Je ne cherche pas la charité !

— Et moi, je n'en aurai pas pour mon argent si vous tombez évanouie de faim.

— Vous ne me payez pas aujourd'hui, rappelez-vous. Tout ce que je ferai sera un bonus.

— C'est moi le patron. Recevoir des ordres fait partie de votre travail.

— *Sir, yes, sir !* claironna Ria en claquant des talons.

— Nationalité erronée, répliqua Sandor en escamotant son rire dans une quinte de toux. Mais la servilité est la bienvenue.

Même à distance, il l'entendit grincer des dents. A sa décharge cependant, elle ne discuta plus et se contenta de siroter son café en silence.

Sandor l'imita, et fut impressionné de découvrir que cette femme impossible faisait un café extraordinaire.

Lorsqu'elle aurait enfin reconnu qu'elle n'était pas faite pour un travail de chantier, peut-être glisserait-il un mot à Colin en sa faveur, afin qu'elle décroche un emploi plus adapté à ses capacités physiques.

Entre-temps, il s'assurerait qu'elle mange à sa faim, et ce soir, il lui donnerait aussi son salaire, qu'elle le veuille ou non, avant de la renvoyer dans ses foyers.

Ria se révéla plus robuste que ne le laissaient supposer les apparences. Alors qu'il n'avait pu lui faire avaler qu'un unique *taco* en guise de petit déjeuner — et encore avait-elle râlé à chaque bouchée — elle conserva un rythme soutenu durant toute la matinée. Il était 9 h 30, heure à laquelle, en temps normal, il était contraint d'arrêter pour nettoyer la salle avant de partir. Aujourd'hui, il disposait d'une bonne demi-heure encore pour continuer ses travaux de réfection. Non contente de balayer la sciure à peine tombée, Ria repérait aussi le moment exact où il avait besoin d'une planche, de clous, ou de certains outils, et les lui présentait alors sans se faire prier, comme s'ils travaillaient ensemble depuis des années.

Elle s'activait aussi en silence. En somme, c'était tout le contraire de Jim, qui suivait les consignes mais sans prendre la moindre initiative et en jacassant continuellement.

A propos de Jérôme... Sandor jeta un nouveau coup d'œil vers l'entrée. Où était passé ce gamin ?

— Qu'est-ce que vous regardez ? demanda Ria. Vous craignez que l'Immigration débarque, ou est-ce que vous avez chargé les flics de garder un œil sur moi ?

Sandor reporta son attention sur la planche qu'il était en train de fixer.

— Je n'ai pas peur de l'Immigration. Je suis un citoyen américain.

Ria écarquilla les yeux.

— Mais vous êtes ici depuis moins d'un an, si j'ai bien compris...

— Mon père était américain.

— Et il vivait en Hongrie ?

— Non.

Ria fronça les sourcils.

— Que lui est-il arrivé ?

— Il est reparti dans son pays juste après ma naissance.

— Mais...

Elle s'interrompit soudain et marmonna :

— Cela ne me regarde pas.

Sandor considéra le clou qu'il venait de plier, et serra les dents.

— Il avait promis de revenir nous chercher, mais un accident de moto l'en a empêché. Ma mère est décédée quand j'avais huit ans. C'est ma grand-mère qui m'a élevé.

— Je suis désolée.

D'un bref regard, Sandor constata qu'elle l'était en effet. Il haussa les épaules.

— Beaucoup de temps s'est écoulé depuis.

Mais elle continua de l'étudier en silence d'un air navré.

— Je n'ai pas besoin de votre pitié, déclara Sandor en abattant son marteau.

Plié, celui-là aussi. Avec un juron, il gagna la porte d'un pas martial et l'ouvrit toute grande.

Juste à temps pour voir une silhouette menue disparaître au coin de la rue.

— Jim ! cria-t-il. Attends !

Au bruit de ses pas, Sandor comprit que le gamin avait pris ses jambes à son cou.

Il s'élança à sa poursuite.

Intriguée, Ria sortit sur le perron pour voir ce qui se passait.

Un enfant noir très maigre traversait le parking au pas de course. Il s'apprêtait à sauter la barrière lorsque Sandor le rattrapa et lui maintint fermement les poignets tandis qu'il se débattait comme un forcené.

Cette scène lui en rappela instantanément une autre.

C'était quelques mois après son arrivée à Los Angeles. A la suite d'une scène assez violente, son petit ami musicien l'avait abandonnée dans un quartier mal famé de la ville.

134

A supposer que Dog Boy ait eu le téléphone, elle n'avait pas assez d'argent pour l'appeler d'une cabine de toute façon, encore moins pour prendre un taxi, et elle n'avait rien avalé depuis plus de vingt-quatre heures.

Elle avait subtilisé une barre chocolatée sur un étalage ; l'épicier l'avait coincée avant d'appeler les flics. En attendant leur arrivée, il la menaçait de toute sa corpulence, le poing levé, prêt à la cogner, l'autre lui broyant le poignet. Elle sentait encore la boule de terreur lui obstruer la gorge.

— Arrêtez ! hurla-t-elle en se précipitant vers Sandor. Ne le frappez pas, laissez-le tranquille !

Penché sur l'enfant, Sandor lui parlait tout bas. Ria, dans son élan, se jeta sur son dos et bascula sur le sol avec lui. Sa tête heurta le béton...

L'enfant était libre. Elle ferma les yeux, tandis qu'une vive douleur irradiait dans son crâne.

Sandor s'agenouilla près d'elle.

— Jim, va vite dans le restaurant appeler une ambulance ! Ria, vous pouvez parler ? Où avez-vous mal exactement ?

Il se retourna vers le gamin qui semblait cloué sur place.

— *Tout de suite*, Jim !

— Pas la peine, marmonna Ria, tout va bien.

Elle se redressa, une main pressée sur la nuque. L'enfant l'observait en souriant, les yeux ronds.

— Mec, je sais pas où t'as dégoté cette tigresse, mais elle me plaît ! Maigrichonne, quand même. Pas beaucoup de viande sur les os...

— Tais-toi, coupa Sandor. Regardez-moi, Ria.

Elle battit des cils, n'y comprenant plus rien.

— Mais... J'ai cru que...

Le garçon haussa les épaules.

— C'est cool, miss, d'être venue m'aider et tout...

— Mais il était en train de...

— Montrez vos pupilles, ordonna Sandor en lui saisissant le menton. A présent, fermez les yeux.

— Cessez de me donner des ordres !

— Hé, c'est pile ce que je lui répète tout le temps ! Ce mec s'est mis en tête de s'occuper de moi, mais j'en ai pas besoin...

— Fermez les yeux, ou c'est moi qui vous les ferme de force.

— Feriez bien d'obéir, miss. Le patron n'abandonne jamais.

Ria s'exécuta en soupirant.

— Est-ce bien ainsi, maître ?

Jim gloussa. Quel âge pouvait-il avoir ? Onze, douze ans ? Et il n'avait absolument pas peur de Sandor !

Elle se sentit soudain grotesque.

— A présent, ouvrez !

Ria obéit sans se presser, puis échangea un sourire entendu avec le garçon.

De son côté, Sandor avait entrepris de lui palper la nuque.

— Aïe !

— Le distributeur de glaçons, Jérôme. Tu te rappelles où il est ? S'il te plaît, emballe quelques glaçons dans une serviette. Je vais porter Ria à l'intérieur.

— Me porter... ?

Il la souleva comme un fétu de paille sans lui laisser le temps de protester.

Ces bras puissants autour d'elle, ce torse large et

profond… Cette ombre de barbe un peu plus sombre que le miel doré des cheveux…

Le souffle de Ria s'altéra imperceptiblement.

Elle se retrouva soudain dans la fraîcheur de la grande salle de restaurant qui sentait comme lui la sciure de bois. Mais sur la peau de Sandor, ce parfum mêlé à la sueur évoquait la vigueur masculine la plus élémentaire… la plus naturelle.

Voilà longtemps que Ria ne s'était pressée contre un adulte du sexe opposé en pleine santé. Exactement depuis quelques rendez-vous restés sans lendemain, quand Benjy était tout petit et que Dog Boy l'incitait à sortir de nouveau. Par la suite, elle s'était consacrée à son bébé puis à son ami malade. Sa vie étant une lutte constante pour surnager, Ria avait cessé de songer à elle comme à une femme. Les dernières semaines, l'état de Dog Boy avait nécessité un monitoring constant. Alors, plutôt que de l'envoyer dans un quelconque dispensaire, Ria avait tout vendu ou presque, ne conservant que l'essentiel, puis, à force d'économies, elle avait pu rester avec lui à plein temps jusqu'à la fin.

Après cela, était venu le temps du deuil, de l'insondable douleur. Elle avait perdu son seul ami, et la perspective de retourner à Austin la terrifiait. Alors, les hommes, le plaisir… Tout cela avait été relégué si loin dans l'échelle de ses préoccupations qu'elle avait presque oublié ce que c'était.

Enfin presque. Très tôt, elle avait appris l'art et la manière de se conduire avec les mâles de son espèce. Le sexe était à la base de tout ; avec lui, venait parfois l'affection, ou du moins la protection, mais l'une et l'autre ne duraient qu'un temps. C'était une arme comme une autre dont pouvait user si nécessaire une femme avisée, sans se faire trop d'illusions…

Ria s'en servirait aujourd'hui, si cela pouvait l'aider. Mais Sandor n'avait rien de commun avec les partenaires qu'elle avait croisés par le passé. Elle ne parvenait pas à anticiper ses réactions. Par ailleurs, elle en avait assez de se ridiculiser devant lui.

— Posez-moi par terre !

Il la regarda sans mot dire.

— Je ne suis pas une invalide, bon sang ! Je ne suis même pas blessée…

Elle gigotait pour se dégager, mais il resserra les bras et la fit rouler contre lui.

— Holà… Tout doux !

Comme s'il était animé d'une vie propre, le corps de Ria se lova spontanément dans cette fermeté masculine. Des larmes salées lui piquèrent les yeux. Ignorait-il combien la gentillesse pouvait se révéler dangereuse ? Baisser la garde la tuerait ! Une paume plaquée contre son torse, elle le repoussa de toutes ses forces.

— Laissez-moi, haleta-t-elle, le souffle court. Ne… Je ne peux pas…

Elle retomba enfin sur ses pieds et recula, main tendue devant elle comme un bouclier.

Et parce qu'elle tremblait, parce qu'elle avait peur, elle brandit la seule défense qui fût à sa disposition.

— Si vous vouliez poser les mains sur moi, vous n'aviez qu'à le dire ! Offrez-moi un verre après le boulot, et nous verrons, pour la suite.

Répulsion et colère traversèrent le visage de Sandor, mais tout aussitôt la compassion leur succéda, au grand dam de Ria. L'air crépitait autour d'eux…

Prise de nausée, Ria détourna les yeux la première, vers la pile de déchets qu'elle déblayait avant l'incident.

— Vous disiez qu'il fallait avoir terminé à 10 heures, n'est-ce pas, patron ?

Les doigts tremblants, elle se saisit du balai et se remit au travail.

Les baskets de Jim crissèrent sur le béton.

— Sandor ? Voilà les glaçons.

Ria ne se retourna pas. Elle attendit, fataliste, que la tempête se déchaîne. Mais quand Sandor reprit la parole, sa voix était calme et très basse.

— Range-les dans la glacière, Jérôme, je te prie.

— Mais elle…

— J'apprécierais aussi que tu emportes ces planches dans le camion.

Pourquoi n'avait-il pas crié ? Jeté quelque chose à travers la pièce ? Tout, plutôt que cette retenue lugubre, empreinte de patience !

Elle continua de balayer tandis que Sandor s'éloignait.

— Waouh, siffla Jérôme. Tu es folle ou seulement méchante ? Ce mec essayait juste de t'aider ! Qu'est-ce qui t'a pris ?

Ria s'abstint de répondre, dans l'espoir que le garçon se lasse et reparte. Au lieu de quoi, il vint se planter devant elle.

— Quoi ? dit la jeune femme.

— Hé ! Mais tu pleures…

— Non, répliqua-t-elle d'un ton ferme en s'essuyant les yeux du revers de la main.

— Tu es sûre que ça va ?

Ce garçon semblait bien jeune, quand il ne faisait pas le fier...

Dans la mémoire de Ria s'éleva alors une autre voix tout aussi juvénile, celle de Dog Boy, lui posant cette même question six ans plus tôt.

Elle huma de nouveau les remugles de la gare routière, âcres, chargés de diesel, d'urine et de désespérance. Elle entendit mugir les monstres de métal sur le départ, tandis qu'elle s'efforçait en vain de déchiffrer les horaires des cars à travers ses larmes...

Tout ce qu'elle réussissait à voir, c'étaient les visages de ses parents, si éloquents. C'était ce moment où elle avait compris que même son père aurait échangé sa vie à elle contre celle de David, dans la seconde, et sans le moindre remords...

Oh, David !

Pas moyen d'éradiquer ces images de son esprit. D'étouffer le hurlement du métal qui se tord et se déchire, le vrombissement de l'autre moteur qui s'éloigne... Et puis plus rien.

Le silence, au lieu de la voix de son frère.

— Ça va ?

Une main lui toucha l'épaule. Elle poussa un cri et bondit en arrière.

Deux yeux clairs injectés de sang la regardaient sous un casque de boucles rousses hirsutes.

— Hé ! Je ne voulais pas t'effrayer. C'est juste que... Tu pleurais.

Ses habits dix fois trop larges mangeaient sa silhouette efflanquée. Ce n'était qu'un adolescent, et il avait l'air de n'avoir pas mangé à sa faim depuis des jours. Ses doigts étaient sales, mais ses gestes très doux. Elle eut envie d'écarter sa main mais quelque chose, dans ce regard si bleu, si limpide, l'en empêcha.

— Où tu vas, la belle ?

Elle secoua la tête.

— Je ne sais pas encore.

— On voyage léger, observa-t-il en désignant l'unique sac de toile qu'elle avait rempli à la hâte. Une bagarre avec un petit ami ?

Esquissant un sourire amer, elle se détourna en essayant de l'ignorer.

— Si seulement, murmura-t-elle.

— D'accord, ton histoire ne me regarde pas, dit-il en balayant du regard la salle d'attente miteuse où flottaient les relents aigres de la sueur des voyageurs de la journée — l'odeur des *losers*. Je m'appelle Dog Boy, et toi ?

— Qu'est-ce que c'est que ce nom ?

— Bah ! Celui-là ou un autre...

Il braqua soudain sur elle un regard intense et lança :

— Dis donc, si tu n'as pas de plan, viens avec moi !

— Où ça ? demanda-t-elle en fronçant les sourcils.

Quelle importance, de toute façon... Elle n'avait pas de but. Elle devait juste partir, le plus loin possible.

— Los Angeles.

Elle plissa les yeux.

— Tu n'as pas le type californien...

— Il n'y a pas que des beaux garçons à Hollywood. Quelqu'un doit aussi se charger de laver les assiettes sales.

— Je n'aime pas faire la plonge.

— Fillette, avec ton allure, ce ne sera pas un problème. De toute façon, qu'est-ce qui te retient ici ?

Ce fut comme si un tisonnier ardent lui fouaillait le cœur.

— Rien, murmura-t-elle.

— Alors n'hésite plus. Viens avec Dog Boy au pays des Lotophages… Le lait et le miel, la plage ensoleillée, un million de rêves qui n'attendent que toi pour se réaliser…

Il prit un air rusé et ajouta :

— J'ai un ami musicien là-bas. Il nous trouvera un point de chute.

— Pourquoi moi ? Tu ne me connais pas !

— J'adore les larmes, qu'est-ce que j'y peux ? répliqua-t-il en souriant.

— Tu parles ! trancha Ria en le toisant d'un air méfiant. C'est de sexe qu'il s'agit, non ?

— Seigneur ! Tu as vraiment un problème… Un peu d'amitié te ferait du bien, c'est tout. Je suis passé par là, tu sais. Mon père m'a fichu à la porte quand j'avais douze ans.

L.A… Cette destination en valait une autre. Elle avait à peine cent dollars en poche. Mais il lui fallait d'abord clarifier un point précis.

— D'accord. Mais seulement jusqu'à ce que je trouve un logement. Je paie ma part et je ne te dois rien. Et tu ne poses pas les mains sur moi.

— Holà ! Pas de panique !

— Je suis sérieuse. Je pose mes conditions tout de suite. Je n'appartiens à personne. Si ça ne te plaît pas, tant pis. Je peux aller n'importe où. Je n'ai pas besoin de toi.

Dog Boy secoua la tête, puis leva les yeux au plafond comme pour chercher là-haut la réponse appropriée.

— On dirait que c'est ton jour de chance. Mon ange gardien, là-haut, me souffle que je n'ai pas encore eu assez d'ennuis dans ma vie et que tu viens à point pour compléter ma collection. Une dernière chose, quand même… Tu as un prénom ?

Pour la première fois depuis l'accident, elle sentit une lueur d'espoir éclairer sa détresse. « David, si tu m'entends, pardonne-moi ! Tu me manques tellement… »

— Ria, répondit-elle.

C'était le petit nom que lui avait donné David. C'était aussi la seule chose qu'elle emporterait de ce lieu où tout avait dégénéré.

— J'aime bien, déclara Dog Boy en s'inclinant pour une révérence courtoise. Le prince charmant, à votre service. Votre carrosse vous attend, jolie demoiselle…

— Allô ! la lune ? Ici la terre !

Jim claqua des doigts devant son visage. Ria secoua la tête, brusquement épuisée.

— Il faut que je sorte d'ici.

— Tu peux toujours essayer, mais il te poursuivra jusqu'en enfer. Il m'a cherché dans tout le quartier. Je l'observe, mais je me cache.

— Pourquoi ? Il t'aime bien. Il veut t'aider…

Le garçon posa sur elle un regard étrangement mûr pour son âge.

— Parce que c'est un cœur pur, tu saisis ? Il est grand et fort, il a eu la vie dure, ça oui, mais il ne voit pas le monde comme toi et moi. Il s'imagine qu'il peut réparer les gens comme il redresse les murs.

Ces yeux étaient bruns et non pas bleus comme ceux de Dog Boy, mais Ria reconnut en eux une âme sœur, contrainte elle aussi de grandir trop vite.

— Tu te shootes ? demanda-t-elle à brûle-pourpoint.

Jim fronça les sourcils et recula d'un pas.

— C'est pas tes oignons !

Elle agrippa son bras osseux

— Regarde-moi ! Seulement de l'herbe, hein ? Dis-moi que tu es trop malin pour te piquer !

— Qu'est-ce qui te prend ? protesta-t-il en se dégageant.

— Ce poison que tu t'injectes, c'est une manière atroce de mourir. Si Sandor veut te réparer, laisse-le faire. Tout le monde a besoin d'un ami.

Il la regarda par en dessous.

— Et toi, alors ?

— J'ai déjà utilisé un ami que je ne méritais pas, rétorqua Ria en lui jetant le balai dans les mains. Dis à Sandor que…

Elle chercha hâtivement une explication plausible — et comprit qu'il n'en aurait pas besoin. Elle se comportait exactement comme il l'avait prédit !

Jim avait raison. En dépit des épreuves qu'il avait traversées, Sandor gardait un optimisme qu'elle-même avait perdu depuis belle lurette. Et si, par sa conduite, elle lui ôtait tout courage pour sauver cet enfant ?

— Attends ! Donne-moi ça, dit-elle en récupérant le balai.

Perplexe, Jim la regarda faire glisser le tas de sciure dans une pelle.

144

— Miss, tu as un grain…

— Qu'est-ce que tu en sais ? Tu n'es qu'un gosse ! dit Ria en souriant malgré elle.

— Dis… Tu seras là, demain ?

Ria le considéra, un poing sur la hanche.

— Seulement si tu es là aussi.

Le gamin éclata de rire et s'éloigna en gambadant.

10.

— ... remarqua-t-elle.
— ... c'est ... qu'on ... avait ... Et il s'entend bien. Vai.
Il ... avec ... malgré ...
— Il ... Il va ... chercher ...
... Je ... le ... il ... partira sur le moment ...
— ... revienne, dit ... elle.
La fille ... cabane et ... s'était ... approchée.

— Vous l'avez laissé partir ? Pourquoi ?

La colère que Sandor avait réussi à contenir jusque-là tant bien que mal bouillonnait dans ses veines.

Pendant ce temps, Ria remplissait consciencieusement sa pelle.

— Nous sommes en pays libre. Vous devriez apprécier, vous plus qu'un autre.

— Il n'est qu'un enfant, et il a des ennuis. Je l'ai cherché pendant des jours !

Seule une discipline de fer empêcha Sandor de crier par-dessus le brouhaha annonçant l'arrivée des employés du restaurant.

— Il reviendra, affirma Ria en ramassant le sac-poubelle pour l'emporter dehors.

Il la saisit par l'épaule, l'obligeant à se retourner.

— Vous ne pouvez pas en être sûre !

— Moi aussi, Sandor, j'ai vécu dans la rue, répliqua-t-elle sans se départir de son calme. J'étais plus vieille que lui, d'accord, mais je sais ce que c'est, de voir des choses miroiter devant ses yeux et d'avoir peur de les saisir.

— Il est trop jeune pour se débrouiller seul.

Ria inclina la tête.

146

— Quel âge aviez-vous du temps où vous deviez grappiller la nourriture à droite à gauche pour votre grand-mère ?

— Ce n'est pas la même chose !

— Ah oui ? En quoi est-ce différent ? s'enquit la jeune femme avec, lui sembla-t-il, une curiosité sincère.

— Dans mon pays, il n'y avait pas de viols collectifs, ni d'enfants armés jusqu'aux dents, prêts à tout pour piquer aux autres des baskets de luxe.

— Alors pourquoi êtes-vous parti ?

— Je voulais être libre de décider de ma vie. Tenir mon destin entre mes mains.

— C'est peut-être ce que cherche Jim.

— Est-ce que vous viviez dans la rue par choix ?

— Je n'avais nulle part où aller.

Le regard de Ria s'assombrit. Aussitôt, Sandor s'en voulut d'avoir fait remonter son passé à la surface.

— Je peux aider ce garçon, Ria, dit-il. Encore faut-il que je parvienne à le localiser.

— Il reviendra, répéta la jeune femme en redressant la tête. Vous voulez parier ? Si je gagne, vous augmentez mon salaire.

— Je ne vous ai pas encore embauchée, objecta-t-il.

— Je vous ai épaté, avouez ! Vous ne pensiez pas que je pourrais travailler aussi dur. Vous n'avez aucune idée de ce dont je suis capable, Sandor...

Le sourire de la jeune femme s'élargit, même s'il tremblait aux commissures.

— La seule façon de le découvrir, c'est de vous brancher sur l'épisode de demain !

— Ce chantier ne durera qu'une semaine, au plus...

— Dans ce cas, vous feriez mieux de vous occuper de

trouver le prochain, patron, lança-t-elle avec un clin d'œil avant de s'éloigner.

Sandor la suivit des yeux, un peu déconfit. Qui était donc cette femme, tour à tour agressive et apeurée, fragile et madrée… ? Douce, très douce même pour quelqu'un d'aussi peu en chair. Et séduisante… Non par l'offre inconvenante qu'elle lui avait faite de son corps, ainsi qu'elle serait sans doute portée à le croire. Loin de là… C'était le courage entraperçu chez elle qui plaisait à Sandor ; il forçait son admiration.

C'était un point commun avec sa mère… Observation qui la mettrait en rage, il n'en doutait pas. Il devrait d'ailleurs lui en faire part, histoire de la tenir à distance de lui. Car, au nom de son amitié avec Cleo, il ne pouvait se permettre d'hésiter sur l'objet de sa loyauté.

Et s'il mettait fin à sa journée de travail ?… Non, l'artifice était indigne. Autant l'admettre, Ria lui apportait une aide appréciable et une paire de bras supplémentaire ne serait pas de trop pour réparer les gouttières chez Billie tout à l'heure. Un homme pragmatique ne saurait refuser un outil profitable quand celui-ci lui était offert sur un plateau.

… Même si cet outil le troublait d'une manière qu'il préférait ne pas analyser de trop près.

Une fois le dernier sac hissé dans la benne à ordures, Ria regagna le pick-up en se mordillant la lèvre. Ce travail, elle en avait réellement besoin. Or tenir tête à Sandor n'arrangerait pas ses affaires. Il était trop sérieux pour ne pas lui tenir rigueur de ses bourdes. Non contente de l'avoir attaqué, puis accusé de maltraiter un enfant, elle avait osé l'allumer… C'était impardonnable.

Elle s'invectiva tout bas, serrant et desserrant les poings, en attendant qu'il sorte du restaurant. Puis, brusquement, la moutarde lui monta au nez. Pourquoi se soucierait-elle de l'opinion de ce type ? Et qui était-il, d'abord ? Un dieu slave juché sur son trône, sûr de son droit de juger les autres. Psychorigide, résolu à la déprécier…

Ria expira d'un coup. C'était injuste. Sandor l'avait bercée, rien de moins ! Elle, une adulte… En vérité, son geste l'avait touchée. Elle avait éprouvé un tel sentiment de sécurité dans ses bras qu'elle avait même espéré davantage…

Frissonnante, elle s'entoura la taille de ses deux bras. La sécurité d'un refuge, d'une famille, n'entrait pas dans son destin ; ne l'avait-elle pas compris à ses dépens ? La page de l'enfance était irrévocablement tournée. Sa mission, désormais, consistait non plus à recevoir, mais à offrir un refuge à son fils.

— Vous comptez rester là toute la matinée ? Ou êtes-vous prête à continuer ?

Ria sortit brutalement de sa torpeur. Sandor se tenait de l'autre côté du capot, le visage indéchiffrable.

— Je croyais que nous devions quitter le restaurant…

— Nous pouvons revenir cet après-midi une heure ou deux si je réussis à me procurer le matériel nécessaire, mais pour le moment, j'ai d'autres bricolages en vue. A moins que vous n'en ayez assez ?

— Bien sûr que non, répliqua Ria. Je tiendrai jusqu'au bout.

En toute honnêteté, elle était plus fatiguée que prévu.

Trop d'émotions, depuis son arrivée à Austin, sans doute. Rompue toutefois à l'exercice consistant à dépasser ses propres limites, elle grimpa sans hésiter à bord du pick-up.

— Le travail nous attend, patron. En route !

Sandor mit le moteur en marche sans l'ombre d'un sourire.

Au terme d'un court trajet silencieux, ils firent halte devant une maison ancienne du quartier de Clarksville qui avait certainement connu des jours meilleurs. Avec le temps, le crépi des murs avait pris une teinte grisâtre et des taches vertes s'étalaient près des volets...

Par contraste, l'allée paraissait flambant neuve.

— Vous êtes passé par là, à ce que je vois, commenta Ria.

Comme il haussait un sourcil, elle indiqua d'un geste l'asphalte lisse et uni.

— Le plus dur doit être de savoir par où commencer, dans cette maison.

— En effet, il y a beaucoup à faire pour la restaurer.

Ria songea aux rénovations en cours dans le quartier de sa mère, tout aussi proche du centre-ville.

— Par pitié, dites-moi que ce n'est pas pour le compte d'un quelconque agent de change et de son épouse...

Il la regarda.

— Pourquoi ?

— Cette partie de la ville me plaît comme elle est. L'ancienne Austin disparaît peu à peu, et c'est dommage.

— Le changement est l'élément moteur de ce pays. C'est un des charmes de l'Amérique...

— Pour vous, peut-être. Un peu de vétusté ne nuit pas aux bâtiments. Elle leur confère du caractère.

Par la vitre, elle avisa une femme grande comme un homme, toute pimpante avec sa robe *tie and dye* à l'ample jupon et ses épaisses tresses poivre et sel qui lui descendaient à la taille.

— Ah, murmura Ria en souriant. Voilà l'Austin de mon cœur.

— Attendez...

Mais Ria avait déjà sauté au bas du camion.

— Bonjour ! lança-t-elle. J'adore votre maison.

— Ria ! appela Sandor.

Celle-ci l'ignora et continua d'avancer à la rencontre de cette femme qui devait avoir l'âge de Lola mais qui semblait avoir choisi, elle, d'accepter l'ordre naturel des choses.

Pas de cheveux platine, pas de faux-semblants. Son visage ridé, dénué de tout maquillage, affichait sa droiture. Broches et perles ornaient le corsage de sa robe. Une ancienne hippie, conclut Ria avec ravissement.

— Est-ce que vous avez toujours vécu ici ?

La femme regarda par-dessus l'épaule de Ria au moment où Sandor y posait la main.

— Qui est-ce ? s'enquit-elle en fronçant les sourcils.

— Bonjour, Billie. Je vous présente Ria Channing, mon assistante. Ria, voici Billie Packard, ma logeuse.

— Je n'aime pas recevoir des étrangers chez moi. Vous ne m'aviez pas prévenue...

Cet accueil doucha l'enthousiasme de Ria.

— Je peux m'en aller...

— C'est une bonne travailleuse, coupa Sandor en l'empêchant de partir. Et puis maintenant, vous avez été présentées.

La dénommée Billie braqua sur Ria son regard sombre.

Elle avait à peu près la taille de Sandor et quoique plutôt grande elle-même, Ria eut la sensation d'être aussi dominée, aussi *menacée* que par la stature menue de sa mère. Nez en bec affûté, peau tannée comme le cuir, silhouette élancée, cette femme était terrienne et sublime, loin de l'exubérante Lola.

— Montrez-moi votre paume, ordonna l'apparition.

Ria obéit, subjuguée.

Billie se saisit de sa main droite, la leva dans la lumière et lentement, suivit de l'index le dessin complexe de ses lignes. Le doigt léger, aux veines apparentes, traça sur la peau un sillon brûlant sous les yeux captivés de Ria.

— Hmm, dit Billie.

Si grand que fût son désir de connaître l'avenir, cette perspective troubla si intensément Ria qu'elle retira brusquement sa main.

— Il vous a adoptée, vous aussi.

Ria enfonça les mains dans ses poches.

— Je ne vois pas de quoi vous voulez parler, marmonna-t-elle.

Pour toute explication, la vieille dame pointa le doigt vers le sol. Un gros matou jaune criblé de cicatrices et une persane famélique ondulaient de conserve autour des chevilles de Sandor en ronronnant pour quémander son attention.

— Ce garçon habite ici depuis moins d'une semaine et comme s'il ne lui suffisait pas d'avoir décidé d'adopter ma maison par charité, tous les chats errants du quartier ont déjà compris qui se laissait taper trop facilement.

— Je n'ai pas besoin de mendier, rétorqua Ria. Je compte gagner ma vie !

Un rire rauque monta de la gorge de Billie.

— Tu entends ça, mon garçon ? Quel caractère ! En voilà une qui te donnera du fil à retordre.

Drapée dans sa dignité outragée, Ria faillit manquer la rougeur discrète qui gagna les joues de Sandor.

— Nous avons beaucoup de travail.

Les dents serrées, il regagna le pick-up et en sortit une échelle à rallonge.

Il était gêné, comprit Ria. C'était presque suffisant pour apaiser sa colère — et lui faire oublier les démangeaisons dans sa paume droite.

La lourde échelle coincée sous le coude, Sandor se dirigea vers le coin de la maison. Prête à lui emboîter le pas, Ria se tourna d'abord vers Billie.

— Qu'avez-vous découvert ? lui demanda-t-elle à brûle-pourpoint.

Silence.

— Vous allez rencontrer un grand et bel étranger.

Le regard de Billie dériva vers Sandor. La vieille dame gloussa.

— Ne plaisantez pas avec moi, dit Ria en lui saisissant le poignet. Vous ne savez pas ce que j'ai fait, d'où je viens.

Horrifiée par ce qu'elle venait de dire, Ria desserra les doigts mais Billie les recouvrit de sa propre main. Une ombre traversa son regard.

— La chiromancie est un jeu de salon, rien de plus…

Le ton de la voix disait tout autre chose.

Ria chercha le regard de la vieille dame pour discerner

la part de vérité dans ses propos. Les prunelles sombres étaient un peu laiteuses en leur centre, au point qu'elle se demanda ce que Billie pouvait voir au juste.

— Il vous attend, petite.

Un frisson courut sur sa nuque, d'une épaule à l'autre et jusque dans ses doigts. La vérité la fuyait, insaisissable telle une créature nocturne glissant sous la lune. Elle se moquait d'elle et l'aimantait à la fois…

Billie se détourna et regagna la maison à pas lents, emportant avec elle ses prophéties.

— Attendez !

Elle ne se retourna même pas. Sandor s'approcha.

— A son âge, elle se fatigue facilement.

— Mais… Je dois…

— La magie n'existe pas, Ria, dit-il d'une voix radoucie. Elle n'offrira aucune réponse que vous ne possédiez déjà au plus profond de vous.

Ria baissa les yeux. « C'est faux, songea-t-elle avec désespoir. Moi, je ne sais rien, je n'ai jamais rien su… » Discerner son propre chemin ne lui avait jamais semblé plus difficile.

Dieu ! Quelle fatigue. Benjy… Seul comptait Benjy. Ria se concentra sur le petit visage qui constituait son seul univers, avant de se tourner vers Sandor.

— Par où commençons-nous ?

Les yeux noisette fouillèrent les siens un instant.

— Quelques gouttières se sont décrochées de la paroi, dit-il enfin. Si vous voulez bien les tenir contre le mur tout en bas, je vais les refixer.

Ria le suivit vers l'échelle. Un pas après l'autre. Cela devrait suffire pour le moment.

Ria tombait de fatigue, pourtant rien n'aurait pu convaincre cette jeune femme obstinée d'abandonner. Sandor resserra un boulon dans le dernier support et jeta un regard vers Ria par-dessus le toit.

— Vous ne buvez pas assez d'eau !

Pour un début d'automne, la chaleur était inattendue.

— Je n'ai pas soif, répliqua-t-elle, desserrant enfin ses doigts engourdis autour du métal.

L'un de ses gants trop larges glissa de sa main et atterrit dans la poussière. Elle se pencha pour le ramasser et tangua légèrement au moment de se redresser.

Sandor consulta sa montre et poussa un juron. Bientôt 14 heures, et ils n'avaient pas encore pris de pause pour le déjeuner ! Il était habitué à sauter un repas les jours où il était trop occupé, mais Ria ne devait pas suivre ce mauvais exemple. Elle n'avait pas suffisamment de réserves pour tenir le coup.

— Eloignez-vous, commanda-t-il. Je descends.

Elle recula sans protester, ce qui acheva de convaincre Sandor. Elle était réellement à bout. Parvenu au bas de l'échelle, il la prit par le bras.

— Venez avec moi.

— Où ?

Sans prendre le temps de répondre, il alla chercher la glacière et lui versa un peu d'eau fraîche.

— Buvez !

Elle avait le teint gris, et le fait qu'elle ne transpire pas inquiéta Sandor presque autant que sa torpeur.

— Pourquoi m'avoir caché que vous vous sentiez mal ?

Il ôta d'un geste vif le bandana qui retenait ses cheveux, versa de l'eau dessus et s'en servit pour lui tamponner le front.

— Asseyez-vous.

Comme elle levait vers lui des yeux vitreux, il jura de plus belle et la souleva dans ses bras.

— Vous ne pouvez pas continuer à me transporter partout comme un sac de patates !

Il aurait aimé se sentir soulagé qu'elle ait encore la force de plaisanter, mais il était trop occupé à se maudire de ne pas lui avoir prêté davantage d'attention. Il se concentra pour grimper les marches conduisant à son appartement.

— Où allons-nous ?

Sans répondre, il ouvrit la porte et regretta aussitôt de l'avoir amenée ici parce qu'il avait, comme d'habitude, débranché l'unique climatiseur par souci d'économie. Il faisait encore plus chaud à l'intérieur.

Sa décision fut rapidement prise. Il alla directement dans la salle de bains faire couler la douche. Sans égard pour ses propres habits, et n'accordant qu'une brève pensée à ses chaussures qui n'y survivraient sans doute pas, il dégrafa sa ceinture à outils et se glissa dans l'étroite cabine.

Avec elle.

Ria rouvrit les yeux et poussa un hurlement.

— Qu'est-ce que vous faites ? Cette eau est glacée !

Elle se débattait comme un beau diable entre ses bras. Imperturbable, Sandor lui maintint de force la tête sous le jet. Elle en émergea sifflant et crachant comme un chat mouillé.

— Fumier !

Ses yeux lançaient des éclairs. Son poing s'écrasa sur la

156

poitrine de Sandor, qui l'accueillit avec un vif soulagement. Elle avait totalement repris ses esprits maintenant.

— Tenez-vous tranquille, vous allez vous blesser.

— N'importe quoi ! C'est vous que je vais tuer !

Soudain, Ria le regarda… et rejeta la tête en arrière pour rire à son aise.

Dans sa joie, elle avait l'air si jeune que Sandor regretta brusquement de ne pas l'avoir connue adolescente, avant que la vie ne brise sa trop fragile estime de soi.

Ce brusque accès d'hilarité l'avait détendue. Sandor eut tout à coup une conscience aiguë de la femme qu'il tenait contre lui et des contours, même estompés, qu'il sentait sous ses mains. Elle avait plus d'os que de courbes, tenait davantage du spectre que de la sirène, cependant il ne douta pas une seconde que c'était bien une créature délicieusement féminine qu'il serrait entre ses bras.

Contre sa propre volonté, et malgré l'eau glacée, son corps s'anima. Il s'efforça d'écarter de lui sa protégée, afin qu'elle en ignore tout…

Trop tard.

Elle écarquilla les yeux, ses prunelles s'assombrirent. Dans l'atmosphère devenue électrique, ni l'un ni l'autre n'osèrent plus respirer.

Pour finir, elle réussit à se dégager. Sa hanche lui effleura le bas du ventre par inadvertance tandis qu'elle fuyait vers le salon. Il mit un certain temps à détacher son regard de la jeune femme. Elle semblait une biche prête à détaler… Enfin, pas vraiment une biche. Pas dans ce T-shirt trempé qui révélait les collines ombreuses de ses seins.

Sandor déglutit. Au prix d'un effort méritoire, il parvint à fermer le robinet. Puis il lança une serviette-éponge à la jeune femme, traversa le salon et alla s'enfermer dans sa chambre.

Fuir ou se réjouir ? Ria ne savait plus.

Elle retira ses baskets, soulagée qu'elles aient échappé au jet, puis baissa les yeux sur le jean et le T-shirt détrempés. La serviette se révélant inopérante, elle finit par ôter carrément le T-shirt pour l'essorer dans le vieux lavabo tout éraflé. Au-dessus, était accroché un petit miroir flou dans lequel Ria se reconnut à peine.

Avec ses joues rosies et ses yeux plein d'étoiles, elle semblait… vivante. Mais folle furieuse, surtout. Comment avait-il osé la fourrer sous l'eau glaciale et… et s'y glisser lui aussi ! Ses tennis devaient être fichues, sa chemise et son jean aussi.

Ah, son jean. Son corps avait réagi comme si…

Un soupir lui échappa. Autant oublier tout de suite ce qui venait de se produire. Ria avait suffisamment d'expérience pour savoir que, chez un homme, la haine et le désir ne sont pas incompatibles.

Le plus déconcertant, c'était que ce phénomène s'appliquait aussi à elle-même. Sandor l'exaspérait et, pourtant, une bouffée de désir l'avait envahie.

Et si, contrairement à ce qu'il affirmait, il était l'amant de Cleo ?

Ria rejeta aussitôt cette hypothèse. Sandor ne mentait pas. Néanmoins, il la méprisait.

Vraiment ? Mais aurait-il grimpé quatre à quatre les marches comme si elle ne pesait pas plus lourd qu'une plume, s'il la jugeait si insupportable ?

Mon Dieu, elle avait décidément les idées bien confuses.

Mieux valait lever le camp. Elle lui avait déjà prouvé ses capacités de travail, n'est-ce pas ? Rien ne l'obligeait à rester jusqu'au soir.

« Benjy, s'ordonna-t-elle. Pense à Benjy ! »

Immobile, très droite, elle inspira lentement en comptant jusqu'à dix. Puis elle remit son T-shirt tel quel — pas question de lui emprunter quoi que ce fût — et épongea de son mieux le sol ainsi que la tablette du lavabo qui ne supportait guère qu'une brosse à dents, un rasoir et une savonnette.

Ensuite seulement, elle pénétra dans la chambre de Sandor. Il était torse nu, doré, ombré d'un duvet très doux.

— Je vous prépare un sandwich, déclara-t-il en enfilant un T-shirt.

— Inutile.

Mais il était déjà parti. Au son de sa voix, il n'avait pas apprécié qu'elle le couve aussi impudemment des yeux. Elle s'accorda quelques instants pour enregistrer le décor de la petite pièce, avec le grand lit, le bureau, une chaise à dossier droit. Rien sur les murs ni aux fenêtres. Etait-ce réellement l'antre de l'artiste capable d'émouvoir aux larmes par la seule beauté de ses sculptures sur bois ? Comment pouvait-il vivre et sculpter dans cet endroit sans âme et confiné ?

— Venez boire encore un peu d'eau, Ria.

Un artiste ? Un tyran, oui ! Ria secoua la tête et revint dans le salon.

Un regard appuyé de Sandor l'incita à saisir l'ourlet de son T-shirt pour l'éloigner de sa peau… Mais elle se ravisa brusquement, songeant qu'elle tenait peut-être là le moyen infaillible de se faire embaucher. Délibérément, elle rejeta les épaules en arrière afin de mettre en valeur ses maigres avantages.

La manœuvre n'échappa pas à Sandor. Et quoiqu'il retînt son souffle, il ne réagit pas comme elle s'y attendait.

— Mangez, dit-il en posant violemment l'assiette devant elle. Ne bougez pas avant d'avoir avalé ça, plus le verre d'eau. Ensuite, je vous ramènerai chez vous.

— Vous n'avez pas le droit ! La journée n'est pas terminée. La charge de travail ne me fait pas peur, je vous l'ai dit...

Sandor haussa les sourcils. Il avait de beaux yeux, même quand il la toisait comme maintenant d'un air réprobateur.

Il plongea la main dans sa poche, en retira un portefeuille fatigué et compta plusieurs billets.

— Voici le salaire d'une journée pleine, déclara-t-il en les poussant vers elle.

Elle fixa l'argent, interloquée.

— Et demain ? dit-elle.

— Ria...

Sa voix était trop douce. Le dernier espoir se déchira.

— Ne me faites pas ça, chuchota-t-elle. Je ne peux même pas démissionner ! Allez au diable !

Il détourna la tête.

— Vous savez travailler dur, Ria.

— Mais... ?

Ses yeux étaient tendres et tristes.

— Mais vous avez surtout besoin de vous reposer pour reprendre des forces.

— J'ai toujours été maigre. Et alors ?

160

— Je parlerai à un ami qui gère un café, il vous trouvera un emploi dès que vous serez d'attaque.

— C'est celui-ci que je veux.

— Ce que j'essaie de vous dire…

— Ne vous fatiguez pas, j'ai compris.

Ce qu'il essayait de lui dire, c'était qu'elle avait échoué. Une fois de plus. Maussade et résignée, elle jeta un regard d'envie au sandwich auquel elle n'avait pas touché, laissa les billets où ils étaient et se leva.

— Je rentrerai à pied. Ce n'est pas si loin.

— Vous allez me laisser vous ramener en voiture. Mais d'abord, vous allez manger.

— Je n'ai pas faim !

Sous le coup de la nervosité, Sandor éleva la voix.

— Vous avez besoin de vous alimenter !

Ria haussa les épaules et se dirigea vers la porte.

— J'ai besoin de beaucoup de choses, Sandor. Mais ce n'est pas votre problème. Cela dit, si vous insistez pour me raccompagner… Allons-y avant que vous vous soyez mis en retard dans votre travail.

Sandor ramassa l'argent et le lui tendit. A cet instant, une sorte de grondement assourdi bourdonna aux oreilles de Ria. Sa vue se brouilla. Elle tourna les talons et faillit rater la première marche.

— Ria, s'écria Sandor, attention, vous allez vous blesser !

Elle s'arrêta au pied de l'escalier et saisit la rampe tant la tête lui tournait.

— Alors mettez le moteur en marche !

Etouffant un juron, Sandor ferma sa porte à clé et rejoignit la jeune femme.

11.

Très tôt, le lendemain matin, Cleo fit passer son sac dans sa main gauche pour ouvrir la porte. Avant qu'elle n'ait introduit la clé dans la serrure, Sandor ouvrit grand le battant et la déchargea de son sac.

— Vous ne rentrez donc jamais chez vous ? s'exclama-t-elle.

Il lui sourit faiblement. La vue de Cleo, après une longue nuit d'insomnie, lui réchauffa le cœur.

— J'habite tout près, dit-il en manière d'excuse.

Cleo le considéra un instant et fronça les sourcils.

— Vous avez une mine épouvantable… Que vous est-il arrivé ?

— Rien, répondit Sandor en déviant le regard.

Il devait se rendre au restaurant au plus tôt, mais l'arrivée impromptue de Cleo était peut-être un signe. C'était une occasion de lui annoncer la décision mûrie ces dernières heures.

— Sandor, dit-elle en le retenant par le poignet, vous avez des soucis.

— La nuit a été agitée.

Agitée, pénible — et pas seulement à cause de Ria.

Il n'avait plus aucune raison de rester ici. Ria n'avait pas les idées claires, c'était un fait, mais il ne redoutait plus qu'elle blesse délibérément sa mère. Au contraire, c'était lui qui devait à Cleo comme à Ria des excuses pour avoir traité celle-ci la veille avec une rudesse excessive...

Mais surtout, il ne savait comment annoncer la nouvelle de son départ, qui l'affectait tant lui-même. A défaut de trouver les mots justes, il désigna le fruit de son insomnie.

Le visage de Cleo s'éclaira.

— Vous avez terminé !

Sandor acquiesça.

— Laissez-moi regarder... Oh !

Elle s'arrêta sur le seuil de l'arrière-salle, une main pressée sur son cœur. La fierté envahit Sandor. C'était son œuvre la plus accomplie à ce jour. Dans la lumière dorée du petit matin, le bois semblait rougeoyer de l'intérieur, le grain rayonnait de vigueur, chaque courbe prenait vie.

— On jurerait qu'elle respire... C'est exquis. Non, mieux que ça... Je ne trouve pas le mot juste. Merveilleux. Epoustouflant. Sandor...

— Elle est à vous.

Cleo pivota lentement, les yeux exorbités.

— Vous ne... Je ne peux pas... Sandor, balbutia-t-elle, je n'ai pas le droit d'accepter une pièce aussi magnifique ! Vous pourriez la vendre à prix d'or. Ce sera le clou de votre première exposition !

— Vous n'en voulez pas ?

— Bien sûr que si, mais...

— Si une telle opportunité se présente un jour, je vous demanderai peut-être de me la prêter. En attendant, elle est à vous, définitivement. J'ai aussi autre chose à vous dire...

Sandor hésita, car il n'était pas prêt non plus à franchir cette étape-là.

— Le moment est venu.

Cleo soupira.

— Vous partez...

— Oui. C'est... difficile.

Les yeux rivés sur la femme qui avait transformé sa vie, Sandor poursuivit :

— Mon séjour dans cette boutique a été un cadeau. Je ne pourrai jamais vous dédommager convenablement. S'il vous plaît, ne refusez pas mon présent. Il est très modeste.

— Nous sommes quittes depuis longtemps, voyons. Les travaux que vous avez accomplis... L'amitié que vous m'avez offerte à un moment où j'en avais tant besoin.

— Cela ne changera pas. Je suis et resterai votre ami.

Le chagrin se peignit sur ses traits. Sandor craignit un instant qu'elle ne lui demande de rester. Ce qui lui imposerait de s'expliquer au sujet de Ria, d'évoquer le trouble que la jeune femme suscitait en lui... et de l'impair qu'il avait commis, aggravant peut-être sans le vouloir la situation. Or il se devait d'épargner à Cleo un tumulte supplémentaire dans sa vie...

Mais elle se tourna vers la sculpture et prononça d'une voix douce :

— D'accord. Je l'accepte. Mais j'insiste pour vous la prêter à l'occasion de votre première expo, qui ne saurait tarder. A condition, bien entendu, que j'approuve les conditions de sécurité !

Sandor lui rendit son sourire tremblant. Elle faisait allusion au tout premier jour où il était entré dans la boutique.

Un coup d'œil aux serrures lui avait suffi. Avant le soir, il les avait toutes remplacées. Par la suite, il l'avait harcelée pour qu'elle adopte un système de sécurité dernier cri.

— Vous m'appellerez, n'est-ce pas, dès qu'il y aura la moindre réparation à effectuer...

— Essayez donc de refuser !

Sandor s'éclaircit la gorge et chercha un sujet de conversation plus léger.

— Comment s'est déroulé votre après-midi de congé ?

— Malcolm est passé avec Elizabeth et Marguerite, en suggérant une promenade au parc. Les enfants m'ont suppliée de les accompagner...

— Et vous avez accepté ?

— Oui.

Lancée, Cleo lui conta avec force détails les jeux des petits, qui formaient à eux trois une fine équipe de jeunes chiots tout fous.

— A présent, nous avons en projet une soirée pyjama ! Les enfants ont invité Malcolm, précisa-t-elle d'un air rêveur.

— Vous aussi, vous aimeriez qu'il participe ? s'étonna Sandor.

— Bien sûr que non, se récria-t-elle en détournant les yeux. Mais ils sont trop jeunes pour comprendre que c'est impossible...

— Pauvre Colin, soupira Sandor. Je commence à comprendre le problème.

Cleo le considéra, interdite.

— Pardon ?

— Son âge n'est pas son seul handicap. Je l'entends dans votre voix... Vous aimez encore Malcolm.

— Sandor ! C'est ridicule ! Nous avons divorcé...

— Depuis quand le cœur prête-t-il attention à un bout de papier ?

— Malcolm a désormais une autre femme dans sa vie. Ils vivent ensemble...

— Il passe beaucoup de temps chez vous, ces jours-ci, observa Sandor.

— Il vient voir Benjy.

— Si cela vous chante de croire cela... Je ne voudrais pas vous voir souffrir à cause de lui, Cleo. Il vous a déjà quittée une fois...

— C'est moi qui lui avais demandé de partir, si vous tenez à le savoir.

Sandor fronça les sourcils. Pourquoi Cleo aurait-elle fait une chose pareille ?

— De toute façon, dit-elle soudain, cela ne prendrait pas. La vie a suivi son cours... Nous avons mûri chacun de notre côté...

— Vous avez peur.

— Moi ? Pas du tout !

C'était pourtant bien de l'appréhension qu'il percevait dans sa voix, mêlée à une profonde nostalgie.

Cleo était si courageuse... Pourquoi renoncerait-elle si facilement ?

— Il ne vaut donc pas la peine que vous vous battiez pour lui ?

— Il vit avec une femme plus jeune. Elle est belle, grande et blonde...

— Vous êtes belle, et vous aussi pourriez vous prévaloir d'un amant plus jeune... Mais vous le découragez. Comment savez-vous que Malcolm n'éprouve pas le même désir à votre égard ? Vivre en couple ne signifie rien.

— Je n'ai pas envie d'en discuter.

Cleo se leurrait elle-même. L'espoir se lisait sur son visage. Mais devant sa moue obstinée, Sandor capitula.

— Si c'est ce que vous souhaitez…

— En effet.

Le téléphone sonna. Cleo fixa l'appareil sans bouger.

— Je dois partir au restaurant, annonça Sandor.

— Mais…

— Allez-y, décrochez. Je reviendrai plus tard chercher mes autres outils.

— Vous ne partirez pas sans me dire au revoir, n'est-ce pas ? dit Cleo d'une petite voix.

— Bien sûr que non, assura Sandor, le cœur lourd.

Il trouva encore la force de sourire.

— A très bientôt, mon amie. Répondez donc au téléphone.

Une fois dehors, Sandor se sentit aussi seul que le jour de son arrivée à Austin. Il se répéta qu'il croiserait de nouveau la route de Cleo, qu'il avait désormais noué d'autres connaissances et que cette séparation serait bénéfique pour tout le monde, et s'en fut travaillé un peu rasséréné.

— S'il te plaît, maman ! Il faut proposer à Elizabeth et Marguerite d'aller nourrir les canards avec nous. Elles seront si contentes !

Les filles peut-être, songea Ria, mais pas leur mère. Pour rien au monde Betsey ne la laisserait emmener où que ce fût sa précieuse progéniture…

Cependant les grands yeux bruns de son fils la suppliaient.

Depuis ce matin, Benjy était intarissable sur sa sortie de la veille au parc.

— Poussin, je suis sûre qu'Elizabeth et Marguerite sont d'excellentes camarades de jeux, mais tu te feras bientôt de nouveaux amis...

— S'il te plaît, maman !

Il demandait si peu, après avoir enduré tant d'épreuves... La réaction prévisible de Betsey risquait de lui briser le cœur.

Mais après tout, ces yeux si doux ne lui demandaient que d'essayer. Comment refuser ?

— Entendu, soupira Ria. Je vais leur proposer.

— Appelle tout de suite leur maman, d'accord ?

Ria se procura le numéro auprès de tante Cammie, mais fit chou blanc. Betsey, lui expliqua la nourrice au téléphone, se trouvait à la boutique, et la consigne était de ne confier les filles à personne sans l'autorisation des parents.

La mort dans l'âme, Ria se résigna à aller trouver sa sœur en personne afin de mieux jauger son humeur, et confia Benjy à tante Cammie, par précaution.

En arrivant devant la boutique, elle sentit son ventre se nouer à la vue du pick-up de Sandor. La tentation fut grande de faire aussitôt demi-tour, tant l'épisode dans l'appartement lui avait laissé les nerfs à vif. Mais son fils comptait sur elle, aussi n'hésita-t-elle qu'un bref instant avant de pousser la porte.

Passer devant l'arrière-salle sans tourner la tête lui coûta — mais ses yeux la trahirent.

La sculpture avait disparu.

Comme elle ralentissait le pas malgré elle, Sandor apparut dans son champ de vision. Elle se hâta de gagner l'avant du magasin. La perspective d'affronter sa sœur accaparait toute son énergie, elle n'était absolument pas prête à discuter avec cet homme.

Occupée avec une cliente, Betsey se contenta de la saluer d'un signe de tête. Pour patienter, Ria fit mine d'examiner les rayons les plus proches, retouchant distraitement la disposition des bibelots.

La cliente se décida enfin, régla ses achats et sortit.

— Maman s'est absentée, lui annonça Betsey depuis sa place derrière la caisse. Un rendez-vous avec son comptable…

Ria déglutit.

— En fait… C'est toi que je suis venue voir.

— Moi ? Pour quelle raison ?

— Je… Enfin, ce n'est pas pour moi, Bets, mais pour Benjy. Je connais tes sentiments envers moi, mais lui… il ne t'a rien fait. Il est innocent dans cette histoire.

— Qu'est-ce que tu veux ?

Chaque syllabe était empreinte de suspicion. Le moral en berne, Ria battit en retraite vers la porte de service.

— Aucune importance. Je connais déjà ta réponse, je trouverai bien une explication à lui donner.

— Attends…

La main de sa sœur se posa sur son bras. Ria remarqua les ongles impeccablement manucurés.

— Dis-moi, Vic, n'es-tu jamais lasse de fuir ?

Ria soupira.

— Et toi, n'es-tu jamais lasse de juger les autres ?

La sympathie brièvement apparue dans les yeux de Betsey se mua en une gerbe d'étincelles. Sa sœur ne s'emportait pas facilement mais une fois allumée, sa colère brûlait fort et longtemps.

— C'est si facile pour toi ! s'exclama-t-elle. Tu passes comme une tornade, et ensuite tu laisses les autres se débrouiller dans un champ de ruines... Tu es la personne la plus égoïste que je connaisse ! As-tu la moindre idée des dégâts que tu as causés ?

Ria luttait pour ne pas flancher.

— C'était il y a six ans, Betsey... Je n'ai jamais souhaité ce désastre. Je suis donc condamnée à rester éternellement sur le banc des accusés ?

— David est mort. Papa et maman ont divorcé. Tout ça, à cause de toi !

— Tu te figures peut-être que je n'en souffre pas, moi ? s'écria Ria exaspérée. J'ai commis une faute, la plus grande de toute ma vie de ratée congénitale... Mais j'aurais vendu mon âme pour le ramener à la vie ! Pour revenir en arrière et l'empêcher de monter dans ma voiture ! Pourquoi j'ai survécu et pas lui, ça me dépasse... Je le regrette et toi aussi, j'en suis certaine. Mais ça ne change rien, David n'est plus là !

La tête vide, elle tituba vers la sortie.

— Je n'arrive pas à trouver un moyen de me racheter...

— Va-t'en, suggéra Betsey. Et ne reviens jamais. On se débrouillait très bien avant que tu réapparaisses.

Ces mots la crucifièrent. Anéantie par la douleur, Ria ne distinguait même plus sa sœur à travers ses larmes.

— Je ne peux pas faire ça à Benjy...

Benjy... Seigneur ! Elle n'était même pas allée jusqu'à formuler sa demande ! Un rire amer lui brûla la gorge.

— Laisse-le ici, dit soudain Betsey en lui saisissant le poignet. Nous prendrons soin de lui.

Ria se dégagea promptement.

— Abandonner mon fils ? Et te le confier ? Mais tu le détestes !

— Pas du tout. Ce n'est pas lui le coupable.

— En effet, puisque c'est moi, n'est-ce pas, Bets ? Il ne suffit pas que je paie ma faute à chaque seconde dans mon cœur. Je dois mendier un pardon que maman et toi ne m'accorderez jamais ! Papa est le seul qui…

— Laisse papa en dehors de ça, coupa Betsey. Il a suffisamment de problèmes sur les bras avec Vanessa et le bébé. Ta présence ne fait qu'empirer les choses.

Ria n'en crut pas ses oreilles.

— Le *bébé* ? répéta-t-elle d'une voix altérée.

Les joues cramoisies, Betsey secoua rageusement la tête et se détourna.

— Oublie ce que j'ai dit.

— Papa va avoir un enfant ? insista Ria en lui emboîtant le pas.

Sa sœur baissa la tête.

— Il n'en parle à personne pour le moment, mais… il est sur le point de se construire une nouvelle famille, alors ce n'est pas le moment de l'ennuyer avec tes simagrées.

— Mais… mais il aime Benjy, et…

« Et moi aussi, il m'aime ! cria Ria en son for intérieur. Et maman… »

Une nausée lui souleva le cœur. Bientôt, le nouveau Malcolm n'aurait plus besoin d'eux.

— Maman, tante Cammie et Lola s'occuperont de Benjy, reprit Betsey d'une voix radoucie. Ce petit est innocent et mérite le meilleur. Papa et moi, nous serons là aussi. Il ne manquera pas d'amour.

— Je suis sa mère, chuchota Ria. Je l'aime…

— Assez pour lui offrir la vie qu'il mérite ? Tu n'as

jamais su mettre de l'ordre dans la tienne, Vic. En admettant même que tu y parviennes, combien de temps crois-tu que maman tolérera que tu vives à ses crochets ?

La ronde de clochettes tinta, signalant l'arrivée d'un client. Betsey plaqua aussitôt sur son visage un sourire de bienvenue.

— Je suis à vous tout de suite ! Vicky, chuchota-t-elle en aparté, je suis désolée, je n'aurais pas dû te dire pour…

Sa voix se brisa soudain. Etait-ce un regret, qui se lisait sur son visage ?

— Attends-moi, je n'en ai pas pour longtemps, ajouta-t-elle avant de s'approcher du nouveau venu.

Attendre ? C'était au-dessus de ses forces.

Hagarde, Ria gagna l'arrière-salle à reculons, heurtant au passage le pied du canapé. Deux mains solides l'empêchèrent de tomber.

— Asseyez-vous !

Ria obéit comme une automate, le visage enfoui dans ses mains. Après Betsey, Sandor était la dernière personne qu'elle ait envie de voir en cet instant.

Il ferma la porte de communication puis revint vers elle, ses yeux noisette empreints d'un sentiment qui pouvait bien être de la compassion.

— Je vais vous chercher de l'eau, dit-il en s'éloignant.

— Vous avez entendu…

Sandor acquiesça.

— Tenez. Buvez.

Ria porta à ses lèvres le verre qu'il lui tendait, parce qu'elle ne savait pas quoi faire d'autre.

— Est-ce qu'elle a raison ? Est-ce que je devrais le laisser ici ?

172

— Betsey n'est pas méchante. Elle a supporté un fardeau durant toutes ces années, en s'évertuant à être la fille parfaite pour maintenir un climat serein. Votre présence lui complique la tâche.

— Alors, j'abandonne mon enfant et voilà ?

— Je n'ai pas dit ça. Vous seule pouvez répondre à la question de savoir où il sera le plus heureux.

— Mon départ simplifierait la vie de tous, n'est-ce pas ? Papa a son petit nid, Betsey aussi, maman n'a besoin de personne. Mais moi...

La douleur la plia en deux.

— Il est tout ce que j'ai, bredouilla-t-elle, la seule chose de bien que j'aie faite dans ma vie.

— Vous avez d'autres ressources, rétorqua doucement Sandor.

La rage tira Ria des sables mouvants de sa faiblesse.

— Qu'est-ce que vous en savez, hein ? Ne prenez pas ce ton condescendant avec moi !

Sandor secoua la tête.

— Vous avez le pouvoir de tout changer, et vous vous apitoyez sur votre sort, à la place !

Elle leva sur lui des yeux ahuris.

— Je n'ai aucun pouvoir... Seulement une dette dont je ne pourrai jamais m'acquitter ! J'attendrai jusqu'à ma mort un pardon qui ne viendra pas...

— Je, je... Moi, moi, moi !

Ria bondit sur ses pieds et gifla Sandor.

Une poigne de fer lui enserra les épaules... pour la relâcher aussitôt.

— Allez-y, fillette, courez ! Cachez-vous pour ne pas grandir...

Ria le fixa. Le choc recouvrit sa peau comme un acide

qui consuma son bouclier protecteur et mit sa souffrance à nu.

— Allez au diable, gronda-t-elle.

Drapée dans les lambeaux d'amour-propre qui lui restaient, elle poussa la porte et déboucha dans la rue.

Retourner tout de suite vers Benjy lui fut impossible. Son fils était trop sensible à ses changements d'humeur. En outre, elle l'avait déçu.

Une fois de plus.

Elle ne put davantage se résoudre à remonter en voiture. Marcher l'aiderait peut-être… En chemin, elle trouverait une cabine pour appeler tante Cammie, afin que Benjy ne l'attende pas.

Comment lui expliquerait-elle la situation ? Une idée lui viendrait peut-être, à condition de marcher assez longtemps. Ou de suivre la suggestion de Betsey, et de continuer droit devant elle. Sans s'arrêter.

Elle accéléra l'allure.

Sandor ne se retint de suivre Ria qu'au prix d'un effort. Ria l'inquiétait presque autant qu'elle l'enrageait. Il s'était mépris sur son compte. C'était une véritable grenade dégoupillée, dont l'explosion risquait bel et bien de détruire une autre femme qui comptait beaucoup pour lui.

Voyant qu'elle tournait le coin de la rue en direction du Joe's Place au lieu de reprendre la voiture pour rentrer, Sandor jura dans sa barbe et décrocha son téléphone.

En quelques phrases, il s'assura que Hank, le barman, veillerait au grain. Il entendit alors Betsey pleurer dans son coin. Une autre personne était donc bouleversée…

174

Sandor retourna dans l'arrière-salle. Cleo serait-elle si navrée que cela de le voir partir, tout compte fait ?

Ria courut à perdre haleine dans les ruelles ombragées, mais rien n'y fit : la succession de ses erreurs défilait dans sa tête sans relâche. Comme ce fameux soir où elle était rentrée ivre et malade, après avoir perdu sa virginité sur la banquette arrière d'une vieille berline…

— Hé ! Qu'est-ce qui ne va pas, chez toi ? s'était écrié Eric Madsen en rajustant son jean à la lueur verdâtre du tableau de bord.

Le visage avenant du capitaine de l'équipe de base-ball était devenu inquiet.

— Rien, dit Victoria, recroquevillée contre la portière.

Elle regretta de ne pas être n'importe où ailleurs. C'était stupide, d'avoir envie de pleurer maintenant.

— Ecoute, je ne pouvais pas savoir que tu étais… Enfin, tout le monde te prend pour…

« Une fille facile », compléta Victoria. Cette fausse réputation s'était vite répandue, échappant à son contrôle.

Elle n'avait plus qu'une envie, se réfugier sous ses draps. Toutes ces histoires sur l'union des âmes et les feux d'artifice dans la tête… C'était du vent, elle aurait dû s'en douter. « Il faut se préserver pour le grand amour », disait sa mère. Tu parles ! Ça n'existait plus. Ses parents l'avaient connu mais elle, ne le vivrait jamais.

Peu après, elle gravissait péniblement le perron en ricanant bêtement, sous le regard réprobateur de Betsey.

— Chut… Tu vas réveiller tout le monde, et après tu seras de nouveau privée de sorties…

— M'en fiche, répliqua Victoria en ravalant ses sanglots.

— Tais-toi, je te dis ! Tu veux que maman t'entende ?

— L'auguste Cleopatra ? Elle va avoir un de ces chocs ! Tu as déjà vu un pénis ? Oups ! Pardon, je m'en voudrais d'offusquer tes chastes oreilles...

— Vicky, dis-moi que ce n'est pas vrai...

— Maman nous a menti, chérie. A quoi bon se préserver pour le grand jour ? Le prince charmant n'existe plus !

Son bras esquissa un geste théâtral et heurta une lampe que Betsey rattrapa de justesse, les yeux mouillés de larmes.

— Bets, je suis désolée, bafouilla Victoria prise de remords. Toi, c'est pas pareil, tu trouveras quelqu'un de bien... Allez, il est l'heure pour les gentilles petites filles d'aller se coucher.

Pressée de se retrouver enfin seule, elle passa devant sa sœur au pas de charge, perdit l'équilibre et tomba contre la rampe de l'escalier.

— Vicky, gémit Betsey.

— Je ne veux pas de ta pitié, Bets, marmonna Victoria. Je ne peux pas te ressembler, il n'y a qu'un enfant parfait par foyer.

Puis elle jeta un regard vers l'étage, où se trouvait la chambre de leur frère.

— Ou peut-être un de chaque sexe, concéda-t-elle. Mais pour moi, c'est raté.

Betsey se précipita pour l'aider à tenir debout.

— Je vais t'aider à te coucher.

— Non ! Une douche, ajouta Victoria en baissant la voix. J'ai besoin d'une douche.

— Tu vas les réveiller... Il ne faut pas qu'ils te trouvent encore une fois dans cet état !

Victoria secoua la tête. Betsey ne comprenait pas que tout était différent, désormais, et sa vie plus disloquée que jamais.

— Ça m'est égal. Je *dois* me laver.

Sa sœur se tut et la considéra d'un air navré.

— Je ne te mérite pas, Bets. Pardon...

Victoria porta un doigt tremblant à ses lèvres, ainsi qu'elles le faisaient entre elles depuis leur tendre enfance.

Mais cette fois, sa sœur ne sourit pas. A juste titre...

Quelques minutes plus tard, ses parents surgirent dans la petite salle de bains où elle s'était réfugiée, tout habillée et empestant le sexe et la bière.

Sa mère, la mine dégoûtée. Son père, une main sur le front. David aussi était là, ses boucles brunes en désordre, ses grands yeux bruns emplis d'effroi.

— Ria, tu es blessée ?

Il s'élança pour jeter les bras autour de sa taille.

Une terrible envie de pleurer la prit. Elle lui caressa les cheveux, puis se pencha pour l'embrasser sur le crâne.

— Tout va bien, David, murmura-t-elle. Laisse papa et maman te recoucher pendant que je prends ma douche, ensuite nous pourrons tous dormir.

Le regard de sa mère aussi brillait de larmes.

— Je peux rester pour t'aider...

— Non, maman, tu ne peux pas.

Sur ce, elle ouvrit le robinet de la douche. Par-dessus le bruit du jet s'éleva la voix de sa mère.

— Viens, David. Allons nous recoucher.

David avait levé les yeux sur Malcolm, avec dans ses beaux yeux sombres toute la confiance du monde.

— Tu veilles sur Ria, hein, papa ?

*
* *

Perdue dans ses souvenirs, Ria traversa la route sans faire attention et manqua se faire renverser. Des pneus crissèrent derrière elle, une insulte vibra dans ses oreilles. Elle s'arrêta sur le trottoir opposé, les mains sur les genoux, pour reprendre son souffle, et s'aperçut qu'elle se trouvait à deux pas du Joe's Place…

Elle poussa la porte du bar et s'imprégna avec délices de l'odeur âcre des plaisirs interdits, tandis que s'insinuait dans ses veines la brûlure du péché anticipé.

Cela ne durerait pas — cela ne durait jamais. Mais pour un temps, elle pouvait assumer sa vraie nature — vile, impure, marquée au fer pour la souffrance qu'elle répandait autour d'elle, sa monstruosité visible aux yeux de tous.

Il ne servait plus à rien de continuer à se battre. « J'ai essayé, Dog Boy, se justifia-t-elle en son for intérieur. Je te l'avais bien dit, que ça ne marcherait pas. Et d'abord, pourquoi es-tu parti, toi, mon unique allié ? »

Elle s'approcha du juke-box, glissa quelques pièces dans la fente et, happée par la musique, se mit à onduler des hanches. Un moment, les autres la laissèrent dans son coin, comme autrefois les hommes évitaient de s'approcher des damnées sur lesquelles le diable avait apposé sa marque.

Puis un premier client, puis un autre, dérivèrent de son côté, alléchés peut-être par l'odeur du vice, parfum suave et déliquescent du paradis perdu. Les doigts alanguis sur le coffre du juke-box, Ria se mit à rire, défiant ces hommes d'oser la désirer…

La toucher…

L'un d'eux se décida. Il se glissa derrière elle et posa

les mains sur ses hanches, s'attirant un regard de pur mépris. Mais comme il reculait, surpris, Ria plaqua une main sur la sienne, pressant celle-ci contre sa chair, parce que la sensation lui rappelait qu'elle était vivante, quand bien même son âme était déchue.

Puis elle balaya le groupe du regard et sourit en se léchant les lèvres.

— Navrée, les gars. Plus tard, peut-être.

Puis elle pivota sur elle-même et s'arrima aux épaules de l'homme en se frottant contre son bas-ventre pour savourer l'effet qu'elle lui faisait. Mais comme il se penchait vers ses lèvres, elle l'empoigna aux cheveux. Il s'écarta vivement, les yeux luisant de colère.

— Espèce de garce ! A quoi tu joues ?

Elle harponna sa chemise et le ramena vers elle.

— Je ne vaux pas grand-chose, mais je ne suis pas une fille facile. Allez, mon grand, montre-moi ce que tu as dans le ventre.

— T'es cinglée, tu sais ça ?

Ria éclata de rire.

— Grande nouvelle ! Trêve de plaisanteries...

Elle pianota du bout des doigts sur le torse de son partenaire et répéta :

— Montre-moi ce dont tu es capable !

Subitement, elle aussi était tentée par la violence. Car la colère montait dans sa gorge, l'étouffait, lui coupait le souffle.

— Tu veux corser le jeu ? dit l'autre en la plaquant contre lui. A tes ordres !

Avant qu'elle ait pu réagir, il dévorait sa bouche. Ria le repoussa de toutes ses forces et leva le genou, prête à frapper...

Soudain, l'homme fut propulsé en arrière.

Devant elle, se dressa Sandor, le regard indéchiffrable. Une tension extraordinaire faisait vibrer l'air vicié du bar.

— Hé ! Elle est à moi ! protesta l'homme en se relevant. On vient à peine de commencer...

Mais il recula d'un pas après que Sandor lui eut chuchoté quelques mots à l'oreille. Celui-ci balaya ensuite l'assistance du regard, comme pour mettre au défi quiconque de prendre la relève.

— Pour qui vous prenez-vous ? s'insurgea Ria. Laissez-moi tranquille !

— La ferme, marmonna-t-il. J'essaie seulement de nous faire sortir de ce bar en un seul morceau. Vous avez tourné le sang de tous les clients !

Sans aucune douceur, il lui saisit le bras et l'entraîna vers la porte.

Dans la rue, elle voulut s'arrêter pour l'affronter. Mais il accéléra le pas jusqu'au pick-up dans lequel il la balança comme un vulgaire paquet de linge.

Ria tâtonna à la recherche de la poignée tandis qu'il allait s'asseoir au volant, mais elle ne put ouvrir à temps la portière.

— Restez tranquille, dit-il simplement.

— Je n'avais pas besoin de votre aide ! Je prenais du bon temps.

— En réclamant un viol collectif ?

— Qu'est-ce que ça peut vous faire ?

Son cœur battait si fort qu'elle en avait le vertige. Sandor tourna dans une ruelle déserte et pila net.

— Très bien. Allez-vous-en. Débrouillez-vous toute seule !

Ria étudia son compagnon à la dérobée. Sa mâchoire était crispée, mais ses yeux étonnamment doux… et si perspicaces, qu'une peur bleue la saisit. Elle s'escrima de nouveau sur la poignée…

Sandor se pencha et ouvrit la portière d'une poussée.

— Retournez dans ce bar, ou dans un autre tout aussi minable, et donnez libre cours à vos pires instincts. Alors, votre famille n'aura plus aucun mal à décrocher la garde de votre enfant.

— Je vous déteste !

Elle glissa au bas du camion, claqua la portière et s'éloigna, les jambes en coton, le cœur à l'agonie.

Et se laissa glisser sur le bitume en se prenant la tête à deux mains.

A travers ses doigts, elle découvrit soudain Sandor accroupi devant elle.

— Vous êtes en train de gâcher un trésor que d'autres garderaient précieusement. Une famille. Des amis…

Ria releva vivement la tête.

— Je n'ai pas d'amis ! Je ne connais personne d'autre que ma famille.

— Moi, vous me connaissez.

— Votre loyauté va à ma mère.

— Justement. Elle se fait du souci pour vous…

— Elle ne s'en fera plus après avoir parlé à Betsey. Et quand vous lui aurez raconté pour ce soir…

— Qu'est-ce qui vous fait croire que je lui raconterai ?

— Pourquoi voudriez-vous m'aider ?

— Vous avez besoin d'un ami, répliqua Sandor, les mâchoires crispées. Je me porte volontaire.

Une nouvelle crise d'hilarité secoua Ria. Elle pleurait et riait à la fois, incapable de s'arrêter.

Sandor fit la grimace.

— Content de voir que vous me trouvez si drôle.

Elle secoua la tête, impuissante, et tendit la main pour qu'il l'aide à se relever. Ce qu'il fit — avant de lever son poignet vers la lumière.

Affolée, Ria tenta de se dégager, mais il la tint fermement, suivant d'un doigt le tracé de la cicatrice pâle.

— Quand avez-vous fait ça ?

Ria récupéra sa main d'un geste vif et croisa les bras.

— Ça n'a aucun intérêt.

— Au contraire, c'est très important si Benjy était avec vous.

— Bien sûr que non, il n'était pas là !

— C'était après sa naissance ?

— Qu'est-ce que ça peut vous faire ?

— Répondez-moi !

— Non, c'était avant, mais ça ne vous regarde pas !

Les épaules de Sandor se détendirent.

— Bien. Je savais que vous ne lui feriez pas une chose pareille. C'était le chagrin causé par la mort de David ?

Ria n'avait jamais parlé de cela à qui que ce soit, hormis Dog Boy.

— Mais qu'est-ce que…

— Apprendre cela achèverait votre mère.

— Ma mère ? ricana Ria. Elle a souhaité ma mort dès l'instant où elle a perdu David ! Je n'ai aucune envie d'en discuter.

Elle voulut s'éloigner, mais ses jambes se dérobaient sous elle.

— Vous devriez, pourtant. L'accident est une plaie béante pour toute votre famille. En avez-vous jamais parlé entre vous ?

Elle tremblait toute, maintenant, de la tête aux pieds.

— La Reine de glace ? Se frotter à un sujet aussi chaud ? Vous l'aurez mal cernée, tout compte fait.

— Ne parlez pas d'elle en ces termes.

— Elle a toujours été froide avec moi. Jamais avec papa, Betsey ou…

— David ? souffla Sandor.

— Arrêtez !

— Vous avez donné son prénom à votre fils. Vous avez gardé le diminutif qu'il vous avait donné. Pourquoi refusez-vous de parler de lui ?

Ria resserra les bras autour de sa taille.

— Laissez tomber. Merci quand même d'avoir volé à mon secours, chevalier Galaad…

Il s'était posté fermement devant elle, immobile et silencieux, aussi inébranlable qu'une montagne de granit. Ria refoula une brusque envie de se cramponner à ce dernier rempart avant que l'océan ne l'emporte…

En revanche, pour une raison inconnue, elle lui posa spontanément la question qu'elle ne pouvait poser à personne d'autre.

— Savez-vous, chuchota-t-elle, où il est enterré ?

Il inclina légèrement la tête, scrutant ses traits.

— Vous l'ignorez donc ?

Elle eut beau tendre l'oreille, la voix de Sandor ne contenait aucune condamnation. Elle fit non de la tête. Même Dog Boy ignorait combien elle avait envie d'aller se recueillir sur la tombe de David.

— J'étais sous calmants, expliqua-t-elle en détournant

les yeux. Je n'ai jamais su si c'était pour ma santé, ou parce que l'idée que j'assiste à l'enterrement leur était insupportable.

— Je vais vous y conduire, dit Sandor d'une voix calme.

Elle battit des cils.

— Maintenant ?

— Vous sentez-vous prête ?

Le seul moyen d'en être certaine, c'était encore d'essayer. Ria serra les dents, puis expira d'un coup.

— Peut-être. Je ne sais pas.

Sandor hocha la tête. D'un geste courtois, il glissa la main sous son coude pour la guider vers le pick-up, dans lequel il l'installa comme si elle était en sucre.

Le trajet se déroula dans le plus grand silence. Quand il coupa le moteur, Ria émergea enfin de la prison de sa mémoire, juste assez lucide pour se réjouir que le cimetière soit ancien et non un gazon stérile, fraîchement tondu et jonché de fleurs en plastique.

Sans prononcer une parole, Sandor se renversa contre son dossier. Ria eut la sensation qu'il l'attendrait des heures, si nécessaire. Son regard se perdit de l'autre côté de la vitre vers des arbres plus vieux que cette ville, vers le relief inégal des tombes piqué d'édifices à l'allure de pièces d'échecs…

Quelque part, là-bas, gisait le jeune garçon qu'elle avait tué par négligence, par un mépris téméraire de leur condition de mortels à tous les deux.

Un instant, elle se trouva assaillie par le hurlement du verre et du métal, et des cris dont elle ne saurait jamais si c'étaient les siens ou ceux de David. Sous la lune, ce soir,

184

elle crut voir des fantômes gesticuler en levant un poing rageur vers l'effrontée qui osait troubler leur repos.

— Montrez-moi, articula-t-elle, les jointures blanches sur la poignée de sa portière.

Elle entendit Sandor descendre, eut vaguement conscience d'en faire autant, puis sentit la main de son compagnon détacher doucement la sienne du métal qui la maintenait ancrée au monde. Ces doigts étaient si chauds, par contraste avec la désolation glacée de son cœur...

Sandor ouvrit la marche. Ria peinait à avancer, chacun de ses pas accablés la rapprochant de la nécessaire confrontation. Alors, il s'arrêta et glissa un bras autour de ses épaules pour l'attirer contre lui. Puis il ne bougea plus tandis qu'elle se blottissait dans ce havre de paix et attendit, patiemment, qu'elle prenne sa décision.

Un frisson la secoua.

— Ria, vous n'êtes pas obligée d'y aller, murmura-t-il en resserrant les bras autour d'elle comme un cercle protecteur.

— Bien sûr que si, répliqua la jeune femme, le visage enfoui contre sa poitrine.

D'un geste brusque, elle se détacha de lui et reprit sa lente progression.

Le temps n'avait plus de sens.

Ils cheminèrent des heures, des jours. Le sommeil, la faim, la soif, rien ne pouvait plus atteindre la cage de glace qui protégeait Ria de la folie et l'empêchait de voler en éclats.

En pensée, elle les imagina tous, Malcolm enlaçant Cleo et Betsey, les trois survivants serrés les uns contre les autres. Car Victoria était morte ce jour-là aussi sûrement que David. Elle n'existait plus dans leurs cœurs. Ni dans le sien.

Sandor s'arrêta soudain et pointa le doigt.

— C'est là. Je suis venu une fois avec votre mère, le jour où elle m'a appris toute l'histoire.

Ce soir fatidique…

Cette nuit cauchemardesque où elle les avait tous détruits…

Redevenue la Victoria source du mal absolu, elle resta clouée sur place, tremblant de tous ses membres comme si une maladie foudroyante lui rongeait les nerfs et bientôt le cerveau.

Puis elle fit un pas hésitant sur le chemin du repentir, vers un pardon qu'elle ne mériterait jamais.

Le sol tourna et monta à sa rencontre.

12.

Comme au ralenti, la frêle silhouette de Ria se replia sur elle-même avec une grâce triste. Sandor l'avait regardée avancer en regrettant de ne pouvoir la soutenir, physiquement et moralement... Le tourment de la jeune femme était palpable, sa peur tissant une cape si serrée autour d'elle qu'il avait lui-même toutes les peines du monde à respirer.

Il s'élança, la cueillit de justesse dans ses bras. Là, tombant à genoux dans l'herbe froide et détrempée, il la pressa contre lui. Elle était si pâle, transie, tellement fragile ! Dans le halo blafard du clair de lune, en dépit de ses cheveux mal peignés aux pointes rouges et de ses vêtements tapageurs à la mode, elle avait la grâce éthérée des statues de pierre. Privée de ses défenses, le visage enfin détendu sans ce rictus de dédain qui lui servait de bouclier, elle paraissait incroyablement jeune et belle...

Plus que toute autre, cette femme avait besoin d'attention. Toutes ses piques, tous ses réflexes agressifs n'étaient qu'un leurre dissimulant un cœur mutilé. Elle s'acharnait à rejeter les propositions amicales pour la simple raison qu'elle ne s'en jugeait pas digne...

Quel imbécile il était de ne pas l'avoir compris plus tôt !

Mère et fille formaient un duo joliment complexe — mais plus il côtoyait Ria, plus il comprenait qu'elle et Cleo se ressemblaient trop. Pour des raisons différentes, ni l'une ni l'autre ne s'estimaient assez pour accepter un amour inconditionnel. Au point de le repousser. Il la souleva dans ses bras et s'engagea à leur donner ce dont, précisément, elles avaient le plus besoin.

« C'est moi qui lui ai demandé de partir », disait Cleo à propos de Malcolm. « Il est tout ce que j'ai », affirmait Ria en parlant de son fils.

Pour la première fois depuis que Ria avait refait surface, Sandor se détendit. Le chemin reliant les deux femmes était enseveli sous trop de promesses non tenues et d'échanges cinglants, il disparaissait sous les malentendus et les désaveux. Mais peut-être, tout compte fait, allait-il pouvoir s'acquitter de sa dette envers Cleo — en les aidant à retrouver ce chemin.

Il se releva, serrant Ria inanimée dans ses bras, et jeta un long regard vers le lieu où reposait son frère.

— Elle reviendra, assura-t-il à ce jeune garçon qu'il n'avait pas connu. Et un jour, elle comprendra peut-être que sa pénitence est terminée.

Il inclina la tête avant de s'éloigner.

Au lieu de déposer Ria chez Cleo, Sandor choisit de l'amener chez lui. Il fallait que quelqu'un soit présent à son réveil, quelqu'un ayant le recul nécessaire pour rester calme et objectif quelle que soit sa réaction à ce moment-là. Ria ne pourrait endurer la moindre épreuve supplémentaire sans s'effondrer.

Il se gara devant la maison, ouvrit la portière et reprit Ria dans ses bras pour l'emmener à l'étage. Elle n'avait toujours pas bougé un cil. Dans l'appartement, il se garda d'allumer la lumière ; le clair de lune lui suffit pour trouver le chemin de sa chambre.

Là, il déposa la jeune femme sur la couverture et lui retira ses chaussures. Puis il alluma le climatiseur dans la nuit encore tiède, et tira un fauteuil près du lit.

Une longue veille commença.

Couchée en chien de fusil sur le côté, Ria s'éveilla lentement, accrochée à un curieux sentiment de sécurité. Elle frotta sa joue sur l'oreiller qui charriait ce parfum si réconfortant et…

Sandor. Elle ouvrit les yeux d'un coup. Les prunelles noisette l'observaient, tendres et soucieuses.

— Qu'est-ce que…

Elle fronça les sourcils ; les souvenirs affleuraient… Soudain, tout lui revint en bloc. Le mépris de Betsey. Les mains d'un étranger, avides, sur ses hanches. Sandor volant à son secours… Et la tombe de son frère. Réelle, trop réelle… Il était enterré là. Il était vraiment mort. En dépit de tous ses efforts, elle ne pourrait jamais changer la fin de l'histoire…

Avec un cri de détresse, elle repoussa la couverture légère et se rua vers la porte.

Sandor lui barra la route.

— Non ! Lâchez-moi…

Si grand que fût son désir de fuir tout ce que cet

homme savait d'elle, Ria mourait d'envie d'abandonner la partie. De s'abandonner. De se jeter dans ses bras en suppliant...

Mais qu'attendait-elle au juste de lui ? Cela restait un peu flou dans sa tête. Sa force, sa compréhension ? Sa gentillesse ? Il les lui avait déjà offertes...

Elle sentit alors le corps de Sandor s'éveiller contre le sien — et comprit deux choses, instantanément. D'abord qu'il la désirait, que cela lui plaise ou non. Ensuite, qu'elle avait perdu tout amour-propre. Ici et maintenant, elle pouvait mettre un terme à sa quête éperdue et prétendre, pour un temps, qu'elle pouvait plaire à quelqu'un comme Sandor. Il l'aimait bien d'ailleurs, un petit peu, elle en était presque sûre... Ce n'était pas l'amour dont elle rêvait, mais elle était trop désenchantée pour continuer à courir après un idéal inaccessible.

Cessant de lutter, elle se hissa sur la pointe des pieds pour éprouver la fermeté de Sandor contre sa propre douceur.

Il se raidit et tenta de la repousser.

— Non, Ria.

Sans l'écouter, elle effleura ses lèvres d'un baiser, tout en ondulant des hanches contre son bas-ventre. Toujours pas de réaction...

Elle se dégoûtait. Cependant elle était tombée trop bas pour abdiquer maintenant. Elle n'avait plus rien à perdre. Son désarroi même l'incita à persévérer, bien qu'elle eût conscience de commettre une faute grave en souillant un homme pur avec son âme dévoyée. Cette pureté était un point de lumière qu'elle guignait depuis le fond de son gouffre obscur...

Comme elle insistait, faisant glisser des ongles légers

sur le torse musculeux, un long frémissement parcourut Sandor. Galvanisée, elle mordilla la base de la gorge…

Et tout bascula.

Il l'emprisonna dans ses bras puissants et scella leurs bouches en un baiser ardent, saturé de convoitise. Alanguie, Ria chaloupa de plus belle, si avide de ce qu'il avait à lui offrir que toute faculté de raisonnement l'abandonna. « Encore », disait son cœur. Mais Sandor se rejeta soudain en arrière, les yeux accusateurs, le souffle altéré.

— Je ne vous laisserai pas faire ça…

— Taisez-vous.

Elle revint vers lui, prête à ressusciter le moment trop vite évaporé, les yeux rivés à son regard où bouillonnaient pêle-mêle le désir et la peur, l'envie et le regret.

Sûr, elle avait les moyens de le convaincre. Pour preuve, elle s'agenouilla sur le parquet et s'attaqua à la fermeture Eclair du jean.

— Non ! Levez-vous, tout de suite !

Comme elle n'en faisait rien, il la releva de force.

— Arrêtez, Ria. Vous ne voulez pas réellement cela.

— Vous vous trompez, répliqua-t-elle. Je vous excite, n'essayez pas de le nier…

— Cela ne suffit pas, rétorqua Sandor contre toute attente.

— Entre adultes… Pas la peine d'en faire toute une histoire. On suit son instinct, c'est tout.

Comme il gardait le silence, Ria leva enfin les yeux. La pitié qui se lisait sur son visage la scandalisa.

— Je m'en vais, dit-elle.

Il plaqua la paume sur le battant.

— Ria… attendez, écoutez.

Sa voix était douce. Trop douce. Ria ne s'était jamais sentie aussi minable.

— Si vous m'empêchez de sortir, je vais crier jusqu'à ce que Billie appelle les flics.

— Je vous raccompagne.

— Soit, soupira-t-elle.

L'humiliation lui picotait les yeux. Sandor ne faisait pas mine de bouger… Qu'attendait-il ?

— Ecoutez, ne vous méprenez pas, Ria…

— Je n'ai plus la force de discuter, Sandor. Ouvrez cette fichue porte ou…

Ses nerfs la lâchèrent sans prévenir. Elle se rua sur Sandor et lui martela la poitrine de coups de poing rageurs, pleurant sa honte et sa souffrance. Alors, il la coinça de tout son long contre la porte.

— Ecoutez-moi, bon sang ! Je vous désire, bien sûr, mais ça ne suffit pas !

D'une grimace, Ria tenta de le convaincre qu'elle s'en moquait bien. Puis elle détourna les yeux tandis que Sandor poursuivait :

— Tant que vous ne vous considérerez pas comme quelqu'un de valable, il ne pourra rien se passer entre nous. Je ne veux pas que vous m'utilisiez pour vous cacher de vous-même !

— Allez au diable ! Je n'ai pas besoin de vous. Je n'ai besoin de personne !

Il lui lâcha enfin les poignets.

— Vous avez terriblement besoin d'amour, au contraire, ajouta-t-il à mi-voix, pourtant vous rejetez l'affection des autres parce que vous vous en jugez indigne. Mais c'est vous, qui faites obstacle !

Ria en demeura bouche bée.

— Ce n'est pas votre problème, que je sache ! se récria-t-elle. A présent, ouvrez cette porte.

Avec un soupir, il tourna la poignée et s'écarta du passage.

— Allons-y.

— Non, merci.

— Ce n'était pas une question.

Il ne la lâcha pas d'une semelle jusqu'au pied de l'escalier. Trop épuisée pour protester, Ria grimpa sans un mot dans le pick-up et laissa son regard errer dans la nuit.

Le trajet fut silencieux, pourtant l'atmosphère dans la cabine confinée était lourde de non-dits. Incapable de respirer, Ria abaissa sa vitre. En pure perte. Elle agrippa la portière, comme si cela pouvait l'empêcher de partir en vrille…

Le pick-up avait à peine stoppé devant l'allée qu'elle se précipita au-dehors. Elle tituba comme un ivrogne avant de recouvrer son équilibre.

— Ria…

Sandor la rattrapa sur le trottoir.

— Croyez-le ou non, mais je vous aime beaucoup.

Elle garda les yeux rivés au sol, frémissant du besoin de fuir l'inquiétude qu'elle percevait dans sa voix.

Sandor lui caressa les cheveux en soupirant et déposa un chaste baiser sur son front comme si elle était une enfant.

— Dormez un peu et nous parlerons… bientôt.

Ria garda le silence. Parler avec Sandor ? Jamais de la vie ! Il avait pitié d'elle et cela, elle ne le lui pardonnerait pas. Alors qu'elle s'était humiliée devant lui, il n'avait même pas la décence de dissimuler ses sentiments réels.

Elle qui pensait avoir touché le fond dans son aversion pour sa propre personne… Elle était loin du compte.

Elle monta l'escalier à pas mesurés, cherchant en vain une idée claire. Dans quelle direction aller. Quel but se fixer. Tout se mélangeait dans sa tête. Que faire, sinon tenter de dormir un peu en espérant que demain, peut-être…

— Que lui as-tu fait ?

Ria tressaillit. La lumière avait jailli dans la chambre…

— C'est quelqu'un de bien, reprit Cleo, le visage crispé par la colère. Pour tes petits jeux, choisis un autre homme !

Merveilleux, songea Ria en refoulant ses sanglots. Jugée coupable, d'emblée, par sa propre mère…

Comme toujours.

— Tu serais donc la seule à t'offrir un jouet, maman ? répliqua-t-elle du tac au tac.

— Ne me parle pas sur ce ton !

La rage déferla en une vague amère, qui la ragaillardit.

— Au début, siffla-t-elle, je soupçonnais Sandor, mais c'est ce type du café d'à côté, n'est-ce pas ? Il a au moins dix ans de moins que toi, maman. Ça ne te gêne pas ? Au moins, tu ne risques pas de te faire engrosser comme Vanessa.

A ces mots, le visage de sa mère perdit toute couleur.

— Quoi ?

Mal à l'aise, Ria battit en retraite.

— Rien.

— Non, répète ce que tu viens de dire.

Sa mère semblait aussi ravagée que Ria l'avait été en apprenant la nouvelle de la bouche de Betsey. Cette intimité soudaine avait quelque chose de dérangeant.

— Je ne…

— Vanessa est enceinte ?

Ria se remémora le désir qu'elle avait vu flotter entre ses parents. Il était si doux alors, d'espérer encore !

— Ecoute, je peux me tromper. Betsey était folle furieuse et m'a balancé cette nouvelle à la figure. Alors…

— Betsey aussi est au courant ?

Au grand désarroi de Ria, Cleo si belle, si fière, paraissait au bord de fondre en larmes.

— Maman, je… Pardon. Je n'aurais pas dû te le dire.

Sa mère s'éloigna tel un zombie vers la porte.

Ria chercha désespérément un moyen de se rattraper. Elle pouvait supporter l'acrimonie de sa mère, mais pas sa défaite.

— Papa t'aime, j'en suis sûre et certaine.

— Ça n'a pas d'importance. Rien… n'a d'importance.

Cleo se redressa avec de si grandes précautions que Ria eut très peur de la voir soudain s'effriter sous ses yeux.

— Je vais travailler très tôt, demain. Bonne nuit.

Ria fit un pas vers elle.

— Maman…

Cleo avait déjà disparu. Ria la suivit dans le couloir, à temps pour voir la porte de la chambre maternelle se refermer doucement.

« On se débrouillait très bien avant que tu réapparaisses », avait prévenu Betsey.

Ria s'adossa au mur, anéantie.

La veilleuse de la chambre de Benjy projetait un rai

de lumière sur le sol. Elle se dirigea de ce côté, avide du réconfort que lui apporterait la présence de son fils...

Tyrone souleva une paupière. Ria lui caressa les oreilles avant de se tourner vers Benjy. Elle remonta le drap sur ses épaules, goûta l'innocence de son sommeil profond et s'agenouilla à son chevet pour le regarder simplement respirer.

« Laisse-le ici... Offre-lui la vie qu'il mérite... » Betsey avait peut-être raison...

Quelle dette avait-elle envers sa mère ? Un enfant contre un enfant ?

Non !

Tout en elle se révoltait à cette pensée. « Je ne peux pas, ça me tuerait », songea-t-elle oppressée.

— Maman ?

Une petite voix ensommeillée lui fit relever la tête.

— Chut, poussin, murmura-t-elle. Dors.

— Je t'aime, maman.

Benjy referma les yeux. Ria pressa les lèvres sur son front, lui effleura les cheveux d'une main tremblante... et se sentit mourir à l'intérieur.

— Moi aussi, je t'aime, souffla-t-elle.

« Pitié, Seigneur ! Ne me demandez pas cela ! »

Tête penchée, un poing sous le front et l'autre serrant convulsivement la couverture, Ria s'effondra contre le lit de son enfant.

Sa prière monta vers un Dieu qui l'avait sûrement oubliée. Aurait-elle la force de prendre la juste décision pour la personne la plus chère à son cœur ?

13.

— Maman !

Le chuchotement pressant réveilla Ria en sursaut, bien qu'elle eût cherché en vain le sommeil jusqu'à l'aube.

Deux yeux bruns pleins de vie la fixaient depuis le bord du lit. Comme toujours, la vue de ce visage aimé amena un sourire sur ses lèvres. Elle roula sur le côté pour se rapprocher de son fils.

— Salut, toi… Tu as bien dormi ?

— Très bien. Maman, tu connais les *s'mores* ? Nana dit qu'on pourra en faire aujourd'hui, pour la soirée pyjama. Et Grammy dit que tu les adorais. Je lui ai dit que tu aimais le chocolat, mais les marshmallows fondants, je suis pas sûr, et…

Dans son excitation, il avait adopté un débit de mitraillette. Ria tendit les bras et le hissa sur le lit pour l'embrasser dans le cou.

— Arrête ! gloussa Benjy en gigotant.

— Tu es mon prisonnier, dit Ria en jouant des sourcils.

Elle lissa sa moustache imaginaire de pirate. Son fils éclata de rire.

— Mais tu peux racheter ta liberté avec un baiser !

197

Sans hésitation, Benjy se jeta au cou de sa mère et suivit sa suggestion. Pour autant, loin de s'échapper, il posa la tête sur son épaule...

Ria resserra les bras autour de lui, refoulant les souvenirs de la nuit dernière qui profanaient le plaisir de ce tête-à-tête.

— Je t'aime, maman.

Elle ferma les yeux très fort et pensa : « Je ne peux pas, Bets. Il est la seule chose que j'aie faite correctement dans ma vie. Si tu pouvais nous voir tous les deux, tu serais sûrement d'accord. »

Mais au même instant, l'odeur du bar, qu'elle pensait avoir effacée de ses cheveux, flotta dans ses narines. Elle se revit provoquant Sandor. Puis foudroyant sa mère...

La montagne de ses péchés lui apparut comme un sommet imprenable. Par où commencer à réparer les dégâts ? Pourquoi quiconque l'en croirait-il capable ?

— Maman, tu me serres trop fort.

— Pardon.

Avec un frisson, Ria écarta les bras et rampa péniblement hors du marécage de ses regrets en s'accrochant au sourire de Benjy comme à un rivage sûr.

— Alors, qu'aimerais-tu faire aujourd'hui ?

— Tu ne dois pas aller travailler ?

Un sourire triste étira les lèvres de Ria. Sandor n'était pas près de souhaiter sa présence auprès de lui.

— Non ! Nous avons toute une journée de libre devant nous. Que souhaiterait maître Benjy ?

Son fils ne répondit pas tout de suite. Il réfléchissait intensément...

Peu importait à Ria le vœu qu'il formulerait. Si c'était humainement possible, elle trouverait le moyen de l'exaucer.

Tout était dû à cet enfant, ce miracle qu'elle n'avait pas mérité, qu'elle ne mériterait sans doute jamais…

— Alors ? dit-elle.

— Tout ce que je veux ? s'informa Benjy avec gourmandise.

— Sauf si je dois braquer une banque pour te l'offrir.

Benjy sourit. Puis il égrena ses souhaits.

Le visage sombre, Sandor pénétra dans le restaurant et lâcha sur le ciment la boîte de clous qu'il tenait dans les mains.

Le bruit lui déchira les oreilles. Refoulant son irritation, il cala les mains sur les hanches et promena le regard autour de lui.

Elle était partout, bon sang !

Combien de fois s'était-il réveillé en sursaut dans son sommeil agité, pensant à elle et se rongeant les sangs… Il se rejouait sans cesse dans sa tête ces moments avec elle, il revivait la tourmente de ses émotions…

Sympathie, quand Betsey l'avait agressée, impatience devant sa défaite… Et colère, sainte colère, à la vue du visage de ces pervers et de leurs mains vagabondes, mais surtout du peu de prix que Ria semblait attacher à sa vie.

Les cicatrices à ses poignets témoignaient de sa désespérance. L'estomac noué, Sandor songea qu'un seul obstacle l'empêchait de réessayer d'attenter à ses jours. Son enfant… Lui seul faisait barrière entre elle et sa destruction — et maintenant elle doutait de son droit d'être avec lui !

La profondeur du mépris qu'elle vouait à sa propre

personne terrifiait Sandor. Ria était effroyablement fragile.

Néanmoins, elle avait fait preuve d'un courage insigne en protégeant son fils, puis en revenant ici affronter ses démons. Jamais, dût-il vivre cent ans, Sandor n'oublierait la terreur qui l'avait saisie devant la tombe de son frère et le cran qu'il lui avait fallu pour s'y confronter, même si son corps l'avait trahie.

Quant à la manière dont son corps à lui l'avait lâché, devant les provocations de Ria... Il avait cru devenir fou de désir. Une telle réaction était impardonnable.

Sandor n'y comprenait plus rien. Jusque-là, ses relations avec les femmes, réduites à un strict minimum, ne lui avaient jamais posé problème. Pourquoi celle-ci le troublait-elle au point qu'il n'y voyait plus clair dans ses propres mobiles ? Son dévouement envers Cleo aurait pourtant dû faciliter son choix... Plus il la fréquentait, plus cette fille brouillait ses repères. Ria le déroutait, l'exaspérait... et ne cessait de l'inquiéter.

Il éprouvait à son égard une compassion réelle, qu'elle n'avait aucunement cherchée d'ailleurs, loin de là, puisqu'elle la refusait tout net. Il l'admirait aussi, au-delà du raisonnable. En fait... il l'aimait bien.

Ce que Sandor aimait moins, c'était l'effet qu'elle provoquait chez lui. Elle semblait toucher, au plus profond de son cœur, une corde que personne d'autre n'avait su faire vibrer. Et toutes ses antennes se trouvaient en alerte maximale.

Il ne pouvait pas éprouver de sentiments pour elle. Il ne pouvait même songer un instant à...

Non. L'amour était exclu de ses projets. Le moment

n'était pas encore venu de s'engager, surtout envers une femme à l'équilibre aussi précaire que Ria Channing.

— Tu vas rêvasser comme ça jusqu'à ce soir, mec, ou on se met au boulot ?

Sandor pivota promptement vers Jérôme, lequel fronça les sourcils.

— Hé… Tu n'as pas l'air dans ton assiette. Qu'est-ce qui ne va pas ?

Sandor se frotta les joues.

— Rien, répliqua-t-il. Je suis… content de te voir.

— On dirait pas.

— J'ai la tête ailleurs, mais ce n'est pas important, dit Sandor en se détournant.

— Ria, n'est-ce pas ?

Sandor se rembrunit.

— Pourquoi dis-tu ça ?

— Elle m'avait promis de revenir si je revenais aussi. Mais elle n'était pas là hier et aujourd'hui non plus. Il y a un truc qui cloche, et quelque chose me dit que ça se joue entre vous deux.

— Tu n'es qu'un gamin, tu ne peux pas comprendre ce genre de choses !

Jérôme leva les yeux au ciel.

— Je suis peut-être jeune, mais je ne suis pas aveugle. Tu l'as dans la peau, pas vrai ?

— Tu te trompes. Je ne la désire pas. Elle est trop instable pour vivre une relation.

— Bah ! Tu peux toujours continuer à faire comme si elle ne t'intéressait pas, moi, j'ai bien vu comment tu la regardes. Elle t'a dragué, en plus, ajouta Jim en souriant. Tu n'es pourtant pas du genre facile à amadouer. On dirait qu'elle est plus forte que…

— Nous avons du travail, l'interrompit Sandor. Est-ce que tu as mangé ?

— Le travail avancerait plus vite si tu allais la chercher...

Devant le regard noir que lui lança Sandor, Jim leva les mains.

— O.K. ! C'est toi le patron. Et oui, je casserais volontiers la croûte.

Sandor n'irait pas chercher Ria. Si elle sollicitait du travail, il lui en donnerait. Mais après la nuit dernière, elle n'aurait sûrement pas envie de le voir et c'était aussi bien ainsi.

Il glissa un bras autour des épaules de son jeune apprenti.

— Viens, le camion à pizzas est garé au coin de la rue.

Constatant que Jim ne refusait pas le contact, Sandor se sentit récompensé de ses efforts et songea que peut-être, le temps et la distance feraient aussi du bien à Ria en lui laissant une chance de se poser.

Lui aussi, aurait tout intérêt à prendre du recul. A son vif désarroi cependant, il s'aperçut qu'il n'en avait aucune envie.

Après la douche, vite habillée et les cheveux encore humides, Ria se dirigea avec entrain vers le premier étage pour aller chercher Benjy et démarrer cette journée de jeux.

Elle entendit sa voix dans la chambre de Lola et s'approcha pour jeter un coup d'œil par la porte entrebâillée.

— Benjamin chéri, donne-moi ta main, disait Lola.

Benjy leva les yeux de son perchoir, en l'occurrence la coiffeuse sur laquelle il avait aligné les tubes de rouge à lèvres et les petits flacons de vernis à ongles comme autant de petits soldats.

— Une seconde… Je dois les ranger en ligne.

— C'est absurde, chéri. Rien n'est droit dans la vie. Les rares moments intéressants de l'existence sont sinueux et imprévisibles.

— Qu'est-ce que ça veut dire, Grammy ?

— Eh bien… Que les meilleures choses sont souvent compliquées.

Elle lui saisit le menton et tourna sa tête à droite puis à gauche.

— Magnifiques pommettes ! Elles rendront très bien sur les photos.

Benjy pouffa de nouveau.

— Tu es bête, Grammy.

— Et toi, tu es un futur bourreau des cœurs, répliqua Lola en déposant un baiser sur le bout de son nez. Mais ne t'inquiète pas, Grammy t'apprendra tout ce qu'il faut savoir pour se comporter en galant homme avec les femmes.

Là-dessus elle prit sa main et l'examina attentivement.

— Je suis gentil avec maman, avec tante Cammie, avec toi et avec Nana Cleo…

Il s'interrompit net et se mordit la lèvre. Lola, comme Ria depuis le seuil, avait perçu le changement de ton.

— Oui, Benjy ?

Le visage de l'enfant affichait une gravité presque inquiétante pour son âge.

— Tante Betsey ne m'aime pas, hein ?

Ria baissa la tête. Pourvu que sa grand-mère trouve une réponse satisfaisante…

Mais Lola était occupée à suivre de l'index la ligne de vie de Benjy. Elle utilisait tous ses doigts comme des pantins miniatures dansant sur la paume. Avec un petit rire, Benjy dégagea vite fait sa main.

— Ah, ce jeune homme craint les chatouilles ! Hmm, qu'allons-nous lui faire ? Houhouhou ! chantonna Lola dans sa meilleure imitation de la Sorcière de l'Ouest.

Benjy poussa un petit cri et se mit à courir dans la chambre, poursuivi par Lola qui battait furieusement des cils, les doigts repliés comme des griffes. Un rire nerveux secouait le garçon, mais ses yeux étincelaient.

Lola le saisit par la taille et l'assit de force pour mieux lui chatouiller le dos. Benjy se trémoussait dans tous les sens, pris de fou rire. Comme ils roulaient ensemble sur le sol, la perruque rousse de Lola vola sur le parquet ciré…

Benjy s'immobilisa, bouche bée.

— Tes cheveux !

Son regard ahuri alla de la perruque à sa grand-mère.

— Tu as deux paquets de cheveux !

Avec un sourire, Lola ramassa son bien et souleva Benjy pour l'installer sur le petit banc devant la coiffeuse.

— Cela s'appelle une perruque, chéri.

Puis elle plaça l'objet sur la tête de son petit-fils. La profusion de boucles rousses lui donnait l'air d'un clown miniature.

— Tu vois ? C'est une sorte de déguisement.

Benjy retira prestement la perruque et la tint à bout de bras comme s'il s'agissait d'un rat mort. Il l'étudia avec

204

le plus grand sérieux avant de la remettre sur sa tête. De travers.

— Je ne me suis jamais déguisé, dit-il.

Consternée, Ria appuya le front contre le chambranle.

— Alors, tu as raté quelque chose, se désola Lola. Ne t'inquiète pas, nous rattraperons un jour le temps perdu.

— Comment on fait ?

— Tu fais semblant d'être quelqu'un d'autre, celui que tu veux, et tu t'habilles comme lui.

— Qui es-tu, toi, alors ?

Lola éclata de rire et lui tapota l'épaule.

— Ah, mais nous avons aussi l'esprit vif ! Qui suis-je ? Hmm… Cela dépend des jours, dit-elle en examinant ses cheveux blancs taillés court.

Elle ouvrit son armoire et plongea le bras à l'intérieur.

— Aujourd'hui, à mon avis, Ginger Rogers s'impose. Voudrais-tu être Fred Astaire ?

Benjy plissa le front.

— Qui est-ce ?

Lola parut profondément choquée.

— Tu ne connais pas Fred ? Le plus grand danseur de tous les temps ?

Et d'attraper Benjy pour le faire tourner autour du lit, un bras tendu devant dans la position du cavalier, les petits pieds se balançant dans le vide…

— Le couple qu'il formait avec Ginger, c'était de la poésie en mouvement. Lui et moi, précisa Lola sur le ton de la confidence, avons partagé une danse toute spéciale, lors d'une soirée merveilleuse. Bien entendu, nous n'en avons touché mot à personne. Les cadors des studios ne plaisantaient pas.

Ria esquissa un petit sourire malgré la souffrance qui l'étreignait. Lola avait toujours régalé son entourage avec ses prétendues liaisons torrides…

Benjy, bien sûr, ne releva pas. Il fixait le plafond d'un air épanoui.

— Ça tourne, Grammy ! Je me sens tout bizarre à l'intérieur ! J'adore jouer à Ginger et Fred, déclara-t-il avant d'éclater de rire.

Il s'amusait tellement…

Ria avait essayé de partager ces plaisir-là avec lui — mais à Los Angeles, elle consacrait tant d'énergie à parer aux nécessités de la vie que le jeu passait par force après le reste…

— On recommence ?

Le son de la voix de son fils l'apaisa un peu. Dans le miroir, elle aperçut Lola allongée en travers du lit, les yeux clos, un bras sur le front.

— Plus tard, si tu veux bien, chéri. Grammy a besoin de se reposer pour le moment.

Ria s'apprêtait à entrer lorsqu'elle vit Benjy se pencher sur la vieille dame d'un air inquiet. La perruque glissa de sa tête et tomba sur la poitrine de Lola.

— Je peux te border, si tu veux. Je resterai tranquille, comme avec maman. Elle est fatiguée parfois, alors je dois être un grand garçon…

Ria eut brusquement envie de disparaître sous les lattes du plancher. Seigneur ! Elle n'avait pas réalisé à quel point la petite enfance de Benjy avait été gâchée…

— Je vais tout à fait bien, le rassura Lola en lui caressant les cheveux tandis qu'il se blottissait contre elle. Et tu n'as pas besoin de te tenir tranquille. A présent que tu habites ici avec nous, tu n'as plus besoin de veiller sur qui que ce soit. Nous formons une seule et même famille, Benjy !

Par-dessus l'épaule du petit, Lola croisa le regard de Ria qui s'était figée sur le seuil. Sa compassion évidente ne fit que souligner les carences dont sa petite-fille s'était rendue coupable.

— Maman dit que les familles, quelquefois, ne s'entendent pas bien. Tante Betsey ne nous aime pas, maman et moi, n'est-ce pas ? Et Nana Cleo et maman se disent des choses méchantes. Sauf qu'elles ont chanté ensemble. Est-ce qu'elles sont encore fâchées ?

Ria esquissa un mouvement de recul. Sa grand-mère secoua légèrement la tête, comme si elle devinait son envie de fuir.

— Elles s'aiment, Benjy, déclara-t-elle. Profondément. Et personne n'est fâché contre toi. Tu n'as rien fait de mal. Parfois les adultes s'embrouillent… Ils se disputent et ils finissent souvent par oublier pourquoi.

Chacun de ces mots semblait directement adressé à Ria. Benjy émit un grognement incrédule.

— C'est idiot !

— Tu as raison, confirma Lola en souriant.

— Ce n'est pas si difficile… Il n'y a qu'à dire « je t'aime » !

Ria baissa la tête, accablée. Elle sentit le regard de sa grand-mère peser sur ses épaules…

— Quelquefois, nous nous compliquons la tâche. Et les familles perdent de vue l'essentiel.

— Je t'aime, Grammy, dit alors Benjy.

Les yeux de Lola s'embuèrent.

— Moi aussi je t'aime, mon petit, dit-elle dans un souffle en le berçant doucement.

Beaucoup de monde ici l'aimerait. Ria s'éloigna, les laissant seuls un moment encore.

Elle eut tôt fait de reprendre ses esprits. Après avoir essuyé ses larmes, elle chassa résolument le fouillis de ses pensées vers le recoin le plus sombre de son esprit.

Cette promesse faite à Benjy, elle comptait bien la tenir.

Ensemble, ils se rendirent au musée des Enfants, prirent le petit train du Zilker Park, goûtèrent dans la cuisine mexicaine de chez Chuy's où Benjy s'émerveilla devant les représentations d'Elvis, les poissons de bois sculpté suspendus au plafond et les enjoliveurs décorant les murs... Leur tournée des grands ducs s'acheva chez un glacier différent de celui dans lequel Malcolm avait emmené Benjy et ses cousines.

Le petit avait les paupières lourdes lorsque Ria prit à contrecœur le chemin du retour. Il pourrait ainsi faire une courte sieste en prévision de la soirée de fête qui l'attendait. En un sens, elle aurait préféré le garder pour elle et continuer à conduire en laissant tout derrière eux — son histoire à elle, la souffrance, les doutes... Mais ce serait recommencer comme à L.A. Faute d'économies, elle serait contrainte de travailler à plein temps et de trouver une garderie quelconque pour Benjy, et encore, si ses maigres qualifications lui permettaient de trouver un emploi décent...

Aussi ramena-t-elle sagement son fils à la maison. Cette

maison qui n'était pas la sienne mais qui de jour en jour, devenait davantage un refuge pour lui.

Pendant qu'il dormait, elle aida tante Cammie à confectionner une salade de pommes de terre et un gâteau, fit quelques courses, balaya le porche et la véranda — tout, plutôt que de se morfondre à la perspective d'affronter de nouveau sa mère, et sa sœur...

A son retour, Cleo trouva Benjy de nouveau en pleine forme. Par bonheur, il n'eut pas conscience de servir de tampon entre la mère et la fille. Cleo fit preuve d'une politesse scrupuleuse à l'égard de Ria, qui lui rendit le même service. L'une et l'autre bavardèrent avec Benjy, tante Cammie et Lola, tout en évitant de s'adresser la parole.

Lorsque Betsey arriva avec ses filles, Ria se trouvait dans le jardin avec Benjy. Elle se borna à agiter la main pour saluer de loin sa sœur, qui en fit autant avant de repartir. Puis elle se chargea de superviser les jeux des enfants dans la cabane. Cleo ne s'aventura hors de la cuisine que le temps de vérifier l'approvisionnement en charbon de bois du barbecue installé dans le temps par Malcolm.

Une fois lassés de jouer aux aventuriers, les trois petits se rabattirent dans le salon. Peu après, de grands cris de joie s'élevèrent.

— Gramps, regarde !
— Gramps, tu sais quoi ?
— Viens voir, Gramps...

Ria ne put s'empêcher de sourire. Malcolm Channing était le meilleur papa du monde. Si sa propre vie avait mal tourné, il n'y était pour rien. Aucun autre père n'aurait déployé plus d'amour et d'efforts que lui pour la sauver du néant qui l'aspirait.

Son petit-fils se précipita à sa rencontre, un sachet de saucisses à la main.

— Gramps ! Maman va avoir besoin de ton aide pour la grille du barbecue !

Lorsqu'il pénétra dans la cuisine, Ria perçut tout de suite la tension qui planait entre ses parents. Le désir de Malcolm ne souffrait pas le doute, mais Cleo s'obstinait à décourager toute allusion intime. Ria sentit le rouge de la honte lui monter au front. Elle était l'unique responsable de cette situation.

Benjy surgit bientôt sous la véranda, suivi de Malcolm. Ria leva à peine les yeux, de peur de croiser le regard de son père.

— Bonsoir, dit-il en déposant un baiser dans ses cheveux.

— Bonsoir, papa.

Tête baissée, elle se concentra farouchement sur la grille qu'elle essayait en vain de déplier.

— Tu vas bien, chérie ?

Elle ne répondit pas. Les remords lui serraient la gorge… Son père finit par lui prendre la grille des mains, et l'entraîna à l'écart dans le jardin.

— Qu'est-ce qui se passe ?

— Rien…

Il lui souleva le menton du bout des doigts.

— Je ne te crois pas.

Sa voix était si douce, si tendre que Ria eut envie de pleurer.

— Tu as su, pour le bébé, murmura-t-il. Je me trompe ?

Elle ne put que hocher piteusement la tête.

— Ta mère aussi ?

— Papa, je suis désolée… Je n'avais pas l'intention de le lui dire. J'étais en colère et très fatiguée…

Un soupir lui échappa.

— En fait, je n'ai aucune excuse. Je passe mon temps à faire du mal aux gens ! Maman t'aime, dit-elle soudain en lui agrippant le bras. J'en suis certaine… Tu l'aimes encore, toi aussi, n'est-ce pas ?

Le chagrin assombrit le regard de Malcolm.

— Même si c'était vrai, cela ne changerait rien.

Si seulement elle pouvait réparer les dégâts, retirer les mots prononcés trop vite, sous le coup de la colère… Il méritait tellement mieux !

— Maman ! appela Benjy. On est prêts à faire griller les hot dogs ! Gramps, viens me montrer.

Ria se détourna pour regagner la véranda, puis s'arrêta.

— Elle est bouleversée, papa, mais il y a sûrement un moyen… Je suis désolée d'avoir aggravé les choses, ajouta-t-elle en baissant la tête. De toute façon, je ne m'attends pas à ce que tu me pardonnes.

— Ria…

Refusant la main que lui tendait son père, Ria s'en alla rejoindre Benjy.

L'ambiance n'était plus à la fête ce soir-là. Cependant le don du spectacle de Lola vint à la rescousse. Tandis que Ria et ses parents s'efforçaient de faire bonne figure pour le bien des enfants, celle-ci prit les choses en main jusqu'à l'heure du coucher.

Les *s'mores* remportèrent un franc succès, bien qu'il y eût au bout du compte autant de chocolat et de guimauve sur les joues et les doigts des petits gourmands que dans leurs bouches. Malcolm joua les montures infatigables et si Cleo passa tout son temps ou presque dans la cuisine, Ria ne put l'en blâmer. L'atmosphère était électrique.

Quant à Ria, elle prit Benjy sur ses genoux aussi souvent qu'il le lui permit et proposa quelques jeux à ses nièces, sans trop insister ; leurs regards gênés prouvaient qu'on les avait mises en garde contre leur tante.

Après le bain, les enfants s'installèrent dans les sacs de couchage disposés dans la chambre de Benjy. Cleo leur lut deux histoires, Lola et Cammie étant parties se coucher tôt.

Ils se retrouvèrent ensuite tous les trois au rez-de-chaussée. Après quelques pénibles minutes consacrées au rangement du salon, et faute d'avoir trouvé un moyen plus approprié de se racheter, Ria décida que le plus sage était de laisser Cleo et Malcolm en tête à tête, afin qu'ils puissent discuter.

Son père la serra dans ses bras. Sa mère lui souhaita bonne nuit en évitant de la toucher. Le malaise ambiant lui rappela d'autres scènes du passé, quand elle se fâchait avec sa mère et que Malcolm se trouvait pris entre deux feux, impuissant et résigné. Elle monta dans sa chambre en se disant que rien, sans doute, ne serait jamais différent tant qu'elle resterait auprès d'eux.

Impossible de fermer l'œil, malgré le manque de sommeil après sa dernière nuit pour le moins agitée. Des éclats de voix étouffés lui parvenaient depuis l'étage inférieur...

De guerre lasse, elle rejeta les couvertures. Cherchant

toujours un moyen de se racheter, elle se faufila dans le couloir et s'avança jusqu'au palier.

— Blanche, je voulais te l'annoncer moi-même, mais je ne savais pas comment m'y prendre...

— Tu ne me dois aucune explication. Ta vie est ailleurs, maintenant, avec Vanessa et bientôt ce bébé. Je suis... contente pour toi, Malcolm.

Un silence, puis :

— Je vous souhaite tout le bonheur possible.

— Cleo, regarde-moi !

— Tu devrais partir, Malcolm. Maintenant. Tu n'as plus rien à faire ici.

— Mais tu ne comprends pas... Je n'aime pas Vanessa. C'est toi que j'aime !

A ces mots, le cœur de Ria battit plus fort.

— Malcolm ! Comment peux-tu me dire une chose pareille ? Comment oses-tu...

— Je devine ce que tu penses, mais tu te trompes. Vanessa ne veut pas de ce bébé. Il n'y a pas d'amour entre nous. Nom d'un chien, Cleo, écoute-moi ! J'ai besoin de ton aide.

— Lâche-moi, Malcolm.

— Daignerais-tu enfin m'écouter ? Allons, cesse de te tortiller... Tu n'as pas pu oublier comment se finissaient toutes nos querelles, ajouta Malcolm d'une voix sourde.

Ria écarquilla les yeux. La pudeur l'incitait à regagner sa chambre... Mais sa mère accueillit fraîchement cette ébauche d'intimité.

— N'y songe même pas ! gronda-t-elle.

— Tu crois que je n'ai pas conscience de l'absurdité de la situation ? S'il te plaît, Cleo. D'accord, je ne te touche plus. J'ai seulement besoin d'une amie… Tu es la personne au monde qui me connaît le mieux.

Malcolm poursuivit d'une voix tendue :

— Je ne mérite pas ta sympathie, je le sais. Je t'ai laissée tomber de la pire des façons pour quelqu'un qui prétend aimer. Cette souffrance, insupportable… J'aurais dû trouver une façon de la surmonter avec toi.

« Papa ! gémit Ria en son for intérieur. Ce n'était pas ta faute ! »

— Ne t'en veux pas trop, Malcolm. Pour briser un mariage, il faut être deux. J'ai laissé mon chagrin devenir plus important que n'importe lequel d'entre vous. Et c'est moi qui t'ai demandé de partir…

— Je me suis convaincu que tu serais plus heureuse sans moi. Nous n'arrêtions pas de nous renvoyer la faute. Les blessures ne pouvaient se refermer, puisque le dialogue était rompu entre nous. Elles se rouvraient sans cesse…

— Peut-être que ce n'était la faute de personne. Seulement un cruel, un terrible coup du sort… Nous avons tout essayé avec Ria. Tant d'efforts, pour rien, soupira Cleo avec une lassitude résignée qui tordit le cœur de Ria. Peut-être que nous n'avions aucun moyen de l'atteindre.

L'un et l'autre gardèrent le silence un moment.

— Je suis dans un drôle de pétrin, Blanche.

— Que veux-tu dire ?

— Vanessa souhaite avorter. D'ici à après-demain, je dois trouver une solution avec laquelle nous pourrons vivre l'un et l'autre. Elle ne voulait pas d'enfants et elle n'a aucune envie d'interrompre sa carrière maintenant.

Il eut un petit rire sans joie.

— Quelle ironie ! Dire que dans le temps, j'étais le premier à défendre le droit des femmes à disposer de leur corps ! Maintenant que je suis concerné au premier chef, tous mes principes s'écroulent…

— C'est naturel, tu adores les enfants. Tu as toujours été un père merveilleux.

— Je… C'est comme si une seconde chance m'était offerte, Cleo. Un autre enfant pour…

— Tu ne remplaceras jamais David, coupa Cleo d'une voix dure.

— Tu te figures peut-être que je ne le sais pas ? s'écria-t-il. Mais durant des années, j'ai été hanté par les regrets. Tout ce que j'aurais dû dire ou faire avec David, mais aussi avec les filles, avec toi…

— On ne peut pas récrire le passé, Malcolm. Tous les parents ont des regrets. Même avec ce nouvel enfant, tu commettras des erreurs. Vanessa et toi vous aurez des disputes, comme nous…

— Vanessa ? Jamais elle ne rentrera dans ce jeu-là, elle me l'a déjà clairement fait comprendre. Je dois juste trouver un moyen de la convaincre de mener ce bébé à terme.

Malcolm fit une courte pause avant d'ajouter :

— Tu me prends pour un fou ? Attends d'entendre l'idée qui m'est venue…

— Oui ?

— Dès la seconde où j'ai appris l'existence de cet enfant, je n'ai pensé qu'à la mère magnifique que tu es, à la chance qu'aurait ce bébé d'être élevé par toi…

Là-haut, Ria ouvrit de grands yeux.

— Malcolm, comment peux-tu suggérer… C'est insensé ! Espèce d'égoïste, de…

— Je comprends. Sincèrement, je te jure. C'est hors de question. Oublions cela. Mais je mentirais en prétendant que je ne l'ai pas souhaité, Blanche. Parce que c'est vrai, tu as plus d'amour dans tes dix doigts que Vanessa dans son corps tout entier.

— Je ne sais vraiment pas quoi te dire.

— Pour être honnête, je ne t'en voudrais pas de me mettre à la porte séance tenante. Il n'empêche, tu serais la plus belle chose qui puisse arriver à ce bébé. Nous formons une fameuse équipe…

La voix de Malcolm se teinta d'amertume.

— Quel rêveur incorrigible je fais ! Mais avant de me jeter dehors, s'il te plaît, aide-moi à trouver un argument pour faire comprendre à Vanessa ce dont elle va se priver. Je t'en supplie. Je suis à court d'idées. Moi je ne mérite pas ta considération, mais ce bébé est innocent…

Cleo demeura un temps silencieuse. Lorsqu'elle reprit la parole, son humour étonna Ria.

— Nous avons eu bien des conversations étranges au cours de notre vie commune, Malcolm Channing, mais celle-ci est de loin la plus surréaliste.

— En effet. Souffle-moi la formule magique…

— Si tu comptes persuader cette femme, c'est avec elle que tu dois passer du temps, pas avec moi. Tu ne l'aimes peut-être pas aujourd'hui, mais cela ne signifie pas qu'un lien d'affection ne puisse pas grandir entre vous. Concentre-toi sur ce qui te plaît chez elle, ce sera un bon début.

— Mais elle n'est pas la femme qui possède mon cœur… Bon sang, c'est injuste !

Même Ria sentit la souffrance tournoyer dans le silence revenu.

— Malcolm…

— Tout cela me tue. Comment pourrais-je te laisser une nouvelle fois, Blanche ?

Un cri d'angoisse lui fit écho.

— S'il te plaît ! Je ne peux pas... Ce que nous voulons n'a aucune importance. Tu pourrais en aimer une autre un jour...

— C'est impossible, tu es la seule pour moi. Notre histoire ne peut pas se terminer comme ça !

— Elle est terminée depuis longtemps, dit Cleo d'une voix altérée. Ce que nous avions a disparu.

— Tu te trompes ! Moi je n'ai jamais cessé de t'aimer, et toi... Ce serait donc ce... ce gosse avec qui tu étais ? Blanche, balbutia-t-il, est-ce que tu es amoureuse de lui ?

— Non. Le problème n'est pas là. L'important, aujourd'hui, ce n'est pas nous, ce n'est pas le passé, c'est cet enfant, Malcolm.

— Cleo... Blanche...

Ria contenait ses larmes à grand-peine. Sur les lèvres de son père, ce prénom tremblait comme une prière.

— Je pourrais te tenir dans mes bras ? Juste une fois ?

— Non ! cria sa mère. Malcolm, non... Ce serait encore pire ensuite.

— Pardon, soupira-t-il. Je m'en vais.

Ria entendit les pas de son père s'éloigner vers la porte principale.

— J'aimerais revenir voir Benjy le plus souvent possible, dit-il encore. Je m'assurerai que tu ne seras pas là.

La porte se referma derrière lui.

Seule Ria entendit la plainte d'animal blessé qui suivit son départ.

— Malcolm, mon amour...

Ria se laissa choir sur la première marche, glacée par l'angoisse de sa mère, par son chagrin, par la perte qu'elle était en train de subir avec cette séparation irrévocable...

En l'entendant pleurer tout bas, Ria faillit descendre la rejoindre, avant de se raviser. Elle était la dernière personne que Cleo aurait envie de voir.

Elle se releva avec lenteur et battit en retraite vers sa chambre. Dans le lit, elle fixa l'obscurité et fit le compte de ce que ses transgressions avaient coûté comme d'autres dénombrent les moutons pour s'endormir.

Le bilan était lourd, plus lourd qu'elle ne l'avait cru, presque indécent. Elle ne s'était pas trompée en affirmant à Sandor qu'il n'y avait pas de pardon possible pour elle.

A supposer, même, que sa famille le lui accorde... Jamais elle ne serait capable d'en faire autant.

Le sommeil ne venait pas. Il lui suffisait de fermer les yeux pour revoir le visage décomposé de sa mère et la tristesse de son père, en dépit des sourires affichés ce soir par égard pour les enfants.

Elle tenta de se convaincre que Cleo aurait découvert tôt ou tard la vérité... Mais il était plus difficile aujourd'hui qu'hier de se mentir. Malcolm aurait annoncé la nouvelle avec diplomatie, de manière à amortir le coup — tandis qu'elle, avait poignardé sa mère en plein cœur.

D'un geste vif, Ria rejeta les couvertures. Si elle avait un jour douté de son rôle dans la rupture de ses parents, il n'était plus possible de se faire des illusions. Leur amour était exceptionnel, une passion comme en vivent de rares privilégiés. Alors qu'elle leur en avait fait voir de toutes les couleurs des années durant, ils avaient tenu le cap contre vents et marées... Mais la dernière tempête leur avait été fatale. A la mort de David, le navire avait fini par chavirer.

Elle revit la tombe de son frère, découpée dans le clair de lune. Sandor devait croire qu'elle avait eu peur de s'en approcher, mais ce n'était pas ça. Elle n'en avait tout simplement pas gagné le droit.

Son regard dévia vers la fenêtre et la rue paisible, plongée dans l'obscurité. Aller au Joe's Place ? Ce n'était pas une solution idéale pour échapper au désordre de ses pensées. De plus, Sandor s'y trouverait peut-être et elle ne souhaitait rencontrer personne de sa connaissance.

Aller courir un peu ? A une époque, c'était son activité préférée. Elle gagnait tous les cross organisés à l'école primaire, surclassant même les garçons. Au collège, elle était imbattable en endurance, son entraîneur lui avait même fait miroiter une bourse d'université à condition de poursuivre ses efforts... Le sort en avait décidé autrement.

Après la naissance de Benjy, elle partait souvent courir sur la plage ou dans les parcs pour retrouver sa silhouette. Cette capacité exhumée de son ancienne vie l'avait aidée à tenir le coup. Tant que Dog Boy n'était pas trop malade, elle couvrait plus de six kilomètres chaque jour...

En cette nuit de mélancolie, elle éprouva le même besoin de se vider la tête. Après s'être vêtue rapidement, elle se faufila dans l'escalier et s'apprêtait à sortir lorsque des murmures lui parvinrent.

Qui pouvait être encore debout à cette heure ? Les voix provenaient du bureau attenant à la cuisine...

Sa grand-mère avait les yeux vissés sur l'écran de la télévision dont le son était réglé au minimum.

— Lola ? Une panne de sommeil ?

Celle-ci se retourna et sourit en tapotant les coussins à côté d'elle.

— C'est le dur lot des seniors. Je pourrai toujours me reposer après ma mort ! Viens donc me tenir compagnie, ma grande, et admirer ma jeunesse.

Ria s'installa sur le vieux sofa, intriguée.

— Tu jouais dans ce film ? Je ne m'en souviens pas...

— Non, mais regarde-le !

Lola lui désigna un acteur qu'elle ne reconnut pas, un homme plaisant mais assez ordinaire.

— Qui est-ce ?

— Leo Markowitz. La plus grave erreur de ma vie.

— Pourquoi dis-tu ça ? Est-ce qu'il t'a fait du tort ?

— Non. C'est lui qui a souffert par ma faute. Ce cher homme, si merveilleux, voulait m'épouser et adopter Cleo. Mais je me doutais qu'il ne parviendrait jamais en haut de l'affiche.

Très émue, Lola poursuivit :

— J'ai toujours visé les stars... Et comme j'avais la tête dans les étoiles, je n'ai pas vu que Leo m'aimait sincèrement. Je l'ai envoyé promener alors qu'il était l'être le plus précieux qui ait jamais croisé ma route... Cleo l'adorait, soupira-t-elle. Il faisait preuve avec elle d'une patience infinie. A supposer que nous ayons eu une flopée d'enfants, il l'aurait toujours considérée comme sa propre fille.

Sa grand-mère semblait si triste, si différente de l'irréductible et pétillante Lola, que Ria lui prit la main.

— Vous vous êtes très bien débrouillées, toutes les deux !

Lola secoua la tête.

— J'aurais dû lui offrir un foyer stable, où planter ses racines. Elle rêvait d'avoir une famille et une maison à elle. Voilà pourquoi elle a gardé celle-ci, même quand elle s'est retrouvée seule. A défaut d'épouser Leo et de m'installer avec lui, j'aurais dû envoyer Cleo chez mes parents, dans le Kansas. Elle méritait beaucoup mieux que ce que je lui ai offert, avec mes châteaux en Espagne…

Ria songea soudain à ce que lui avait dit Betsey. « Ce petit est innocent et mérite le meilleur »… Elle pressa fièvreusement la main de sa grand-mère.

— Ne sois pas si sévère avec toi-même…

— Ce n'est qu'un remords de plus avec lequel je suis condamnée à vivre. Je me suis crue obligée de garder ma fille avec moi, au nom de l'amour maternel… Mais la vérité, c'est que j'avais peur de vivre sans elle. Du coup, je n'ai pas pris en compte ses aspirations profondes. J'ai trop pensé à moi et pas assez à mon enfant !

L'amour maternel. Ria aussi, aimait son enfant. « Assez pour lui offrir la vie qu'il mérite ? »

Et si Betsey avait raison ?

Incapable d'en entendre davantage, Ria se leva.

— Où vas-tu, ma grande ?

— Dehors, courir un peu.

— Tu n'arrives pas à dormir ?

Ria essaya de sourire.

— Trop d'excitation, hier soir.

Lola se mit à rire.

— Je crois que je suis prête à retourner me coucher maintenant, mais quelle belle journée ! Ils se sont bien amusés, n'est-ce pas ? Benjy s'est fondu dans cette famille comme un poisson dans l'eau…

— Oui, répondit-elle d'une voix sourde. En effet.

« Il ne manquera pas d'amour », chuchota Bets dans sa tête bourdonnante.

Elle s'inclina pour embrasser sa grand-mère.

— Nous t'aimons tous, Lola. Le passé, c'est le passé.

— Mais ma grande, soupira Lola en lui tapotant la joue avec tendresse, le passé ne nous quitte jamais !

Ria détourna les yeux. Personne ne savait mieux qu'elle combien ces mots étaient justes. Son regard glissa vers l'escalier et la chambre où dormait son fils, avant de se poser sur la porte d'entrée.

Oh ! S'effondrer et disparaître ici même, maintenant. Que quelqu'un d'autre tranche à sa place et prenne la décision juste…

D'après Sandor, elle seule pouvait savoir où Benjy serait le plus heureux…

De fait, elle ne connaissait que trop bien la réponse. Ces deux derniers jours avaient apporté la démonstration imparable de sa propre capacité à semer la discorde. Pour chaque pas en avant, elle reculait de deux… Elle n'était que poison. Tôt ou tard, à son corps défendant, elle gâcherait la vie de la personne qu'elle aimait le plus au monde.

En outre, elle n'avait qu'une seule manière de rembourser sa dette envers ses parents — en leur offrant un autre fils, aussi précieux que le premier.

A cette idée, son cœur se révolta. Elle ne pouvait *pas* faire ça, personne ne pouvait attendre d'elle une chose pareille ! Même pour le bonheur de Benjy…

Mais Ria se remémora Lola s'accusant d'avoir trop pensé à elle, et pas assez à son enfant… Et la résignation s'affermit dans son ventre comme une bille dure et accablante, qui l'entraînait par le fond.

Un éclair... Un lien vital... Une petite voix intérieure, qui lui chuchotait de continuer à se battre... Un jour peut-être, lui soufflait-elle, tu sauras mériter ton fils...

Peut-être.

Seulement elle n'avait plus le droit de jouer avec la vie de Benjy. Qui aurait la moindre raison de croire dans ses chances de réussite, à l'avenir ? En dépit de tous ses efforts pour être une bonne mère, le risque d'échec était trop grand. Un autre tout jeune garçon, qui l'adorait, avait payé ce risque au prix fort...

Alors, mieux valait encore dépérir loin de son fils, plutôt que de le mettre en danger.

Ria regagna sa chambre à l'aveuglette, fourra des affaires dans un sac puis s'assit au bord du lit pour écrire une note à ses parents.

Le stylo lui tomba des mains. Que diraient-ils à Benjy ? Comment expliquer à un enfant de quatre ans que sa mère partait parce qu'elle l'aimait plus que sa propre vie, et ne se jugeait plus capable de le protéger ?...

Au moment de passer à l'acte, sa résolution vacillait.

— Mon Dieu... Je ne peux pas... Benjy...

Des crampes lui tordaient l'estomac. Elle envisagea de fuir les mains vides, en laissant tout derrière elle, mais sa voix intérieure la rappela à l'ordre. « Il te reste une chance... Quelque part, dans l'avenir, il se pourrait que tu gagnes le droit de revenir... » Et c'est en s'accrochant à ce fil ténu qu'elle se traîna jusqu'à la chambre de Benjy, sans trop savoir où elle trouverait le courage de partir ensuite.

Son fils dormait dans un sac de couchage, sourire aux

lèvres, lové entre ses deux cousines, Tyrone couché à ses pieds. Impossible de s'approcher sans réveiller toute la troupe. Ria vit là un signe clair du destin. Elle s'imprégna de la scène qui s'offrait à ses yeux tandis que le renoncement pénétrait peu à peu son corps.

Benjy était heureux ici, heureux comme il ne l'avait pas été depuis longtemps, et en parfaite sécurité.

Il ne lui restait qu'à puiser dans son amour la force de partir.

— Ne me regrette pas trop, poussin, chuchota-t-elle.

Son filet de voix se brisa sur un gémissement. Comme Benjy remuait dans son sommeil, Ria, suffoquée par le chagrin, porta une main à sa bouche, tourna les talons et prit la fuite, en abandonnant son cœur derrière elle.

14.

Le soleil n'était pas encore levé lorsque le téléphone grésilla.

C'était Cleo, très oppressée.

— Sandor… Dieu merci. Pardon de vous déranger, avez-vous vu Ria ?

Sandor sentit son ventre se contracter.

— Quoi ?

— Elle a disparu. Nous ne savons pas où la chercher, expliqua Cleo d'une voix mal assurée.

Il songea au bar. A ces hommes…

— Elle est peut-être seulement en retard ?

— Non, elle a pris ses affaires. Elle nous a laissé une note.

— Où est Benjy ?

— Ici.

Les larmes lui brouillaient la voix.

— Elle nous a écrit qu'il serait plus heureux sans elle. Sandor, je crains que… qu'elle fasse une bêtise…

Sandor aurait bien voulu rassurer Cleo sur ce point, mais les lignes irrégulières en relief sur les veines bleues si tendres de Ria flottèrent devant ses yeux. « Il est tout ce que j'ai », disait-elle de sa voix ravagée…

Il garda le silence une seconde de trop.

— Vous avez vu ses poignets, n'est-ce pas ? Sandor, j'ai si peur pour elle !

— Avez-vous prévenu la police ?

— Ils ne peuvent rien faire pour le moment. Malcolm est en train de contacter des détectives privés.

— Il est là, avec vous ?

— Oui.

Pour la première fois de toute la conversation, il perçut un semblant d'espoir dans la voix de Cleo. Comme une faible étincelle, par-delà son émoi.

— Voulez-vous que je vienne ?

— Merci de me le proposer, mais ce n'est pas la peine.

C'était aussi bien ainsi. Sandor ne se sentait pas vraiment le droit d'être aux côtés de Cleo, compte tenu du rôle qu'il avait joué dans la fuite de Ria.

Pourquoi n'était-il pas allé la chercher, au lieu d'attendre ? Pour éviter de s'impliquer davantage ? Pauvre fou ! Elle avait déjà prise sur lui…

— Sandor ?

Il tressaillit.

— J'ai besoin de savoir ce qui s'est passé l'autre soir, dit Cleo. Où l'avez-vous trouvée ?

— Elle était au Joe's Place. Je suis navré.

— J'ai bien conscience qu'elle était ivre. A-t-elle parlé de quoi que ce soit qui pourrait nous aider à deviner où elle est allée ?

— Cleo, j'aimerais mieux ne pas…

Elle lui coupa la parole.

— Peu m'importe que ce soit désagréable à entendre.

Nous ne pouvons nous permettre de négliger le moindre détail.

— Je comprends, soupira Sandor. Eh bien, ce n'était pas la première fois que je la trouvais là-bas.

— Continuez.

— Les deux fois, elle avait quelques difficultés avec des… clients.

— Sandor, cessez de me ménager. Que se passait-il exactement ?

— Le premier soir, elle ne semblait pas dans son état normal. Elle se trouvait dans le parking avec un inconnu qui… Enfin, j'ai pu intervenir avant que cela n'aille trop loin, je crois.

— Seigneur ! Et le second soir ?

— Disons simplement qu'elle cherchait les ennuis. Elle était très ivre et très triste. Je l'ai sortie très vite du bar.

— Et… ?

— Et nous nous sommes disputés, car ce qu'elle vous fait ne me plaît pas. Cela dit, ce soir-là, j'ai compris sa souffrance. Betsey venait de lui dire que si elle aimait son enfant, elle partirait en le laissant à votre garde. Ria souffrait le martyre.

— Seigneur, répéta Cleo. Un instant, s'il vous plaît.

Il l'entendit échanger quelques mots à voix basse avec Malcolm, qui lui répondit sur le même ton.

— Sandor, où a-t-elle pu aller ?

Il cherchait depuis un bon moment la réponse à cette question précise. Ria lui en avait dit si peu sur elle…

Puis ce fut l'illumination.

— Allez vérifier au cimetière. La tombe de David.

— Mais elle ne…

— Je l'ai emmenée là-bas à sa demande. Elle m'a dit

qu'elle ne l'avait jamais vue parce qu'elle était sous sédatifs pendant les funérailles.

— Comment a-t-elle réagi ?

— Elle a eu très peur. Elle s'est évanouie avant d'avoir pu s'approcher. Ensuite, je l'ai raccompagnée chez vous.

Inutile de compliquer les choses en évoquant le détour par son appartement... et ce qui s'était passé là-bas.

— Mais son comportement me laisse penser qu'elle pourrait y retourner, ajouta-t-il.

— Merci, Sandor. Si une autre idée vous vient, un indice, même vague, susceptible de nous mettre sur la voie... Appelez-moi.

— Je vous retrouve là-bas ?

— Je... Non. Mais merci, Sandor.

Il n'insista pas et raccrocha. Cleo et Malcolm étaient ses parents, après tout.

Cela ne l'empêcherait pas de partir lui aussi en quête de Ria.

D'abord, mettre la main sur Jim et le prévenir. Puis appeler Hank, dès l'ouverture du bar. Parler aussi à Billie...

Ses épaules s'affaissèrent. Il s'en voulait terriblement d'avoir laissé partir la jeune femme dans l'état d'angoisse où elle se trouvait...

Il la chercherait sans relâche, dans le quartier, dans la ville, dans toute l'Amérique au besoin ! Mais dans ce pays si vaste, il était si facile de se perdre... Ils ne la trouveraient peut-être jamais. Ou trop tard.

Il ne se le pardonnerait jamais.

— Ria, par pitié... Pour ton fils, reste en vie ! Il a besoin de toi, tes parents aussi...

Et lui, alors ?

Lui, il avait perdu le droit de demander quoi que ce soit à Ria. Car il aurait pu empêcher sa fuite, s'il n'avait été si déterminé à respecter à la lettre ses projets professionnels.

Il se hâta vers le pick-up, la rage au cœur.

Ria ne sut jamais comment elle parvint au cimetière. Ni pourquoi elle était venue là.

Ses pas dessinaient des empreintes légères dans la rosée du petit matin. Elle s'arrêta sur le sentier de gravier, devant le vieux chêne. Dans sa poitrine, le chagrin s'épanchait tel un venin mortel.

Sans Benjy, elle ne trouvait plus la force de se soucier de quoi que ce fût.

Elle s'accroupit quelques mètres plus loin, au bord du carré d'herbe. Les genoux ramenés sous le menton, elle fixa la modeste pierre tombale jusqu'à ce que la tête lui tourne.

« Fais la paix avec toi-même », lui murmura Dog Boy dans un lointain passé. Quelle paix ? Il n'y avait pas de paix possible, pour elle…

Ria tangua d'un côté puis de l'autre, tandis qu'une mélopée funèbre s'échappait de ses lèvres desséchées, aussi coupantes que des bris de verre.

Le calme austère des lieux la réduisit au silence. La présence de tous ces morts avait quelque chose d'oppressant. L'air était lourd d'espoirs brisés et d'amours trop tôt disparues. En cette heure calme du petit matin, peut-être allait-elle se changer en pierre. Seulement la pierre ne palpite pas comme une plaie ouverte. Elle n'éprouve pas non plus le besoin de hurler...

Où trouver le courage d'affronter David ?

Dans la nécessité même de cet affrontement, sans doute. Elle était parvenue au bout de la jetée. A ses pieds, des vagues brûlantes battaient les rochers. Si elle se dérobait maintenant et fuyait une nouvelle fois David, elle était finie, broyée par tous ses échecs, toutes les humiliations subies. Elle disparaîtrait de la surface de la terre... et ne gagnerait jamais le droit de reprendre son fils.

Elle avait tellement envie d'être assez forte, assez brave pour le mériter, lui et son amour ! La petite voix lui soufflait qu'il fallait bien commencer quelque part... Elle commencerait donc ici.

Ria se redressa, mais ses jambes refusèrent de la porter, si bien qu'elle se mit à ramper. Chaque mètre lui parut un kilomètre, chaque pas une forteresse à prendre. Pourtant elle continua de se traîner sur le sol boueux.

Le monument funéraire gris pâle se dressa soudain devant elle. Les mots gravés dans la pierre tremblaient devant ses yeux : *La lumière était belle, mais elle nous a quittés trop tôt.*

Des boucles brunes légères la suivaient comme une ombre. Toujours cette manie de lui emboîter le pas. Et de l'aimer, en dépit de tout. Et de l'admirer, qui sait pourquoi !

— Oui, je veux aller avec toi à la soirée... Vraiment ? Je peux ?

Sa voix déraillait, elle n'avait pas encore mué, c'était celle d'un adolescent tout près de devenir un homme.

Puis, plus tard, moins enthousiaste :

— Ria, nous devrions rentrer. Laisse-moi t'aider à sortir. Touche pas à ma sœur, sale rat !

Avec quelle férocité il avait pris sa défense...

— Tu es sûre que tu es en état de conduire ? Je peux appeler papa. Il viendrait nous récupérer, tu sais.

Ces yeux inquiets. Deux yeux noirs aussi doux que ceux de Benjy, emplis d'amour. De tellement d'amour... Secouant la tête avec violence, Ria s'aplatit contre la pierre, les bras tendus, paumes ouvertes, à la façon des suppliantes.

— Pardon ! Pardon ! J'aurais dû mourir à ta place !

Elle fondit en larmes sur la dernière demeure de son frère, les doigts enfouis dans l'herbe détrempée. Longuement, elle pleura, pleura tout son soûl ces années où elle avait relégué David dans quelque recoin obscur de sa mémoire, pour ne plus penser à ce qu'elle avait fait et, surtout, pour ne pas avoir à l'affronter.

Lorsqu'elle fut vidée, à court de larmes, de mots et de pensées, le silence se fit. Dans la lumière pâle de l'aube, un oiseau vint se percher sur la pierre tombale et se mit à chanter.

Ses trilles évoquèrent pour Ria les animaux errants que David ramenait à la maison pour les soigner avec amour. Elle roula sur le côté et se coucha en boule, la paume pressée sur le sol comme si son frère pouvait l'accueillir et la soigner, elle aussi. Avait-elle soldé ses dettes en donnant vie à un enfant ? Et que lui restait-il comme but, à présent que c'était fait ? Son regard tomba sur la cicatrice barrant son poignet. De nulle part, s'éleva alors la voix de Sandor : « Vous avez le pouvoir de tout changer, et vous vous apitoyez sur votre sort, à la place ! »

Ria s'assit, les yeux dans le vague. A quand remontait la dernière fois qu'elle s'était accordé un pouvoir ? Depuis quand se bornait-elle à survivre ? Depuis trop longtemps, songea-t-elle en se recroquevillant.

« Allez-y, fillette, courez ! Cachez-vous pour ne pas grandir… »

Que Sandor aille au diable ! Elle ne pouvait pas faire ça.

— David, murmura-t-elle, ça me tue de laisser mon enfant. Je ne sais pas quoi faire, où aller… Je leur dois tant. J'ai fait du mal à tout le monde, mais…

A cet instant, une voiture passa sur la route en contrebas. Un espoir fou germa dans son cœur…

Peut-être quelqu'un était-il parti à sa recherche pour lui dire qu'elle n'avait pas besoin de s'enfuir. Ses parents, ou Lola, devinant où elle s'était réfugiée… Porteurs des réponses qu'elle ne détenait pas…

Ou Sandor, toujours si sûr du chemin à suivre.

Mais la voiture n'appartenait à aucun de ceux-là. Une femme guère plus âgée qu'elle apparut, les épaules voûtées par le deuil, et se dirigea vers une tombe proche, autour de laquelle la terre semblait fraîchement retournée.

Ria ne pouvait continuer à parler à voix haute à son frère. Dans sa poche, elle repêcha le carnet dans lequel elle avait griffonné la note à l'attention de ses parents, l'ouvrit à une page vierge et se mit à écrire.

« David,
» Je ne sais pas comment me racheter aux yeux de tous, papa, maman, Betsey, et je ne peux pas non plus te ramener à la vie, si grand que soit mon désir de prendre ta place.

» J'ai essayé une fois de mourir, mais un ami m'a sauvée. J'ai songé à recommencer, mais la perte d'un deuxième enfant leur causerait trop de peine… et quel héritage pour Benjy…

» Car j'ai un fils, Benjamin David. Si tu savais comme il te ressemble ! Il a le cœur aussi généreux que le tien. Alors, je dois faire ce qui est bien pour lui. Si j'agissais en lâche, il l'apprendrait forcément un jour ou l'autre. Comme il saura aussi tout ce dont je me suis rendue coupable… J'ai si peur de sa réaction !

» Avant de mourir, mon ami Dog Boy m'a fait promettre de me réconcilier avec les miens. Je savais que cela ne marcherait pas, mais… la promesse faite à un mourant est sacrée. De plus, Dog Boy m'a sauvée le soir où j'ai quitté la maison, et il était encore là quand je suis tombée enceinte. Sans lui, Benjy n'existerait pas.

» Je suis donc revenue à Austin, et tout indique que j'avais raison et que mon ami se trompait. A présent, je fais une chose que Lola regrette de ne pas avoir faite pour maman, et qui servira au mieux les intérêts de Benjy d'après Betsey. Même si, moi, j'ai l'impression de mourir, j'offre à mon fils une famille qui lui apportera la sécurité matérielle et affective à laquelle il a droit. J'ai privé mes parents de leur fils préféré : peut-être qu'en leur donnant le mien, j'apaiserai un peu leur douleur.

» Un jour, qui sait, je réussirai à faire quelque chose de bien afin de mériter de nouveau Benjy. Dans ce cas, je reviendrai te voir, promis.

» David, je n'ai jamais su pourquoi tu m'aimais tant mais ton amour signifiait tout pour moi. J'espère que tu comprends cela, de là où tu te trouves désormais. Prends soin de mon bébé, je t'en prie. Papa, maman et les autres le chérissent déjà, seulement, tout le monde a besoin d'un ange gardien… »

La lettre terminée, Ria se sentit un peu plus légère. Elle détacha la feuille, la plia en quatre, inscrivit « David » sur la face visible et coinça le papier sous le vase vide posé devant la pierre tombale. Puis elle disposa dans ce vase le bouquet de marguerites qu'elle avait acheté dans un drugstore ouvert jour et nuit. C'était sa fleur favorite, simple, tendre. Résistante, ainsi qu'elle aurait besoin de l'être.

Sur une impulsion, elle préleva une tige dans le bouquet.

— Souhaite-moi bonne chance, David, chuchota-t-elle, portant une main à ses lèvres avant de la presser contre la tombe.

La chance lui suffirait-elle pour trouver sa route, maintenant ?

Elle tourna les talons et se mit en marche, se demandant à chaque pas ce qu'elle allait faire d'elle-même sans le petit garçon qui avait été si longtemps son unique raison de vivre.

Plantée sur le perron, Billie regarda Sandor droit dans les yeux.

— Je redoutais quelque chose de ce style. Sa paume révélait qu'un carrefour décisif l'attendait dans un avenir proche.

Le ton convaincu ôta à Sandor toute envie de se moquer.

— Sa ligne de vie est précaire à cet endroit, précisa Billie. Elle pourrait ne pas en réchapper.

— Je refuse d'écouter cela, répliqua Sandor en frissonnant. Ria est plus solide qu'elle l'imagine. Que tout le monde l'imagine !

Comme il se détournait, prêt à partir, Billie le retint par le bras.

— C'est vous qui ferez toute la différence, Sandor.

Celui-ci considéra sa logeuse d'un air incrédule.

— Et comment ? Je ne sais même pas où la trouver !

— Là, je ne peux pas vous aider, admit tristement Billie.

— A quoi bon me raconter cela ? Je ne peux pas... Je ne vous crois pas !

Elle haussa les épaules.

— Cela n'a pas d'importance.

— Je n'ai pas de temps à perdre avec ces bêtises !

Furieux, Sandor ouvrit la portière du camion et la claqua si fort derrière lui que le véhicule tangua sur ses essieux.

Il abattit les paumes sur le volant, le cœur affolé. Depuis l'appel de Cleo, il lui était devenu impossible de raisonner correctement. Une peur sans nom lui étreignait la gorge. Bon Dieu, mais pourquoi s'inquiéter autant ? Ria n'était qu'une source intarissable d'ennuis pour lui qui avait bâti sa nouvelle vie avec le plus grand soin. Ses projets placés sous le signe de la prudence commençaient tout juste à porter leurs fruits... Elle ne le comprenait pas. Lui, ne cernait pas davantage ce qui motivait cette femme qui avait tant de manques à combler...Un véritable cyclone...

Sandor secoua la tête et tâcha de se ressaisir. Ria désirait seulement être aimée — tout en étant convaincue de ne pas mériter cet amour. En outre, elle l'avait parfaitement déchiffré.

Franchement, tomber amoureux de Ria Channing n'était pas raisonnable. Sandor eut cependant le vague soupçon qu'il était trop tard pour y changer quelque chose. Et cette révélation acheva de lui saper le moral.

« C'est vous qui ferez la différence, Sandor. »

Mâchoires serrées, il enclencha la marche arrière pour sortir de l'allée, et poursuivre ses recherches.

Après avoir roulé une centaine de kilomètres sur la route empruntée dans l'autre sens quelques jours plus tôt à peine, Ria, apeurée, luttant pour conserver un brin d'espoir, n'entendait plus que l'écho de la voix de Benjy sur la banquette arrière.

« — On dirait que tu es une princesse, maman, et tu m'appelles au secours.

— Et si la princesse sauvait le prince, pour changer ?

— N'importe quoi ! C'est le prince qui doit être courageux.

— Tu crois que les filles ne peuvent pas être aussi braves que les garçons ?

— Toi, tu peux, maman, répondit Benjy sans la moindre hésitation. T'es drôlement courageuse, pour une fille. »

Elle ne voyait même plus la route devant elle. Du revers de la main, elle chassa les larmes qui l'aveuglaient. Etait-ce vraiment du courage, de laisser Benjy derrière elle ? Ou était-elle en train de commettre la plus grave erreur de son existence ?

236

Les souvenirs l'assaillaient. Benjy jouant au football avec son père, tout joyeux. Riant avec sa mère ravagée mais heureuse, en lui montrant comment plonger dans la baignoire à la manière d'une baleine. Dansant avec Lola. Caressant Tyrone…

Il aurait beaucoup d'amour. Mais il ne l'aurait pas, elle, et…

Dans un crissement métallique, la voiture ripa contre le rail de sécurité. Ria se battit avec le volant pour reprendre le contrôle, mais le paysage se mit à tourner, tourner. Le véhicule fou franchit la ligne jaune. Un klaxon, des pneus qui dérapent sur l'asphalte… « Non ! Je ne suis pas prête ! Je dois encore… » Le gravier vola. La voiture fit un tête-à-queue. Un pylône surgit… Ria serra les dents, tira d'un coup sec sur le volant et se mit à prier.

Bientôt, à l'horrible cacophonie, succéda un silence assourdissant. Ria contempla fixement l'endroit où la voiture s'était arrêtée, à un cheveu du pylône. Elle détacha du volant ses doigts pris de crampes, mais ils tremblaient trop pour ouvrir la portière. Elle referma une main sur l'autre, inspira à fond une fois, deux fois… Après avoir dansé avec la mort, elle savourait le goût de la vie.

Alors, elle comprit soudain qu'après avoir souhaité mourir six années durant, elle venait de choisir de vivre.

Sandor raccrocha son téléphone portable après avoir discuté avec le gérant du restaurant. Espérer trouver Ria là-bas était idiot, mais il avait pensé pouvoir au moins localiser Jim et l'enrôler.

Il avait laissé un message sur le répondeur du Joe's Place. A présent, où trouver Jim ?

Mais toutes ses pensées allaient à Ria. Où était-elle ? Par pitié, qu'elle revienne saine et sauve vers son fils ! Et il n'entendait pas s'en tenir là. Raisonnable ou non, concret ou pas, il voulait davantage…

D'abord, la trouver. Et la ramener chez elle.

15.

Il avait quadrillé la ville et ne savait plus où chercher. A contrecœur, Sandor se retint de poursuivre sa quête futile. Il avait des engagements à tenir, une entreprise à bâtir. Ria Channing était le problème de Cleo et Malcolm, pas le sien.

A condition de se répéter cela assez souvent, peut-être finirait-il par le croire.

« J'attendrai jusqu'au jour de ma mort un pardon qui ne viendra pas. »

Elle y croyait dur comme fer. Elle ne voyait aucun espoir.

« Courez ! » lui avait-il dit. Etait-ce cette provocation qui avait poussé Ria, en dernier ressort, à partir ?

Sandor consulta sa montre. La fenêtre de temps dont il disposait pour travailler au restaurant approchait. Bien qu'il n'eût pas le cœur à l'ouvrage, le chantier était presque bouclé. Il avait assuré au gérant qu'il terminerait dans les temps, et il tiendrait parole, coûte que coûte.

Accoudé à sa vitre baissée, il appuya le front dans sa main et mit le moteur en marche.

— Qu'est-ce que tu fais, patron ?

Sandor faillit lâcher son pinceau.

— C'est évident, il me semble !

— Monsieur est en pétard, à ce que je vois, commenta Jim en traversant la pièce.

Sa nonchalance n'était qu'apparente. Sandor refoula de justesse la réplique cinglante qui lui venait aux lèvres.

— Ria est toujours aux abonnés absents ? demanda Jérôme.

Sandor concentra toute son énergie sur la retouche.

— Ria est partie.

— Comment ça, « partie » ?

— Elle a quitté la ville, précisa-t-il en refoulant sa frustration.

Pour finir, il s'était rendu chez Cleo. Il avait lu la note qu'ils avaient découverte sur la tombe de David et s'il n'était pas sûr de partager leur interprétation du texte, l'idée que Ria n'attenterait pas à sa vie procurait à Cleo un soulagement si vif, qu'il avait tu ses doutes.

— Pourquoi tu l'as laissée partir, mec ? T'en avais pas envie !

Sandor fusilla le gamin du regard.

— Tu ne comprends rien !

— C'est ça. Alors elle a taillé la route avec son fils ?

— Benjy est encore là.

Et il avait peur.

Conquis dès les premiers instants par le tempérament paisible de cet enfant, Sandor avait pris du temps pour le distraire en jouant avec lui, ce qui soulageait Cleo et

Malcolm. Il n'en était que plus déterminé à lui ramener sa mère.

— Sans blague ! s'écria Jim abasourdi. Mais Ria est folle de lui, elle le lâcherait pas comme ça…

— Il y a beaucoup de choses que tu ignores à son sujet.

— Si tu m'expliquais ? rétorqua Jim en croisant les bras.

— J'ai un travail à finir. Puisque tu persistes à me faire perdre du temps, tu peux rester ou partir, ça m'est bien égal.

Sans attendre de réponse, Sandor fixa obstinément son pinceau. De quel droit irait-il se mêler de la vie de ce gosse, lui expliquer où était son intérêt, alors qu'il ne maîtrisait guère que l'art de vivre en solitaire ?

Mais quand Jim saisit le seau et entreprit de ramasser les débris épars sur le sol, un peu du tourment de Sandor reflua.

— As-tu déjeuné ? s'enquit-il.

Le visage de Jim se fendit d'un sourire soulagé mais au même moment le téléphone de Sandor se mit à sonner, l'empêchant de répondre.

Celui-ci fixa le numéro qui s'affichait, avec son indicatif de zone inhabituel, et son cœur s'emballa.

— Allô ?

Seul un faible grésillement lui répondit.

— Allô ? répéta Sandor.

Le silence vibra dans l'appareil, trop longuement pour un faux numéro.

Et soudain, ce fut une certitude.

— Ria ? murmura-t-il.

Il perçut un halètement presque inaudible.

— Ria, parle-moi, s'il te plaît, supplia-t-il, la tutoyant spontanément, sans même s'en apercevoir. Est-ce que tu vas bien ?

Long soupir à l'autre bout de la ligne.

— Je ne peux pas supporter d'être sans nouvelles de Benjy.

Sandor ferma les yeux en rendant grâce à Dieu.

— Tu lui manques, dit-il. Tout le monde est inquiet. Où es-tu ?

— Sandor, sois franc… Est-ce que je suis nocive pour lui ? Est-ce qu'il se porte mieux loin de moi ?

— Non !

Il se maudit d'avoir un tant soit peu contribué à instaurer ce doute dans son esprit.

— Tes parents te cherchent partout.

— Maman devrait être aux anges. Je lui ai cédé mon fils pour remplacer le sien.

La voix de Ria se brisa.

— J'ai souffert le martyre en le quittant comme ça…

— Cleo est folle d'angoisse. Elle pense que c'est sa faute si tu es partie et s'en veut terriblement. Tes parents font de leur mieux pour rassurer Benjy, ils lui ont dit que tu étais seulement partie en voyage et que tu reviendras bientôt. C'est un petit garçon courageux, mais il ne comprend pas ton départ si soudain.

— Je ne savais pas comment lui expliquer, hoqueta Ria. Seigneur ! Je fais tout de travers. C'est son bonheur que je veux, rien d'autre…

— Il a besoin de toi, Ria. Tes parents, ta sœur aussi.

« Et moi donc », ajouta-t-il en pensée.

— Je suis si fatiguée, Sandor. Je… J'ai failli avoir un accident. Encore un.

Elle partit d'un petit rire un peu hystérique, et ajouta dans un souffle :

— Cette fois-ci, je l'ai évité de justesse. Mais je n'ai sauvé personne d'important comme David.

— Toi, tu es importante, répliqua Sandor, la gorge serrée. S'il te plaît, Ria. Où es-tu ?

— Sandor, tes intentions sont louables, mais...

Un sanglot lui coupa la parole.

— Qu'est-ce que je fais ? Je ne veux plus m'enfuir !

— Rien ne t'y oblige. Tu n'es pas seule.

— C'est aussi l'impression que j'ai, avoua Ria d'une toute petite voix. Tu ne m'aimais pas beaucoup, au début. Tu ne m'aimes toujours pas, au fond, mais tu m'as traitée avec une gentillesse que je ne méritais pas. Je ne suis pas d'un abord facile.

Avant qu'il ait pu formuler une réponse, Ria poursuivit :

— Je ne sais pas pourquoi, Sandor. Je le regrette. Sincèrement.

— Tu n'es pas si difficile. Seulement... compliquée.

— Ne t'inquiète pas, dit tristement Ria. J'apprécie ta franchise, même quand elle ne fait pas plaisir à entendre.

— Ria...

— Mais tu sais quoi, Sandor ? J'ai pris une décision importante quand ma voiture tournoyait sur la route, tout près d'un pylône.

Sandor s'obligea à conserver un ton neutre, faisant fi du rythme effréné de son pouls.

— Laquelle ?

— Lâcher prise était si tentant... Je venais de quitter ma seule raison de vivre... Mais non. J'avais l'occasion de terminer ce que j'ai commencé il y a six ans... et j'ai

243

soudain compris que je ne voulais pas mourir, tout compte fait. Parce qu'il reste en moi l'espoir, même faible, que je pourrai un jour me ressaisir et être à la hauteur, pour mon fils. J'avais si peur, Sandor ! avoua-t-elle dans un sanglot. Je suis passée tout près…

— Mais tu as survécu, et j'en suis heureux, Ria, déclara Sandor en portant la main à son front, où perlaient quelques gouttes de sueur. Vraiment.

— Le problème, c'est que je n'ai jamais eu aucun talent pour me montrer à la hauteur… Je ne miserais pas un dollar sur moi, alors qui d'autre s'y risquerait ?

— Moi, dit Sandor.

Il l'entendit inspirer hâtivement. Elle poursuivit cependant sur sa lancée, comme s'il n'avait rien dit.

— Reste ma famille. La désolation que j'ai semée parmi les miens. Mes parents s'aimaient tellement… Je ne peux pas supporter de les savoir définitivement séparés.

Sandor se remémora le ton sur lequel Cleo prononçait le prénom de Malcolm.

— Je ne crois pas que l'amour s'éteigne aussi facilement.

— Mais le bébé…

— Ce n'est plus un problème. Vanessa est allée se faire avorter et elle est partie en laissant une note à ton père. Elle l'a quitté pour de bon.

— Oh, non ! Papa doit être effondré. Benjy lui sera d'autant plus indispensable…

— Tu ne t'imagines tout de même pas que Benjy a plus d'importance aux yeux de ton père ou de ta mère que leur propre fille, qu'ils ont aimée durant toutes ces années ?

— Papa, peut-être…

— Ne vois-tu pas que Cleo s'évertue à combler le

gouffre qui vous sépare ? Rentre chez toi, insista Sandor comme elle s'était tue, ou dis-moi où te trouver. Ta famille a besoin de toi. Même Betsey est affolée.

— Et toi ?

Il hésita. Trop de confusion, dans sa tête…

— Ne t'en fais pas. Je comprends. Au revoir, Sandor.

— Attends !

Trop tard. Elle avait raccroché.

Sandor ne put que se demander s'il avait renforcé ses chances de revenir — ou s'il les avait anéanties.

Garder en tête le conseil de Sandor fut pour Ria un souci de tous les instants. Il avait l'air si sûr que Cleo l'accueillerait à bras ouverts !

Mais sur le trajet du retour, son appréhension des retrouvailles s'accrut à mesure que défilaient les bornes. Pour se laisser une chance, toutes les deux, elles ne devaient plus esquiver le sujet de la mort de David. Il leur faudrait fouiller la boue et exhumer le passé.

Comment présenter ses excuses à une femme après avoir fait de sa vie un enfer ? « Pardon, maman » ? Le terme semblait puéril et très léger, en comparaison du souffle qu'il lui faudrait pour le prononcer.

Quant aux griefs qu'elle gardait à l'égard de Cleo…

Non. Ce terrain était mouvant, mieux valait s'abstenir de le creuser, et s'employer plutôt à aplanir la…

Mais tout à coup, une fissure déchira le sentiment de culpabilité que Ria portait chevillé au corps. La douleur, enfouie depuis si longtemps, se déversa comme une lave en fusion. « Comment as-tu pu me tourner le dos, maman ?

songea la jeune femme. J'étais ton enfant, moi aussi ! L'amour d'une mère devrait être inconditionnel ! »

La voiture fit un brusque écart. Ria s'arracha à son cauchemar éveillé…

Dieu ! Elle se sentait en petits morceaux. En fait, elle n'était pas plus prête qu'avant à affronter sa mère. Il lui fallait néanmoins poursuivre son chemin, vaille que vaille, et mettre un terme à son errance. Mais avant d'affronter ses parents, la sagesse lui commandait de prendre du repos. Le moindre faux pas jetterait la vie de Benjy dans un chaos plus complet encore…

Alors, elle pensa à Sandor, volontaire, disait-il, pour être son ami.

Ce n'était peut-être pas une simple amitié qu'elle attendait de lui, mais qu'à cela ne tienne, le refuge qu'il représentait la tentait.

Sandor…

Pour le bien de son fils, elle ravalerait sa fierté et lui demanderait de l'aide.

Des coups frappés à la porte firent bondir Sandor hors d'un lit dans lequel, de toute façon, il ne dormait pas. Il attrapa un jean, l'enfila à la hâte et passa dans le salon.

Ce qu'il découvrit à travers l'œilleton le laissa coi. Il ouvrit grand la porte…

— Salut, dit Ria, qui dansait d'un pied sur l'autre.

Il refoula une envie de la prendre dans ses bras, tant son soulagement était vif, et se borna à hocher la tête.

— Pardon, je t'ai réveillé…

— Pas du tout.

Elle promena les yeux sur son torse et ses pieds nus.

Sandor prit brutalement conscience qu'il était en effet très peu vêtu.

— Veux-tu entrer ? proposa-t-il tout en se demandant pourquoi elle était venue le trouver.

Elle se mordilla la lèvre.

— Tu as besoin de dormir. Tu travailles très tôt et…

Ses mains s'agitèrent.

— Je ne sais pas pourquoi je… Bon, je m'en vais, dit-elle en se retournant.

Il lui saisit le bras. Et s'aperçut qu'elle tremblait.

— Reste, dit-il.

Ce n'était pas une bonne idée, toutefois, de la rapprocher de lui par cette nuit paisible, alors que le désir le submergeait.

— J'ai terriblement hâte de retrouver Benjy, mais il est si tard, ils dorment tous là-bas.

Elle gardait la tête penchée, les yeux rivés aux marches de l'escalier.

— Entre, Ria. Tu es à bout de forces.

Elle acquiesça, les yeux dans le vague.

Pariant qu'elle ne s'enfuirait pas, Sandor la relâcha avant de commettre un acte déraisonnable.

— Tu veux manger un morceau ?

— Non, merci. Je n'ai pas vraiment faim.

— Alors, viens te reposer. Tu n'as qu'à prendre mon lit, je dormirai sur le canapé.

Pas de réaction.

— Ria ?

— Sandor, est-ce que tu…

Sa voix était enrouée. Elle s'éclaircit la gorge.

— Je sais que je suis pénible, mais serait-il possible

que pour une petite minute, tu… tu me prennes dans tes bras ?

Si elle savait combien il en avait envie ! Et si seulement il était sûr de pouvoir s'en tenir là…

Comme il se taisait, Ria lui jeta un regard empreint de souffrance.

— Je n'ai pas le droit de te demander une chose pareille, mais j'ai peur, avoua-t-elle. Je ne veux pas abandonner Benjy. J'aimerais devenir la mère qu'il mérite… Cela signifie que je dois affronter mes parents et la situation peut mal tourner. J'ai pensé que tu pourrais m'aider.

Sandor chercha trop longtemps une réponse convenable.

— Pas grave, balbutia-t-elle. C'était une idée idiote. Je me débrouillerai.

Elle fourra les doigts dans ses cheveux et passa devant lui.

— Je m'installe sur le canapé et je lève le camp le plus tôt poss…

— Tu ne comprends pas, coupa Sandor en lui touchant le coude.

Elle le fusilla du regard.

— Je comprends très bien, au contraire. Après réflexion d'ailleurs, ma voiture fera l'affaire pour cette nuit.

Sandor se planta devant elle, l'empêchant de sortir.

Ils se trouvèrent soudain à un souffle l'un de l'autre. Elle balaya son corps du regard, et mesura d'un coup la situation.

— Ah, je vois, dit-elle, esquissant un sourire las. Pourquoi ne l'as-tu pas dit plus tôt ?

Saisissant son T-shirt par l'ourlet, elle le fit passer par-dessus sa tête et commenta, tout en dégrafant son jean :

— Puisque ni toi ni moi n'avons sommeil, autant passer agréablement le temps.

Le regard triste démentait la décontraction affichée. Sandor lui agrippa les deux mains.

— Non !

Elle le repoussa et glissa deux doigts sous sa ceinture.

— Dis donc... Pas de sous-vêtements ? Mmm, je vais devoir faire attention avec la fermeture Eclair, dit-elle en s'humectant les lèvres.

Debout, là, en soutien-gorge de dentelle défraîchie, avec son sourire provocant qui tremblait un peu, elle lui fendait le cœur. Il poussa un cri étranglé et la secoua aux épaules.

— Arrête, Ria !

— Tu as envie de moi, c'est clair, répliqua-t-elle en se plaquant contre lui. Dès le premier jour, nous étions destinés à en arriver là. Embrasse-moi, Sandor, pria-t-elle en glissant les doigts dans ses cheveux. Ou plus, si affinités...

Elle prit ses lèvres, d'autorité. Sandor tenta en vain de se contraindre à l'indifférence, tandis que ses sens enregistraient le velouté de la peau, sa fragrance de rose moussue et son goût doux et mûr comme un melon doré au soleil.

Son sang-froid vacilla.

— S'il te plaît, Sandor, ne me repousse pas.

A la rigueur, il aurait pu résister au grand jeu de la séduction. Mais ce fut la solitude de Ria qui le perdit.

Il attira la jeune femme à lui. Violemment. Du bout des dents, il effleura sa gorge tout en tâtonnant dans son dos vers l'agrafe du soutien-gorge, et la dénuda tout à fait.

Alors, haletant, pris de fringale, il festoya sur son corps, lui mordilla la taille, fit courir la langue sur son ventre...

Elle gémit et cambra les reins. Dans un vertige, Sandor la coucha à même le sol, défit son pantalon, la saisit aux hanches...

Et soudain il vit ses grandes mains, trop grandes mains, presser le corps frêle de Ria. Il pouvait la casser. De plus d'une manière...

Lâchant un juron, il se redressa promptement sur les coudes et se remit debout, titubant comme un homme ivre.

Ria ouvrit des yeux affolés. La souffrance fut trop forte. Elle roula sur le côté avec un cri étranglé.

— Ria, ce n'est pas ce que tu...

— Foutaises ! Tu m'a déjà repoussée une fois. Laisse-moi seule, maintenant. Je me sens si bête. Mon Dieu...

Elle s'effondra.

Nue sur le plancher, une bretelle égarée pendant sur son avant-bras, elle se replia sur elle-même telle une créature marine privée de sa coquille, exposée à la brûlure du soleil, aux roches aiguisées, aux prédateurs à l'affût...

La ligne de sa nuque tendre bouleversa Sandor dont les mains, comme animées d'une vie propre, cherchèrent à l'aveuglette le plaid posé sur le dossier du canapé. Il s'agenouilla près de Ria, la recouvrit et lui tapota le dos avec des gestes d'une maladresse pitoyable. Les pleurs de la jeune femme redoublèrent...

— Ria, écoute-moi. J'essaie de me comporter comme il faut avec toi.

— Va-t'en !

Elle tira le plaid sur sa tête, découvrant des pieds si fins, si déliés, si fragiles que la gorge de Sandor se serra.

Il fallait qu'ils parlent, mais pas maintenant. Le tourbillon des sentiments inaboutis entre eux était trop violent. Ria avait besoin de récupérer des forces mais aussi des idées claires pour affronter ses parents. Le bonheur d'un enfant était en jeu, et cette poudrière inattendue ne pouvait que la distraire de son véritable objectif.

Ce qui serait le plus utile à Ria, pour le moment, c'était son amitié, rien de plus. Mais était-elle toujours disposée à l'accepter, avec sa fâcheuse tendance à balayer d'un revers de main ce dont elle avait le plus besoin ?

Il la souleva dans ses bras, plaid compris.

— Laisse-moi. Où veux-tu…

Elle se débattit quelques secondes, avant de rendre les armes. Il la déposa en douceur sur son lit, rajusta le soutien-gorge sur ses seins puis la borda. Le tout, en muselant un désir qui ne demandait qu'à jaillir.

— Dors, souffla-t-il en l'embrassant sur le front.

Des larmes brillèrent sous les longs cils.

— Je te comprends mal…

Sandor esquissa un sourire amer.

— Pareil pour moi.

— Je te souhaite de ne pas fermer l'œil de toute la nuit !

— Je ne doute pas que ton vœu soit exaucé.

Elle lui tourna le dos et se mit en position fœtale.

— Tu regretteras ce que tu as refusé, murmura-t-elle comme ses paupières se fermaient.

— Et toi, tu m'en voudrais de ne pas l'avoir refusé, chuchota Sandor avant de refermer sans bruit la porte derrière lui.

16.

L'aube rosissait le ciel. Les doigts crispés sur la poignée, Ria fit une brève prière pour que Sandor fût encore endormi avant d'entrebâiller la porte, centimètre après centimètre, en prenant garde d'éviter le grincement qui l'aurait trahie…

Elle aurait dû se douter que rien, dans le monde de Sandor, ne serait laissé au hasard. Le moindre dysfonctionnement était aussitôt analysé, réparé, et pour finir exclu de sa vie comme cela s'était produit avec elle hier soir.

Dieu ! Comme elle regrettait de n'être pas sous l'emprise de l'alcool ou d'une drogue quelconque, qui eût noyé ses souvenirs ! Quelle humiliation. Se jeter ainsi à son cou, et essuyer un refus.

Un de plus.

Pire, être mise au lit et bordée comme une petite fille. Avec, pour couronner le tout, un chaste baiser sur le front !

Pourvu qu'il ait passé la pire nuit de sa vie. Elle, contre toute attente, n'avait jamais aussi bien dormi, au chaud entre les draps de Sandor, bercée par son odeur et rassurée de le savoir tout près, veillant sur elle.

Au matin, ses habits étaient empilés sur la commode,

pliés de façon impeccable. Tout à fait Sandor, ça. Il avait pourtant réagi à son contact, bonté divine ! Il la désirait... Ou plutôt son *corps* la désirait. Pas son esprit. Ni sa redoutable volonté.

La porte s'ouvrit sans un bruit.

Elle le repéra tout de suite, assoupi sur le canapé avachi. Au repos, il semblait différent,. Moins intimidant, moins dominant — mais tout aussi charmant. Les doigts de Ria s'agitèrent au souvenir de sa douceur de soie. Elle ne put réprimer un frisson au souvenir de leurs caresses interrompues. La discipline légendaire de Sandor recelait donc une faille ! Il avait cependant très vite recouvré ses esprits, tandis qu'elle s'effondrait...

Elle s'ébroua et traversa le salon sur la pointe des pieds, osant à peine respirer, trop heureuse de s'esquiver avant qu'il ne se réveille. Elle ne penserait plus à lui, maintenant. Ses priorités étaient ailleurs.

Le moment était venu de rentrer chez elle.

Une fois garée devant la propriété maternelle, Ria s'interrogea sur le discours à tenir. Par où commencer, surtout ?

Il était tôt. Toute la maisonnée devait dormir. Peut-être aurait-elle intérêt à faire demi-tour et revenir plus tard...

Mais Cleo avait le sommeil léger, et son inquiétude pour Benjy devait de toute façon gâcher son repos. Si grande que fût sa rancune envers elle, jamais Ria n'aurait douté du dévouement absolu de sa mère vis-à-vis de son petit-fils. Pour Cleo Channing, la famille revêtait une valeur sacrée.

Parce qu'elle portait sur la situation un regard neuf, Ria prit conscience qu'elle avait largement contribué à creuser ce fossé entre sa mère et elle.

Lola l'avait compris la première. « Elle rêvait d'avoir une famille et une maison à elle. » Rien n'était plus important aux yeux de Cleo, depuis le début. Elle n'aurait pas ouvert sa boutique si une bombe nommée Ria n'avait démoli son rêve. Forte aujourd'hui de son expérience avec Benjy, Ria se sentait piteuse. Elle connaissait, et pour cause, la force du lien qui unit la mère à son premier-né. Sûrement, Cleo l'avait aimée tout autant pendant les deux premières années de sa vie.

Elle s'accrocha à cette pensée pour apaiser les battements effrénés de son cœur. La porte d'entrée rouge vif semblait appeler les souvenirs. Les accusations de Betsey. Sandor la mettant au défi de grandir...

Sa dernière chance de se bâtir un avenir commençait ici, ou était perdue à jamais.

Elle prit une inspiration tremblante et saisit la poignée de la portière...

Le courage lui manqua. Elle se rejeta contre l'appuie-tête. Pourquoi sa mère se rappellerait-elle vingt mois d'amour ayant précédé vingt-cinq années de chaos ? Que ferait-elle elle-même, si elle avait une Ria dans sa vie... et perdait Benjy ?

Ria enfouit la tête dans ses mains.

— Comment peut-elle ne pas me haïr, Sandor ? murmura-t-elle. Alors que je me dégoûte moi-même ?

— Ria !

Elle sursauta au moment où la portière s'ouvrait sur Cleo.

— Ma chérie...

Ria se mordit la joue pour contenir ses larmes. Elle n'était pas encore prête à affronter sa mère.

— Je comprends pourquoi tu me méprises, dit-elle. Tu as raison. Je ne sais comment me…

Les mots se bousculaient sur ses lèvres, mais la fin de sa phrase mourut contre l'épaule de Cleo.

— Oh, ma puce, tu te trompes !

Cleo resserra son étreinte et lui lissa les cheveux, murmurant des mots rassurants comme elle le faisait autrefois pour une fillette apeurée.

Ria éclata en sanglots.

— Mon Dieu, je suis tellement navrée ! Je n'ai jamais, jamais souhaité qu'une chose pareille arrive. J'aimais David, et je regrette, je regrette de tout cœur, de n'être pas morte à sa place…

— Chut, ma puce. C'est moi qui te dois des excuses. Pourras-tu jamais me pardonner d'avoir été aussi aveugle ? Aussi égoïste ?

Stupéfaite, Ria leva les yeux. Aurait-elle imaginé ces paroles, à force de les désirer ?

Le visage de sa mère était blême, ses beaux yeux émeraude assombris par le chagrin.

— C'était moi l'égoïste ! dit-elle. J'en voulais à mon frère parce qu'il faisait toujours tout bien, alors que moi j'accumulais les erreurs…

Cleo s'affaissa. Elle secoua la tête, une main pressée sur sa bouche.

— J'ai honte. Tu n'étais pas une enfant facile, mais mon rôle d'adulte était de gérer la situation et de m'assurer que tu te sentes aimée !

Ria toucha la main de sa mère.

— Quelquefois, c'était le cas, mais j'étais trop exigeante.

Elle fixa leurs doigts joints, si semblables, pâles et fins. Pourquoi n'avait-elle jamais remarqué ce qu'elle avait en commun avec sa mère ?

— Je comprends mieux maintenant, murmura la jeune femme. Je n'arrive pas à m'imaginer obligée de partager mon amour pour Benjy avec un autre enfant. Je l'aime tellement ! Je ne sais pas si j'aurais le courage de partager.

Dans le regard de Cleo, affleura sa gratitude.

— Tu le trouverais. D'une certaine manière, le cœur grandit à chaque naissance. Je t'ai toujours aimée, Ria... Pardon de n'avoir pas su te le montrer.

Elle marqua une pause, puis :

— Chérie, ce que tu as voulu faire pour Benjy... C'était très courageux, mais je ne peux pas l'accepter.

— Pourquoi ?

— Mais parce que tu es sa mère ! Personne ne peut se substituer à toi.

— Mais... si je ne peux pas lui offrir ce dont il a besoin ?

— C'est déjà fait. Il est merveilleux, il est étonnant, intelligent, sage...

Cleo pressa la main de sa fille.

— Reste, pria-t-elle. Si tu ne veux pas vivre avec nous, alors installe-toi en ville. Nous aimerions t'aider... Unissons de nouveau notre famille.

— Maman, j'ai tué ton fils, gémit Ria dans un hoquet. Comment pourrais-tu l'oublier ?

Cleo l'attira dans ses bras.

— Nous n'oublierons pas. Personne n'oubliera. C'est

arrivé. Nous ne pouvons pas changer cela. Mais la vie continue, chuchota-t-elle en lui caressant les cheveux. La mort de David est une tragédie, Ria, mais c'était un accident. Tu as commis une erreur, j'en ai commis une autre en te faisant porter l'entière responsabilité de ma souffrance alors que j'aurais dû d'abord songer à te préserver. Tu étais là, criant en silence ta peine, ton besoin d'un réconfort, et je ne t'ai rien donné...

La voix de Cleo devenait rauque.

— Je devrai vivre avec ce remords, à présent que j'ai compris ce que je t'ai coûté, conclut-elle dans un murmure.

Secouée de sanglots, Ria s'accrocha au cou de sa mère. A cet instant, des bras fermes les enveloppèrent, les invitant à se lever.

Ria croisa le regard mouillé de Malcolm.

— Papa ?

Elle ne lui demanda pas ce qu'il faisait ici, se bornant à serrer fort sa mère tout en se laissant aller dans la chaleur et la force de son père, le ventre noué d'angoisse.

— Je vous ai fait tant de mal à tous les deux ! A Betsey, aussi. Je me déteste pour tout ça.

— Chut, fit sa voix douce. Ne parlons plus de haine. Nous avons eu notre part de douleur. Ta mère a raison, il est temps de pardonner et de tourner la page.

Combien de temps restèrent-ils tous trois ainsi enlacés, à se bercer mutuellement, laissant toutes ces années de souffrance s'écouler de leurs cœurs ? Ria ne le sut jamais. Purifiée par le flot des larmes, délestée du fardeau de la culpabilité, elle se sentit un peu perdue.

— Maman !

Ria se redressa vivement.

Benjy quitta le perron où se tenait Betsey et traversa la pelouse en courant. Ria se précipita à sa rencontre et offrit son cou aux bras fébriles de son fils.

— Tu m'as manqué, maman ! C'était bien, tes vacances ?

— Trop longues. Je n'ai pas pu rester loin de toi. Je t'aime tant, poussin !

— Evidemment que tu m'aimes, protesta celui-ci en s'écartant légèrement. Tu es ma maman ! Il n'y a pas de quoi pleurer.

Un rire étranglé s'échappa de la gorge de Ria. Malcolm rit en écho.

— Gramps, maman est rentrée. Si on lui montrait le tour qu'a appris Tyrone ? Tu veux voir, maman ?

— Bien sûr !

Le contact de son enfant, l'indicible douceur émanant de cette certitude, ancrée en lui, que tout irait bien… Ria tenta de recouvrer son souffle — et son équilibre.

— Tante Betsey et les filles sont venues dormir, aussi. Elle dit qu'on pourra organiser une soirée pyjama chez elle, la prochaine fois. C'est chouette, non ?

Ria croisa le regard de sa sœur par-dessus l'épaule de Benjy et hésita.

— Tante Betsey ne sera peut-être pas d'accord pour m'inviter…

Celle-ci s'avança alors. Un sourire incertain flottait sur ses lèvres.

— Je pensais… Ce pourrait être une excellente manière de se retrouver. De tout reprendre de zéro.

Ria respira.

— Tout à fait d'accord, Bets.

Les deux femmes échangèrent des regards humides.

Ria étreignit Benjy pour que son contact l'aide à s'ajuster à ce nouveau monde rempli d'espoir.

Malcolm prit Betsey par la taille et se pencha pour embrasser Ria, puis il suivit de l'index le nez très rouge de Cleo et s'éclaircit la voix.

— Je reviens habiter ici, annonça-t-il. Ta mère m'a promis de se remarier avec moi dès ton retour. Alors, ajouta-t-il en coulant un regard vers Ria, merci de ne pas m'avoir fait attendre plus longtemps.

La lueur espiègle était revenue dans ses yeux, constata Ria avec joie.

— Nous t'accueillerons volontiers à la maison, à moins que tu ne ressentes le besoin d'habiter sous ton propre toit. Cette vieille bicoque va être pleine à craquer, mais ta mère en a toujours rêvé...

— Hourra ! cria Benjy. On peut, maman ? J'aime bien la maison de Nana.

Rien n'aurait pu plaire davantage à Ria, qui se tourna néanmoins d'abord vers sa sœur.

— Qu'en dis-tu, Betsey ? Serais-tu d'accord ?

Sa cadette lui sourit.

— Il est temps pour nous de redevenir une vraie famille, dit-elle.

« Une *famille* », songea Ria. Une nouvelle chance lui était offerte de se poser et de s'employer à réparer les dégâts qu'elle avait causés. Un frisson lui parcourut l'échine avec, dans son sillage, une sérénité tout à fait inédite. Elle n'arrivait pas à le croire. Enfin elle sortait de la nuit, elle était libre, libre !

Dans sa bouche, la paix avait un goût de friandise.

— Sandor me l'a dit, mais je ne l'ai pas cru, murmura-t-elle.

— Mon Dieu ! Sandor ! s'exclama Cleo. Je dois lui annoncer que nous t'avons trouvée.

— Il le sait déjà.

Ses parents échangèrent des regards surpris.

— Je… euh, je suis arrivée très tard en ville, bafouilla Ria en baissant la tête. Je me suis dit que tout le monde devait dormir et…

Sa mère haussa un sourcil, mais ne fit aucun commentaire. Un silence embarrassant s'installa.

— Il serait rassuré d'apprendre que tout va bien, dit doucement Cleo. Si tu lui passais un coup de fil ?

— Non, dit Ria, mal à l'aise. C'est-à-dire… Ce serait mieux que l'appel vienne de toi, si cela ne te dérange pas…

— Bien sûr que non, mais ne devrais-tu pas… ?

Cleo secoua la tête.

— Désolée. Une mère reste une mère, l'âge n'y change rien. Il est difficile de ne plus donner de conseils.

Ria se demanda laquelle des deux était la plus nerveuse.

Soudain, l'idée la traversa qu'elle tenait là une occasion d'entraîner leur duo dans une direction nouvelle, avec un brin d'audace. Elle prit la main de sa mère et déclara :

— En vérité, c'est plutôt agréable d'avoir quelqu'un qui vous aime autant !

Cleo lui jeta un regard reconnaissant tandis que son père lui tapotait l'épaule avec un sourire approbateur.

— Rentrons, chérie. Tu dois être fatiguée. Laisse-moi te préparer un bon petit déjeuner.

Ria ne fut que trop heureuse de changer de sujet.

— Un de tes petits déjeuners très spéciaux ?

— Excellente idée, approuva Malcolm. Nous allons fêter ça.

— On fait la fête, Gramps ?

— Mais oui, bonhomme.

— En quel honneur ?

— Parce que nous formons de nouveau une famille.

— C'est super, hein, maman ?

Ria acquiesça.

— Il n'y a rien de mieux !

— Viens, Benjy. Montrons à ces dames comment nous autres, les hommes, nous réussissons les pancakes.

Malcolm souleva des bras de Ria un Benjy plié de rire, l'installa sur ses épaules et précéda la troupe vers la maison.

17.

Cette nuit-là, Sandor arpenta le nouvel atelier qu'il avait installé dans le garage de Billie. Ria était revenue définitivement, selon Cleo. Pour le plus grand bonheur de tous. Mais elle était partie sans lui dire au revoir.

Et pourquoi aurait-elle agi autrement, après la fin de non-recevoir qu'il lui avait opposée ? Que pouvait-elle comprendre, sinon qu'il ne la désirait pas ? Il devrait se réjouir pour eux tous. Cleo et Malcolm étaient de nouveau réunis, Ria avait retrouvé un toit et Benjy une mère, l'histoire s'achevait sur un *happy end*.

Quant à lui, il se retrouvait sans rien.

Non, pas exactement sans rien. Ses projets se concrétisaient. Pas plus tard qu'aujourd'hui, il avait été contacté par un ami du gérant du restaurant, pour un chantier portant sur un immeuble entier ; le bruit se répandait en ville que Sandor Wolfe était un entrepreneur fiable. Il avait de l'argent sur son compte en banque, un nouvel espace de travail, une réputation grandissante...

Or cela ne lui suffisait plus, et cette pensée le déchirait. « Vous ne pouvez pas gaspiller votre temps dans la plomberie ou la peinture alors que vous avez au bout des doigts la capacité de créer... » Hanté par la voix de

Ria, il contempla d'un air morne la pièce de bois posée sur l'établi, qui refusait obstinément de révéler la forme dormant en son cœur. Ria se trompait, songea-t-il, la beauté était une abstraction... Lui, il avait des objectifs, des plans, des étapes à respecter ! Pourquoi cette femme instillait-elle ainsi le doute dans son esprit ? Et pourquoi n'avait-elle même pas eu l'élégance de l'appeler en personne ce soir ?...

Mais après tout, avait-il mérité ces égards ? A aucun moment il n'avait évoqué devant elle l'émotion profonde qu'elle suscitait chez lui. Il ne l'avait jamais complimentée sur son courage, aussi bouleversant que sa beauté. Il l'avait même rabrouée, au moment où elle était le plus vulnérable.

Au lieu de protéger Ria, comme c'était son intention, il l'avait blessée. Un fiasco sur toute la ligne.

Bon sang ! Elle devait bien le savoir pourtant, qu'elle était belle ! Il lui suffisait de se contempler dans le miroir. « Allons, Sandor, cesse de te leurrer. Tu devras le lui dire. Le lui montrer ! »

Son regard se posa de nouveau sur le bois. Et subitement, le secret que recelait le matériau lui apparut avec une clarté déconcertante. Il se jeta sur ses outils tel un possédé.

De nouveau, Ria jeta un d'œil dans la chambre de son fils — elle ne s'en lassait pas. Attendrie à la vue de Tyrone lové aux pieds de Benjy, elle referma sans bruit la porte et plutôt que d'aller se coucher directement, choisit de descendre d'abord au rez-de-chaussée saluer ses parents.

Elle fit une pause au beau milieu de l'escalier, les larmes aux yeux. Dans le plus grand silence, son père et sa mère, tendrement enlacés, dansaient un slow langoureux. Combien de fois leurs enfants avaient-ils levé les yeux au ciel en les surprenant dans cette même posture, persuadés que Cleo et Malcolm avaient passé l'âge de se conduire en adolescents ?

Ce que les enfants pouvaient être naïfs... Ils croyaient que cet amour-là allait de soi, et s'en moquaient sans comprendre combien il était rare et précieux ! « Je veux un amour comme le leur », songea Ria. En être témoin vous rendait humble, c'était à la fois réconfortant et douloureux. Car il était le cœur de leur foyer, la source de toutes les joies partagées avec Betsey et David, et Benjy aussi avait le droit de vivre cette expérience. Mais comment la lui offrir ?

Inexorablement, les pensées de Ria retournaient à Sandor. Semblable dévotion à l'autre était dans les capacités de cet homme... Mais pas avec elle, voilà tout.

Elle revit le baiser de Sandor, avide, gorgé de désir. Elle revit son corps puissant dressé au-dessus d'elle, tout disposé à s'unir à elle, avant que...

Ria ferma les yeux. Quelle humiliation. L'oubli qu'elle implorait dans ses bras lui avait été refusé. Ce rejet faisait mal, très mal ! Tout de même, c'était faire singulièrement peu de cas de la tendresse avec laquelle Sandor l'avait ensuite bordée dans son lit avant de s'éclipser pudiquement. Comme la première fois où elle s'était jetée à son cou...

« Vous avez besoin d'amour, avait-il dit. Mais c'est vous, qui faites obstacle ! » Maintenant, Ria ne savait plus que penser. Elle s'était sentie avilie, malheureuse et furieuse...

Mais, le recul aidant, elle devinait mieux le contrôle que Sandor avait dû imposer à son corps en émoi. Il respirait par à-coups, il titubait même, en déclinant ce qu'elle lui offrait avec une belle impudeur, parce qu'il voyait bien qu'elle se comportait ainsi poussée par de très mauvaises raisons. Quels termes avait-il employés, déjà ? « Tant que vous ne serez pas une personne à part entière… »

Ria put presque entendre Dog Boy la mettre au défi d'agir. « Alors, que comptes-tu faire à ce sujet ? »

Elle avait dû parler tout haut, car ses parents se désunirent soudain et levèrent les yeux.

— Désolée. Je…

Cleo traversa le salon à sa rencontre.

— Tout va bien ? s'enquit-elle.

— Très bien, confirma Ria, les joues brûlantes.

— Tu veux venir nous rejoindre ? proposa son père.

— Non, pardon de vous avoir dérangés. Je voulais juste…

Ce fut au tour de sa mère de piquer un fard. Mais elle éclata de rire et posa la main en coupe sur la joue de Ria.

— Je suppose que même des adultes peuvent être gênés par l'intimité de leurs parents !

— Non, je ne suis pas gênée.

Ria s'éclaircit la gorge et ajouta :

— C'est beau, voilà. La plupart des gens donneraient tout ce qu'ils ont pour vivre l'amour qui vous unit.

— Ma chérie, s'exclama Cleo tout attendrie, tu trouveras l'amour toi aussi, j'en suis certaine.

— Même si cela ne se produit jamais, je suis heureuse que vous ayez connu cela tous les deux, et tellement désolée que…

— Ah, non, intervint Malcolm d'un ton ferme en glissant un bras autour des épaules de sa fille. Plus de regrets, Ria. Aujourd'hui est un nouveau départ, pour nous tous. Quand on trouve le bonheur, il faut se réjouir de la route qui nous y a mené.

— Même si elle a été longue et semée d'embûches ? repartit Ria en souriant.

— Absolument, renchérit sa mère. Tu dois être épuisée. Veux-tu que je te prépare un bain ? Ou… un chocolat chaud ?

— En fait…

Elle se mordit la lèvre.

— J'aimerais emprunter les clés de ta voiture, si cela ne te dérange pas.

Cleo ne posa aucune question et partit chercher le trousseau.

— Je compte aller voir Sandor, annonça néanmoins Ria. Mais surtout, ne vous inquiétez pas pour… euh…

Elle faisait allusion à la fureur de Cleo, le soir où Sandor l'avait raccompagnée, ce fameux soir où tout avait basculé…

— Tu as raison, déclara sa mère contre toute attente. Il se faisait beaucoup de souci quand tu as disparu. Il a quadrillé la ville à ta recherche.

— Vraiment ?

Sa mère acquiesça.

— Il est peut-être trop tard pour passer chez lui, murmura Ria. Il se lève tôt et…

— Aucun homme ne refuserait d'être réveillé par une jolie femme, décréta son père en lui pressant l'épaule.

— Je doute qu'il ait une si bonne opinion de moi, répliqua

266

Ria avec un sourire triste. Il m'a juste dit que j'étais…
compliquée. Sacré compliment, n'est-ce pas ?

Son père se mit à rire et adressa un clin d'œil à Cleo.

— Qui voudrait d'une femme simple, quand celle qui
vous rend fou est à portée de main ?

Cleo lui renvoya le regard entendu, enflammé, que Ria
lui connaissait depuis des années. La réplique consacrée
suivit aussitôt.

— Démon, va !

Lorsque Ria arrêta la voiture devant l'appartement de
Sandor, le garage était allumé. Elle mit pied à terre et
referma la portière avec précaution, afin de ne réveiller ni
Billie ni les voisins. Mais tandis qu'elle remontait l'allée,
ses pas résonnèrent aussi fort qu'un gong à ses oreilles.
Qu'était-elle venue faire ? Comment Sandor réagirait-il ?
Et s'il riait, s'il la renvoyait dans ses foyers ?…

Qu'à cela ne tienne ! se morigéna fermement Ria. Elle
lui devait au moins des remerciements pour lui avoir
insufflé le courage de revenir là où était sa place.

Sa place. Quelle sensation délicieuse…

La porte tourna sur ses gonds sans un bruit. A la vue
de Sandor, Ria se figea, muette de saisissement.

Les néons fluorescents étaient éteints, seule une petite
lampe éclairait l'établi. Son corps se mouvait dans la
pénombre et une couche d'or recouvrait ses avant-bras
en mouvement.

Ces mains… Deux aimants pour le regard. Elles caressaient le bois, robustes et graciles à la fois…

Ria sentit son souffle s'altérer.

Lorsqu'ils parvinrent enfin à se détacher de ces doigts

ensorcelants, ses yeux s'approprièrent les épaules larges, joliment découplées, les cheveux lisses attachés sur la nuque. Dans le jeu des muscles souples et ambrés, ils détectèrent la solitude qu'il dissimulait par la seule force de sa volonté.

Tout compte fait, n'avait-elle pas quelque chose à offrir à cet homme ? Pleine d'espoir, Ria pénétra dans le domaine de Sandor.

Sandor se retourna et demeura pétrifié, se demandant s'il était victime d'hallucinations.

— Salut, dit l'apparition, qui semblait étonnamment réelle. Je te dérange ?

— Non.

Elle regarda autour d'elle en se frottant les paumes sur son jean.

— Hier soir, je n'ai pas compris que tu t'étais installé ici...

Elle n'acheva pas, comme si elle regrettait d'avoir abordé le sujet de la soirée de la veille.

Sandor devina qu'elle l'avait présente à l'esprit autant que lui-même. Cependant, conscient de la fatigue physique et mentale qu'elle devait éprouver, il opta pour une diversion.

— Comment va ta famille ?

Ria sourit.

— Quand je suis partie, mes parents dansaient collés serrés dans le salon.

— C'est merveilleux, non ? Cleo aime profondément Malcolm.

— Et il le lui rend bien. Mes parents n'auraient jamais dû se séparer. Si je n'avais pas…

Elle pâlit soudain, image vivante du remords.

— Je suis censée arrêter de regretter mes actes, puisqu'ils m'ont pardonné, ajouta-t-elle. Seulement…

— Seulement, ce pardon, tu ne te l'es pas accordé.

Ria fronça les sourcils.

— Je ne suis pas sûre d'apprécier la facilité avec laquelle tu lis dans mes pensées !

— Dois-je m'excuser ?

— Ce ne serait pas sincère, répliqua-t-elle en souriant.

Comme il avait envie de sourire, lui aussi ! Pourtant la question était grave.

— L'essentiel, c'est que tu aies amorcé le mouvement. Tu finiras bien un jour par retrouver grâce à tes yeux.

— Mais mon frère est mort, il n'y a pas de vrai bonheur possible à la fin de l'histoire…

Les yeux de Ria s'assombrirent.

— Maintenant que la situation s'est aplanie, il me manque plus que jamais. Tant d'années gaspillées…

— Garde David dans ton cœur, honore-le par tes choix de vie, et il continuera d'exister à travers toi.

— Où puises-tu cette sagesse ?

Sandor ne se sentait plus si sage que cela, tout à coup. Il détourna les yeux, de peur de céder à l'envie de soulager cette lèvre rougie.

— Et toi, Sandor ?

— Moi ?

— Es-tu prêt toi aussi à prendre quelques risques ? demanda-t-elle en désignant la sculpture.

Pour toute réponse, il effleura la surface du bois. Ria

suivit le mouvement de ses doigts, avant d'accrocher son regard.

— Prends-moi dans tes bras, Sandor.

L'injonction fit courir un frisson brûlant dans son dos.

— Tu viens de rentrer. Tu n'es pas tout à fait toi-même. Je ne veux pas profiter davantage de la situation.

Elle balaya l'objection d'un geste impatient de la main.

— Plus de ça avec moi ! Cette nuit, tu me protégeais, n'est-ce pas ? Mais là, je vais bien. Alors, quelle sera ton excuse, cette fois ? lança-t-elle en s'approchant.

Puis elle l'attrapa par le col de son T-shirt.

— C'est peut-être pour toi, que tu t'inquiètes ?

Elle le toisa d'un air accusateur.

— Tu me reprochais de refuser l'amour dont j'avais tant besoin. J'étais moi-même l'obstacle, disais-tu... Eh bien, tu te trompais. Ce soir c'est moi qui te le demande, et c'est toi qui fuis ! Finissons-en, Sandor. Je ne suis peut-être pas aussi *entière* que tu le souhaiterais, mais je suis sur la voie de la guérison. Si tu ne veux pas de moi, ou si tu ne cherches que mon amitié, dis-le !

Au fond de ses yeux mouillés de larmes, brillait une lueur de défi. Cette femme qui le bravait, exigeant de lui le même courage, n'avait plus rien d'une victime.

— J'ai des projets..., commença-t-il.

— D'accord, dit-elle, redressant les épaules au prix d'un effort. J'ai compris. Ces projets, j'en suis exclue.

Là-dessus, elle tourna les talons. Mais Sandor lui saisit les bras avant qu'elle ait pu s'échapper.

— Laisse-moi terminer, au moins !

Comme elle résistait, refusant de se retourner, il l'attira contre lui.

— Toute ma vie, dit-il, j'ai traversé les épreuves grâce à des projets. Quand j'avais faim ou froid, quand j'étais désespéré, je tenais le coup en imaginant une vie meilleure. Et maintenant que je suis libre, je la construis, cette vie !

Ria se raidit.

— Je n'ai pas l'intention de t'enchaîner !

Il la retourna dans ses bras.

— J'ai misé gros en m'exilant aux Etats-Unis, et toi, tu passes ton temps à me déstabiliser...

— C'est ma spécialité, répliqua Ria sur le même ton. Tu m'as fait beaucoup de peine, hier soir.

— Ce n'était pas mon intention. Ria Channing, vous êtes une tête de mule exaspérante.

La sentant prête à détaler, il resserra sa prise...

— ... Mais je suppose que j'aime ça, et que je suis même prêt à jeter tous mes plans au feu, ajouta-t-il en frôlant ses lèvres.

Ria ne le quittait pas des yeux. Comme elle lui résistait, il murmura :

— Tu m'as demandé de te prendre dans mes bras, oui ou non ?

Elle battit des cils.

— Oui, murmura-t-elle.

— Alors, sache que j'envisage un tout nouveau plan, dit-il en glissant la main sous son chemisier.

— Sommes-nous obligés de parler ? gémit Ria. Je n'arrive pas à réfléchir.

— Pas de problème. Moi, je peux.

271

— Alors, c'est que je ne fais pas correctement mon boulot !

Il la souleva dans ses bras et s'engagea dans l'escalier. Sans autre préambule, elle se tourna dans ses bras, noua les jambes autour de sa taille et, les mains dans ses cheveux, l'embrassa à perdre haleine. Tout se brouilla. Sandor ne sut jamais comment il parvint à l'appartement sans que l'un ou l'autre se rompe le cou. Ils arrivèrent juste à temps devant le canapé pour basculer ensemble sur les coussins et, subitement, les mains de Ria furent partout, sur lui, fiévreuses et habiles.

Sandor s'en saisit et renversa sa compagne pour se placer sur elle, tandis qu'elle se débattait comme un maîtresse mutine. Il lui donna un long baiser.

— Tu me rends folle ! gémit-elle dès qu'elle put reprendre son souffle.

— Et toi donc…

Une nouvelle fois, il la réduisit au silence, et l'émotion le submergea. Le front appuyé contre le sien, il gronda :

— Ria, nous allons beaucoup trop vite.

— Si tu t'arrêtes, ça va très vite dégénérer, l'avertit la jeune femme.

Il découvrit qu'il avait encore la force de rire, bien que le moment, à son sens, ne s'y prêtât pas le moins du monde.

— Tu mérites que je prenne mon temps, répliqua-t-il avec sincérité tout en entrelaçant leurs doigts. Seulement, tu m'excites et tu me troubles tellement que j'ai peur de ne rien contrôler. Il y a si longtemps que je n'ai pas désiré autant une femme…

— Pourquoi ?

— Parce que j'avais…

— Des projets, je sais, acheva Ria en souriant. Pardon, je ne devrais pas me moquer.

— Je ne prends pas l'amour à la légère, c'est tout, et tu devrais en faire autant. Regarde-moi, Ria !

Il se tut jusqu'à ce qu'elle ait obéi.

— Je refuse d'être une aventure, un amant de passage. J'ai longtemps évité de m'engager mais je commence à deviner que j'attendais une femme compliquée, exaspérante, maman d'un gosse mignon comme tout, pour y penser.

— Benjy ? Tu veux dire que…

— C'est un gosse merveilleux. N'importe quel homme serait fier de l'adopter.

— Bien sûr qu'il est merveilleux, mais…

— Tu n'aimeras vraiment qu'un homme capable de l'aimer lui aussi. Mon instinct me souffle que cet homme, ça pourrait bien être moi.

— Ton instinct, répéta Ria.

— Nous ne nous connaissons pas encore assez bien, mais avec le temps…

Il perdit le fil de son raisonnement lorsqu'un sourire éblouissant éclaira le visage de Ria.

— Qu'y a-t-il de si drôle ?

— Tes certitudes. Pour le cas où on ne te l'aurait jamais dit.

Il haussa les épaules.

— Quelquefois, une simple requête polie ne suffit pas. Les grands moyens s'imposent.

— Et tu parviens toujours à tes fins, n'est-ce pas ?

— Je suis un homme persévérant.

Elle haussa un sourcil.

— Je veux des preuves, dit-elle. Tout de suite.

— Soit. Mais d'abord, tu vas reconnaître qu'il n'y a pas que du sexe entre nous.

Ria se redressa dans un sursaut. Déséquilibrés, ils se retrouvèrent par terre. Vive comme l'éclair, elle monta à califourchon sur lui, puis fit craquer ses doigts tel un pianiste virtuose sur le point d'attaquer sa partition.

— Assez bavardé. Au travail !

— Ria…, commença-t-il en l'attrapant par la taille.

Elle étouffa ses protestations sous un baiser ébouriffant. Sandor dut mobiliser toute sa discipline pour calmer le jeu.

— Nom de nom, Sandor ! Tu n'abdiqueras pas, n'est-ce pas ?

— En effet.

— Ce n'est pas l'envie qui te manque, pourtant, observat-elle, en se frottant contre lui.

— Nous méritons mieux l'un et l'autre. Fais-moi confiance, Ria. Fais-toi confiance…

Elle soupira, les yeux baissés sur leurs corps en sueur.

— D'accord, tu as gagné. Ceci n'est pas que du sexe..

— Merci. Ce n'est pas trop tôt.

Pour la première fois depuis des jours, Sandor se détendit.

— Nous avons gagné tous les deux, rectifia-t-il.

Et, cette fois, elle l'accueillit avec le sourire lorsqu'il s'allongea sur elle.

Épilogue

Thanksgiving Day

La longue table en merisier de Cleo croulait sous les victuailles. Un vrai Thanksgiving. Quelle différence avec le dernier Thanksgiving, célébré avec Benjy et Dog Boy...

Benjy venait justement d'entrer dans le salon, tout fiérot, perché sur les épaules de Sandor.

— Moi et Sandor on a marqué un *dunk* contre Gramps et Elizabeth ! s'exclama-t-il.

— Sandor est fait pour être père, murmura Cleo à l'oreille de Ria. Quand cesserez-vous tous les deux de lambiner ?

— Maman...

Entre-temps, Sandor avait posé Benjy à terre et s'était éclipsé. L'enfant courut se jeter contre les jambes de sa mère.

— Sandor a dit qu'il t'attend dehors, m'man !

— Pourquoi ?

— C'est une surprise, répondit-il en lui prenant la main.

Benjy la poussa presque vers le jardin, puis s'élança à la rencontre de Sandor qui patientait sous la cabane.

— La voilà !

— Merci, dit Sandor avant de se pencher pour chuchoter quelques mots au petit.

Le visage de Benjy se fendit d'un grand sourire. Puis il repartit en courant vers la maison.

— A tout à l'heure, m'man !

— Que se passe-t-il ?

— Ria...

Le visage de Sandor était grave.

— Quelque chose ne va pas ?

Il lui prit la main et l'enlaça, sans rien dire.

— Sandor ? murmura Ria, inquiète.

— Tu sais que tu as bouleversé ma vie de fond en comble..., commença-t-il enfin.

Le cœur de la jeune femme se mit à battre très fort. « Voilà, nous y sommes », songea-t-elle avec angoisse. Il avait changé d'avis. Elle lui causait trop d'ennuis.

— Sandor, s'il te plaît... C'est entendu. Tu n'as pas besoin de m'expliquer. Ne t'inquiète pas, je comprends.

Elle n'aurait jamais dû baisser la garde. Depuis le début, leur histoire était trop parfaite pour être réelle. Mais elle saurait surmonter ce mauvais coup du sort. D'ailleurs, avait-elle le choix ? Benjy avait besoin d'elle, et la situation s'était tellement améliorée avec ses parents et Betsey que...

— Ria...

— Par pitié, va au bout de ta pensée, Sandor.

Il lui décocha un sourire valant mille soleils.

— Ne tire pas des conclusions hâtives. J'essaie juste de te remercier.

Elle battit des cils.

— Mais j'ai cru… Me remercier de quoi ?

— Grâce à toi, qui m'as incité à prendre des risques, je vais donner mon premier vernissage en mars. Je devrais t'être reconnaissant de cette bonne fortune, et ne rien exiger mais…

Ria se crispa en attendant la suite.

— Je veux plus, acheva Sandor.

— Plus ?

Où voulait-il en venir ? Abasourdie, elle le regarda mettre un genou à terre.

— Ria, voudrais-tu me faire l'honneur de devenir ma femme ?

— Ta *femme* ?

— Je doute que tu aies les qualifications requises pour devenir mon mari.

L'ironie masquait mal une pointe d'anxiété.

— Tu veux sérieusement m'épouser ? balbutia Ria en le fixant à travers ses larmes.

— Oui, je le veux.

Les mots lui manquèrent. La joie venait à elle si naturellement, ces temps-ci, qu'elle hésitait encore à se fier à un tel revirement du destin.

— Mais… Et tes projets ?

Sandor portait en lui, en permanence, un programme invisible, composé d'objectifs à atteindre. Son cheminement prudent avait fait découvrir à Ria les bienfaits de la sécurité, après des années de chaos.

Cela n'empêchait pas la jeune femme de le prendre de court à la moindre occasion.

— Ainsi, tu as enfin décidé que j'étais prête ? murmura-t-elle.

— Non.

— Non ?

— La modération ne sera jamais ton fort. Tu es vouée à pimenter ma vie d'un désordre certain… Enfin, si j'ai de la chance, dit-il en tirant de sa poche un petit écrin de velours tout cabossé. Si j'ai pris cette décision, c'est plutôt que j'étais un imbécile d'attendre encore alors que nous pourrions profiter ensemble de la vie.

Faisant jouer les ressorts, il fit tomber dans sa paume un anneau d'or fin.

— Ceci était l'alliance de ma mère. Elle n'a rien d'exceptionnel, mais elle est très précieuse à mes yeux.

— Sandor…

— Si tu désires une bague de fiançailles, j'aimerais que tu m'aides à la choisir. Voudras-tu unir ta vie à la mienne, Ria ? demanda-t-il en lui caressant la joue. Me laisseras-tu t'aimer jusqu'à la fin de mes jours ?

Ria contempla l'homme qui lui avait transmis la force quand elle était seule et terrifiée, qui l'avait aidée à trouver le courage de chercher l'absolution de sa famille, mais aussi de se pardonner elle-même. Sans lui, elle n'aurait jamais rejoint le cercle magique de l'amour de ses parents.

Dans le regard qui ne la lâchait plus, elle reconnut la lumière qui se déversait à flots chaque jour entre son père et sa mère.

— Je t'aime, Ria. Je veux consacrer ma vie à te rendre certaine de mon amour, à chaque seconde.

« Vous rejetez l'affection parce que vous vous en jugez indigne », lui avait-il dit un jour. Eh bien, plus maintenant ! Elle se cramponnerait au contraire à cet amour avec la dernière énergie, et le rendrait au centuple.

— Oui. Oui, oui, oui, Sandor.

Ils s'embrassèrent à perdre haleine. Et soudain, Benjy surgit derrière eux.

— J'ai attendu, comme tu m'avais demandé, Sandor. Tu lui as dit que je serais ton fils ? Maman, on peut se marier avec Sandor, hein ?

— Mais… tu étais au courant ?

— J'ai bien fait, non ? J'ai gardé le secret et tout.

Sandor partit d'un grand rire et attrapa le petit pour l'inclure dans leur étreinte.

— Tu as été formidable. Merci !

— Alors, on peut, maman ? Se marier et vivre avec Nana et Gramps et tout le monde pour toujours ?

— Et si nous avions notre propre maison ? lui demanda Sandor. J'en ai repéré une tout près d'ici…

— Sérieux ?

— Si ta mère est d'accord, bien sûr.

Ria sourit, sans s'étonner outre mesure que l'étape suivante soit d'ores et déjà programmée.

— Notre maison…, répéta Benjy d'un air songeur. Est-ce qu'elle a une cabane ?

— Pas pour le moment. Je me disais que toi et moi, on pourrait en construire une.

— Waouh ! Comme maman avec Gramps… Tu nous aideras, maman ?

— Avec plaisir, poussin.

Benjy ne tenait plus en place.

— Je vais le dire à Gramps et Nana, d'accord ?

— D'accord.

Ria se tourna vers Sandor.

— Pourquoi ne suis-je pas surprise que tu aies choisi une maison avant même de me demander en mariage ?

Il eut le bon goût de rougir.

— Un caractère… ne se change pas si facilement. Mais si tu n'aimes pas ce que j'ai trouvé…

La fin de sa phrase se perdit dans le vent. Alors, Ria ferma les yeux et se concentra très fort, puis elle songea en souriant : « Gagné, Dog Boy. C'est toi qui avais raison. Merci de m'avoir renvoyée à la maison. »

Chère lectrice,

Vous nous êtes fidèle depuis longtemps?
Vous venez de faire notre connaissance?

C'est pour votre plaisir que nous avons
imaginé un rendez-vous chaque mois
avec vos auteurs préférés, vos
AUTEURS VEDETTE dans les
collections Azur et Horizon.

Les **AUTEURS VEDETTE** vous
donneront rendez-vous pour de
nouveaux livres vedette.

Pour les reconnaître, cherchez
l'étoile ... Elle vous guidera!

Éditions Harlequin

HARLEQUIN

LE FORUM DES LECTEURS ET LECTRICES

CHERS(ES) LECTEURS ET LECTRICES,

VOUS NOUS ETES FIDÈLES DEPUIS LONGTEMPS?

VOUS VENEZ DE FAIRE NOTRE CONNAISSANCE?

SI VOUS AVEZ DES COMMENTAIRES, DES CRITIQUES À FORMULER, DES SUGGESTIONS À OFFRIR, N'HÉSITEZ PAS… ÉCRIVEZ-NOUS À:
> LES ENTERPRISES HARLEQUIN LTÉE.
> 498 RUE ODILE
> FABREVILLE, LAVAL, QUÉBEC.
> H7R 5X1

C'EST AVEC VOS PRÉCIEUX COMMENTAIRES QUE NOUS ALLONS POUVOIR MIEUX VOUS SERVIR.

DE PLUS, SI VOUS DÉSIREZ RECEVOIR UNE OU PLUSIEURS DE VOS SÉRIES HARLEQUIN PRÉFÉRÉE(S) À VOTRE DOMICILE, NE TARDEZ PAS À CONTACTER LE SERVICE D'ABONNEMENT; EN APPELANT AU (514) 875-4444 (RÉGION DE MONTRÉAL) OU 1-800-667-4444 (EXTÉRIEUR DE MONTRÉAL) OU TÉLÉCOPIEUR (514) 523-4444 OU COURRIER ELECTRONIQUE: AQCOURRIER@ABONNEMENT.QC.CA OU EN ÉCRIVANT À:
> ABONNEMENT QUÉBEC
> 525 RUE LOUIS-PASTEUR
> BOUCHERVILLE, QUÉBEC
> J4B 8E7

MERCI, À L'AVANCE, DE VOTRE COOPÉRATION.

BONNE LECTURE.

HARLEQUIN.

VOTRE PASSEPORT POUR LE MONDE DE L'AMOUR.

ROUGE PASSION

De fiévreuses histoires d'amour sensuelles!

De provocantes histoires
d'amour passionnées et
romantiques qu'on lit d'une
seule traite. Aventureuses,
parfois humoristiques, et
sensuelles, elles mettent en
vedette des hommes et des
femmes d'aujourd'hui.

**ROUGE PASSION...
trois nouveaux titres
chaque mois.**

<u>COLLECTION HORIZON</u>

Des histoires d'amour romantiques qui vous mènent au bout du monde!

Découvrez la passion et les vives émotions qu'apportent à la Collection Horizon des auteurs de renommée internationale!

Captivantes, voire irrésistibles, ces histoires d'amour vous iront assurément droit au coeur.

Surveillez nos trois nouveaux titres chaque mois!

69 **L'ASTROLOGIE EN DIRECT**
TOUT AU LONG
DE L'ANNÉE.

(France métropolitaine uniquement)
Par téléphone 08.92.68.41.01
0,34 € la minute (Serveur JET MULTIMÉDIA).

Composé et édité par les
*éditions*Harlequin
Achevé d'imprimer en septembre 2006

BUSSIÈRE
GROUPE CPI

à Saint-Amand-Montrond (Cher)
Dépôt légal : octobre 2006
N° d'imprimeur : 61672 — N° d'éditeur : 12366

Imprimé en France